ISBN 978-88-31450-06-5

LE RONDINI DI SPARTA

di Simone Siviero

Finito di stampare nel mese di maggio 2020
presso Atene del Canavese

Edizioni Atene del Canavese, 2020
atenedelcanavese.it

SIMONE SIVIERO

LE RONDINI DI SPARTA

Atene del Canavese

A Toni.
Sit tibi terra levis

ἡμετέρωι βασιλῆϊ, θεοῖσι φίλωι Θεοπόμπωι,
ὃν διὰ Μεσσήνην εἵλομεν εὐρύχορον,
Μεσσήνην ἀγαθὸν μὲν ἀροῦν, ἀγαθὸν δὲ φυτεύειν.

Al nostro re Teopompo, caro agli dèi.
Grazie a lui conquistammo Messene dalle larghe contrade.
Messene, buona da arare, buona da seminare.

(Tirteo)

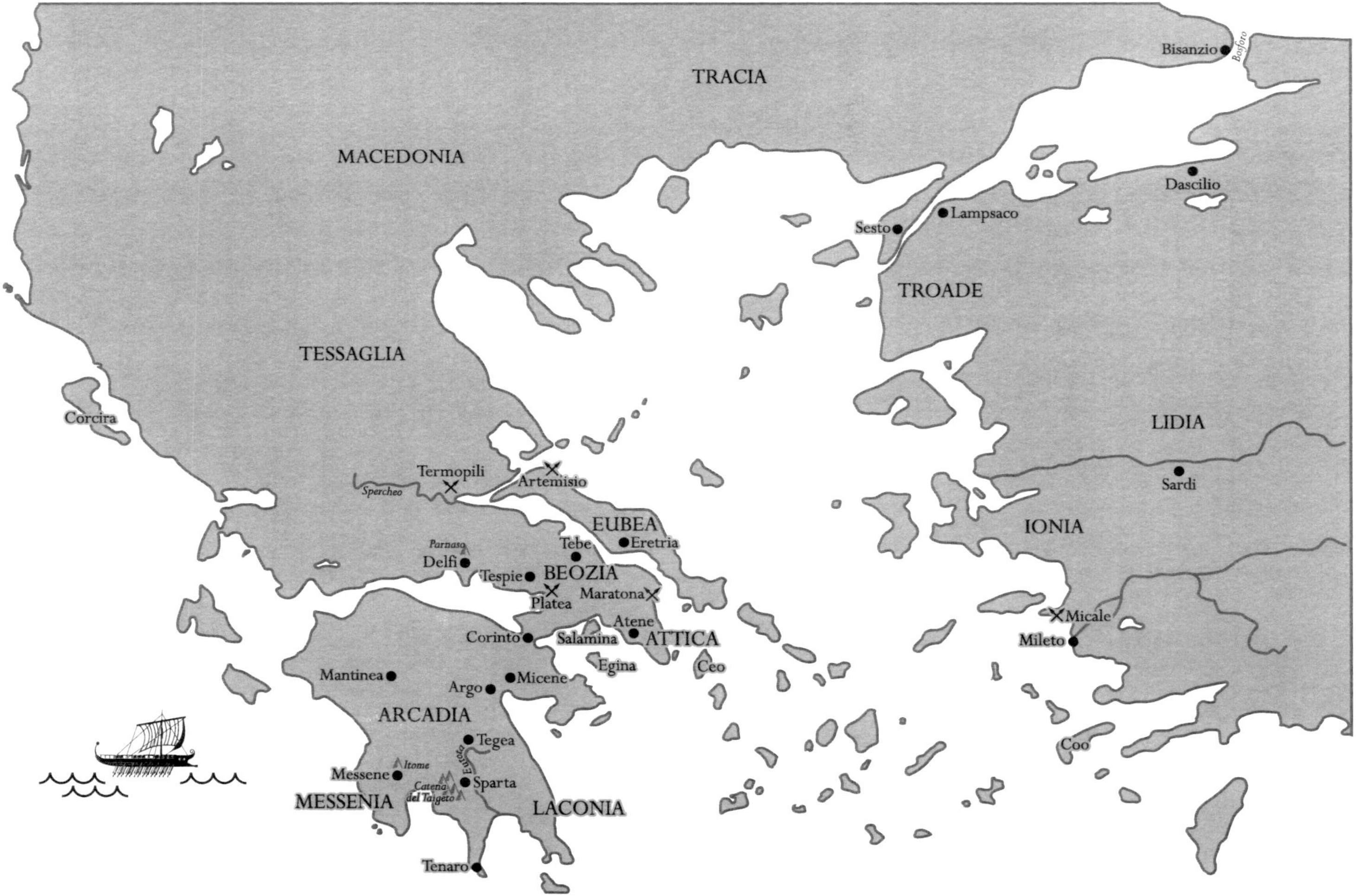

TRACIA
Bisanzio
Bosforo
MACEDONIA
Dascilio
Sesto
Lampsaco
TROADE
TESSAGLIA
Corcira
LIDIA
Termopili
Spercheo
Artemisio
Sardi
EUBEA
IONIA
Parnaso
Tebe
Eretria
Delfi
Tespie
BEOZIA
Platea
Maratona
Micale
Atene
Corinto
Salamina
ATTICA
Mileto
Egina
Ceo
Mantinea
Micene
Argo
ARCADIA
Tegea
Eurota
Coo
Itome
Messene
Sparta
Catena del Taigeto
MESSENIA
LACONIA
Tenaro

Grecia, V secolo a.C. Le litigiose città-stato sembrano riuscire a mettere da parte per un po' i conflitti interni per cercare, insieme, di respingere l'invasione dei Persiani che, guidati prima da Dario e poi da suo figlio Serse, tentano di annettere l'Ellade al proprio impero.

Ma, respinti gli invasori, le alleanze non durano, e il clima tra le città si fa sempre più teso, fino a scoppiare nella cosiddetta Guerra del Peloponneso, che vedrà due grandi blocchi, guidati da Sparta e da Atene, contendersi il potere.

È in questo scenario di conflitti che si svolge la vicenda di Pausania, uno dei personaggi più discussi del suo tempo. Fu generale e resse il trono di Sparta come tutore di suo cugino Plistarco, ancora minorenne, ma la sua azione politica suscitò reazioni diverse, tanto che il giudizio che di lui danno le fonti greche pervenuteci non è univoco.

Gli studiosi moderni si sono sforzati di far luce sulla sua vita, ma, data l'ambiguità delle fonti, la questione è tutt'altro che risolta, e ogni storico pare crearsi un Pausania diverso. La vicenda narrata in questo romanzo, pertanto, non è che una ricostruzione, un'ipotesi, e come tale va presa. Il Pausania reale sfugge.

I
LE RONDINI

La realtà è che sono solo. Morirò solo. Mi hanno murato nel tempio. Sono un lupo reietto, messo all'angolo dal branco. E loro sono là fuori. Stanno in silenzio, ma ne avverto la presenza; e i mantelli scarlatti si agitano al vento come bandiere di morte tinte di quel mio sangue che non hanno voluto far sgorgare, ma che aspettano che smetta da sé di arrivare al cuore.

Morirò solo.

Morirò come, forse, sono sempre vissuto.

La mia vita sta finendo. Non a lungo dura il corpo senza cibo... e acqua. Le porte di bronzo di questo tempio di Atena sono state sbarrate; gli Uguali hanno murato ogni via di fuga da questa stanza. Un uomo muore in fretta di inedia. Ma non abbastanza in fretta per loro, che pure tutta la Grecia ha sempre accusato di essere troppo pazienti, troppo lenti. Sanno essere rapidi quando l'odio li spinge: hanno divelto il tetto, in modo che il sole, il vento, il freddo e la pioggia – la pioggia... se almeno piovesse, potrei bere! – accelerino la mia fine.

Non è così che dovrebbe morire uno Spartiata, e tantomeno Pausania! Non dopo le gesta che ha compiuto, non dopo aver salvato la Grecia dai Barbari!

No.

E invece pare proprio di sì. Morirò qui, cullato dalla dèa della guerra. Ero entrato per salvarmi; mi si salva dalla vita.

Sono ancora giovane: quante cose avrei potuto ancora fare, quante imprese compiere, quanti sogni realizzare! E invece passerò all'Ade come un prigioniero odiato da tutti.

Nessuno Spartano mi ha mai compreso. Nessuno. Mai. Nessuno ha mai saputo guardare oltre; oltre i villaggi di Sparta, oltre le vette innevate del Taigeto, oltre le terre d'Arcadia, oltre il mare e la Grecia stessa!

Dicono che ci sia una vendetta degli dèi che si riversa sugli uomini che osano troppo. Io vedo solo l'invidia degli uomini verso gli uomini.

Sono sempre stato diverso da loro. Sono nato a Sparta, ma se gli anziani avessero modo di esaminare anche il cuore dei neonati, e non solo il corpo, mi avrebbero abbandonato subito ai lupi del Taigeto. Sono nato a Sparta, ma l'ho sempre odiata! E sono cresciuto nella menzogna, detestando la mia città, ma sottomettendomi al suo volere per sopravvivere.

E quando credevo di poter ormai pensare con la mia testa e non con il cervello dello Stato, ecco che mi ritrovo sigillato in un tempio ad aspettare l'inevitabile.

Il sole del mezzogiorno è inclemente. I suoi raggi cacciano ogni ombra da questa camera e cuociono le mie membra stanche. Solo le rondini sorvolano la mia testa. Solo loro cinguettano piene di vita vicino a questo corpo che muore. Ed è a voi, rondini di Sparta, che racconterò la mia storia, la storia di un uomo greco che ha cacciato il Persiano – e a me stesso. Perché almeno un soffio di quel che è stato Pausania gli possa sopravvivere, anche se per poco, nel vostro canto. E quando non sarò più, andate, e annunciate al mondo come gli Spartani hanno ucciso un uomo di stirpe regale.

L'unica vera libertà è la vostra! Volare nell'immensità del cielo sempre allegre, sempre in movimento. I Greci si vantano della loro libertà; si considerano superiori agli altri popoli, popoli di schiavi governati da despoti e tiranni. Ma la vera schiavitù è la nostra. Siamo schiavi delle idee, e le idee non le si uccide con un colpo di stato, non le si muta con un buon consiglio. Ciò che era valido un tempo può non esserlo più oggi. Le idee che ieri parevano buone in breve tempo possono uccidere. È l'idea stessa di Sparta che mi ha murato qui...

II
NASCERE NEL SANGUE

Ma cominciamo dall'inizio – meglio sarebbe stato non aver mai cominciato a vivere, forse.

Che cos'è un bambino, a Sparta? È tutto. E nulla. Sparta agogna alla nascita dei suoi figli, dal momento che solo i discendenti degli Spartiati, dei cittadini di pieno diritto, costituiscono lo Stato. Sparta esiste solo se esistono i suoi figli, se ci sono giovani pronti a dare il cambio ai vecchi che muoiono, a perpetuarne le idee. Un'ideologia malata secondo cui i cittadini, pur essendo le colonne su cui si fonda la città, non sono nulla. Gli Spartani non possono avere una vita: la donano allo Stato ancora prima di nascere. Uno Spartano non viene concepito dall'amore che i suoi genitori provano l'uno per l'altra, ma dall'amore che essi provano verso Sparta stessa, verso la città, verso un'idea. Non c'è spazio per l'amore, a Sparta; o meglio, ce n'è, ma solo nella misura in cui esso benefica in primo luogo lo Stato.

E così sono stato concepito anche io: non come oggetto d'amore, ma come pezzo di ricambio.

Due re ci sono a Sparta, e si dividono il potere. Io nacqui di sangue regale, nella famiglia degli Agidi, ma da un ramo secondario: mio padre, Cleombroto, non era destinato a diventare re, così come non lo era suo fratello Leonida, non fosse stato per un capriccio della fortuna. E non lo ero nemmeno io. E questo, a Sparta, significa essere uno dei tanti destinati a diventare, in età adulta, gli Uguali, i cittadini soldato, uniformi, piatti, completamente asserviti all'ideologia della città. Il solo pensiero è agghiacciante! Non ebbi dunque i pochi agi che spettano ai giovani principi. Agi... A Sparta anche i re fanno la vita del soldato, una vita grama, dura, ben lontana dal lusso e dallo sfarzo dei re di Persia.

Una vita grama fin dalla nascita, per tutti. Come ogni Spartano, nacqui nel sangue. E non quello del parto. Subito dopo la nascita, i genitori mi portarono agli anziani, che mi esaminarono. Scrutarono la mia costituzione, in cerca di difetti, e, se ne avessero trovati, avrebbero decretato la mia morte. Sangue. Perché a Sparta non c'è posto per individui che non possano combattere, non c'è posto per gente che non sia in grado di versare sangue.

Ebbi la fortuna, se così vogliamo chiamarla, di superare questa prima prova, e fu l'inizio della mia fine. Non ricordo nulla dei sei anni che seguirono quella seconda nascita. Ma sono anni simili per tutti i neonati spartani. Sono anni di solitudine. Anni di buio. Anni di paure immense da reprimere a forza. Anni di lacrime ingoiate perché non si è stati in grado di trattenerle. Sono anni di ferro, freddi, privi di quel calore che i genitori dovrebbero saper regalare ai figli.

A sette anni, uno Spartano nasce per la terza volta. Nel sangue. Il giorno del suo compleanno comincia l'*agoghè*, l'educazione, la scuola militare: un tuffo nell'Ade sarebbe più sopportabile!

Rasato a zero e rivestito soltanto di un mantello di lana, per tredici anni imparai a fare il soldato. La famiglia passa in secondo piano – se mai è stata in primo... Ogni bambino viene inquadrato in un gruppo, in una mandria, capeggiata da un giovane adulto, un tutore a cui giurare fedeltà assoluta. Anni di vita in comune, di pasti frugali, di sortite per rubare il cibo e non patire i morsi della fame. Anni di inverni freddi ed estati torride. Anni di agonismo brutale, di competizione fino alla morte. Anni di frustate e di sudore, di esercizi continui e di competizioni durante le feste degli dèi. Anni di cori e di corse. Anni di cacce e di lotte. Anni di sangue.

L'obiettivo dell'*agoghè* è di creare il perfetto cittadino spartano: un automa privo di coscienza che risponda sempre e solo "sì" alla chiamata dello Stato. Io mal sopportavo tutto ciò. Ero un ribelle, e le numerose punizioni servirono a farmi capire il mio posto. Ma non lo accettai mai. Imparai ad obbedire dopo notti e notti passate insonni perché la schiena fustigata bruciava a contatto con il letto di canne. E imparai a parlare il minimo indispensabile, come un bravo Spartano, solo quando le mie mani furono completamente ricoperte dei morsi punitivi del mio tutore. Ma imparai soprattutto a fingere; a mascherare i miei pensieri pur continuando a ragionare con la mia testa – e questo mi espose a non pochi rischi.

La ginnastica e la lotta mi piacevano. Mi piaceva prendermi cura del mio corpo, vedere i muscoli definirsi sotto la pelle dopo ore di sudore e fatica, vedere che ogni giorno riuscivo a muovermi meglio del precedente, a fare cose che mai avrei pensato fossero possibili. L'elasticità del mio corpo, la sua forza, la sua resistenza aumentavano di giorno in giorno, e io ne gioivo in cuore. C'erano dei coetanei che si lamentavano per la fatica, che erano sempre sul punto di gettare la spugna. Io non li capivo. La fatica, per me, era parte della ricompensa. Un piccolo investimento, come son soliti fare i mercanti. Il corpo è soggetto alla fatica: è normale. Ma un uomo non è solo corpo. Ha anche una mente che lo deve motivare.

L'aspettativa di una ricompensa – la ricompensa più grande: sapere usare al meglio quello strumento magnifico che è il corpo umano – deve spingere al superamento della fatica. Solo allora possiamo dire di aver guadagnato. Solo quando abbiamo vinto i nostri limiti.

Questo aspetto dell'allenamento però è alieno alla maggior parte degli Spartani, e alla maggior parte dei Greci stessi. Perché quello che conta per loro è l'agonismo non già contro sé stessi, ma contro gli altri: contro gli altri ragazzi nell'agoghè, contro gli altri atleti nei giochi, contro i nemici in guerra.

In guerra, già, perché Sparta è sempre in guerra. La guerra è il suo sangue, la sua linfa vitale; senza, perirebbe. Sparta è un agglomerato di piccoli villaggi abitati da pochi cittadini. Eppure questi pochi cittadini sono tutti soldati, perché devono controllare direttamente le regioni di Laconia e Messenia, i cui abitanti sono asserviti alla città di Sparta. Due intere regioni di schiavi: gli Iloti, che lavorano per noi, mentre noi ci alleniamo per tutta la vita per soffocare le loro rivolte e far sì che continuino a lavorare per noi. A me pare un controsenso. Ma agli altri Spartani no: per loro è la norma; è la tradizione, e la tradizione non va screditata, non va messa in discussione. Per Eracle!, la nostra Legge l'ha instaurata Licurgo in anni che si perdono nel mito, e a lui la diede il dio di Delfi! Cosa ci può essere di più sacro?

Blasfemia. Mi ucciderebbero. Ma lo stanno già facendo.

La realtà è che la sacerdotessa di Delfi è sempre stata corrotta, e Apollo ha sempre parlato per bocca sua in favore del proprio tornaconto... Sempre che gli dèi esistano, siano come li abbiamo immaginati e si curino di noi. Ma non discutete con gli Spartani degli dèi, rondini! Non ho mai visto popolo più di loro attaccato alla religione, e in maniera tanto ipocrita!

Ho perso il filo. Di cosa stavo parlando? Ah, sì! L'allenamento! Mi è sempre piaciuto molto danzare la danza del crudo Ares, come direbbe Omero. Mi piace praticare l'arte del combattimento, scoprire quali sono i punti di forza e i punti deboli del corpo umano, valutare le forze dell'avversario per metterlo a terra quanto prima, studiare la tensione nei suoi occhi. Ma ho sempre odiato dover uccidere.

Spesso, nelle mie solitarie battute di caccia sul Taigeto, ho avuto modo di osservare i lupi, ma sembra che io sia il solo ad averlo notato: non ho mai visto un lupo uccidere un altro lupo. Quella belva famelica che rapina le nostre greggi, che il bambino teme nei suoi incubi, verso i suoi simili ha un rigoroso codice dell'onore. Possono azzuffarsi, i lupi, ed è uno spettacolo terribile da guardare: le zanne acuminate si chiudono su quelle del nemico, gli occhi sprizzano fiamme, i corpi fremono, ma poi, quando uno dei due contendenti capisce di essere stato sconfitto, offre il collo, e l'altro resta lì, quasi imbarazzato, incapace di affondare i pugnali d'avorio in quel facile bersaglio.

Ma l'uomo no. E tantomeno lo Spartano! A Sparta sembra quasi che uccidere sia un gioco, che l'omicidio sia un passatempo pregevole in vista della guerra. L'uomo non conosce freni.

Eppure, tutte le volte che studio il combattimento, poi mi siedo a pensare. E penso a quanto sia fragile la vita, a quanto sia facile rapirla. Basta veramente un niente a porre fine all'esistenza di un essere umano. In un attimo sparisce, e si spezza la rete che lo legava agli altri. I suoi cari piangeranno, mediteranno vendetta, si consumeranno fino a perire a loro volta. E lui, l'ucciso? Chi o che cosa ci ha dato il diritto di decidere che la sua vita dovesse finire? Certo, a volte è necessario togliere una vita, per poter salvaguardare la propria. Ma a Sparta si esagera.

E tuttavia dovetti adeguarmi allo stile della città. E la prima volta che uccisi un uomo, lo feci a suo danno.

La famiglia quasi non esiste, a Sparta: gli uomini incontrano le proprie mogli solo di nascosto, per un breve momento di tenerezza volto a generare nuovi cittadini, poi tornano alla vita comunitaria. Vivono insieme, gli Uguali. Mangiano assieme, si allenano assieme, dormono assieme. E imparano ad amarsi fra loro.

Non avrei nulla da dire, se fosse davvero amore; il problema è che il più delle volte non è così. La pederastia a Sparta è istituzionalizzata. Ogni adolescente, per poter crescere e acquisire tutte le virtù civiche necessarie a fare di lui un buon soldato, deve sceglersi un amante – o meglio, deve diventare l'oggetto della più nera lussuria di un buzzurro che sa a malapena leggere e scrivere. Che cos'ha uno Spartiata adulto da insegnare a un ragazzo perché questo possa crescere? Che cosa, se non il perpetuarsi di una malsana ideologia che mischia sesso e violenza, amore e strage, ignoranza, ottusità e cieca lealtà?

Una volta Sparta non era così. Guai a dirlo apertamente! Una volta la nostra città era un giardino: vi fiorivano la poesia e i commerci, e l'amore per le cose belle. Ma i tempi cambiano. Ora la patria dei poeti e del bel vivere è Atene, il commercio fiorisce in Attica e a Corinto, e Sparta col passare del tempo si è ridotta a uno sterile accampamento militare. Non c'è più spazio per le innovazioni, ma ci sclerotizziamo su quanto è stato tramandato dagli antichi, come se tutto fosse sempre stato così come è ora. Le novità vengono rigettate; quelle poche – e sempre malsane – che riescono a passare, sono sempre giustificate come un ritorno alle origini, che però erano ben diverse!

Siamo nient'altro che un'accozzaglia di bruti che sanno fare bene solo una cosa: uccidere. Siamo arrivati al punto che, se voglio leggere della buona letteratura, devo farmela spedire da Atene in segreto, e bruciarla o nasconderla subito dopo averla letta! Una volta i poeti spartani cantavano la gioia di vivere; ora ci limitiamo a cantare i versi di Tirteo che inneggiano alla battaglia.

Che cosa può avere un soldataccio cresciuto in un sistema simile da insegnare a un giovane? Nulla. Non c'è da stupirsi che il mio amante lo detestassi. Si divertiva a usarmi per sfogare la sua sessualità repressa, per prendersi il piacere che avrebbe dovuto ricevere da sua moglie, che era costretto a vedere solo di rado. Ero un oggetto. Niente di più. Oh, sì, ci provava, a mascherare la sua bestialità con belle parole! Ma che belle parole volete che sia in grado di pronunciare un bruto arrapato che non vedeva l'ora di mettermelo nel culo?

E quello che mi dava più fastidio di tutto non era tanto il dolore a cui ogni volta mi sottoponeva; non era tanto l'orgoglio che dovevo sotterrare. No. Ciò che m'infastidiva in sommo grado erano le sue finte buone maniere, le sue pretese di insegnarmi a vivere, i suoi tentativi di indottrinarmi, di indurmi, con discorsi campati per aria e privi di una reale consistenza fattuale, a diventare uno fra i tanti, un buzzurro come lui e come suo padre e il suo amante prima di lui; quel tentativo di cancellare ogni forma di personalità in un ragazzo che cresce e s'affaccia alla vita.

Sopportai le umiliazioni; sopportai, accumulai malumore su malumore. E un giorno esplosi.

Fu la prima volta che feci una vera conversazione con un Ilota. Era il servo del mio amante, l'uomo che accudiva i suoi cani da caccia. Andai da lui in un momento di pausa, di nascosto. Lui doveva aver capito dal mio sguardo che non ero come gli altri, e mi aprì il suo cuore nella conversazione. E scoprimmo di avere molte cose in comune. A posteriori direi che la scoperta più grande che feci quel giorno è come tutti gli uomini, nel profondo dell'animo, siano uguali, senza differenza alcuna tra padroni e servi. Ma allora la cosa più importante era la nostra comunione di propositi: entrambi volevamo liberarci di quell'uomo brutale che ci tiranneggiava. Studiammo tutto per bene, nei minimi dettagli. E la nostra vendetta ebbe inizio col digiuno forzato e prolungato della sua muta di cani da caccia: dodici molossi laconi dai muscoli scolpiti come statue e gli occhi di fiamma. Delle macchine da guerra.

E così, qualche tempo dopo, mentre stavo facendo i miei esercizi di ginnastica, venne a me il figlioletto dell'Ilota.

«I cani hanno fame» mi bisbigliò quando fu sicuro che nessuno avrebbe udito, poi corse via. Sentii le mie labbra distendersi nel sorriso della perfidia e della liberazione.

Attesi ancora un poco che calassero le ombre della sera, poi raggiunsi il mio amante. Lui fu contento di vedermi e io assunsi un'aria un po' timida e imbarazzata e con mille moine lo convinsi a portarmi a caccia quella notte. Mentre i cani fiutavano le prede, gli dissi, noi avremmo potuto fare l'amore nel bosco.

Non se lo fece ripetere due volte. Un istante dopo eravamo davanti al recinto dei suoi cani. Chiamò l'Ilota:

«Preparami i cani, feccia! Il ragazzo e io andiamo a caccia stanotte».

«Sono già pronti» fu la pacata risposta. «Pausania è passato di qui stamattina e mi ha ordinato di farteli trovare pronti per questa sera, così che non avreste perso tempo».

All'udire questa risposta, il coglione mi gettò uno sguardo

malizioso e compiaciuto. Ricambiai con un sorriso aperto, ben sapendo ciò che lo aspettava.

Pochi attimi dopo, stavamo tutti e tre davanti alla porta della recinzione. L'Ilota la aprì e io, immediatamente, ci spinsi dentro il mio amante. Il chiavistello si richiuse subito dopo. Ma i cani erano affezionati al servo, non al padrone.

Imprecò non appena si accorse della trappola, ma gli animali gli furono addosso prima che potesse fare alcunché. Le zanne gli si conficcarono nella carne. Gridò. Poi cadde a terra con un tonfo sordo. Il ringhiare dei cani crebbe. Le ultime parole dell'uomo gli si spensero in gola, uscendo dal collo con un getto di sangue.

I cani ormai banchettavano quando l'Ilota e io ci aprimmo delle leggere ma ben sanguinanti ferite sulle braccia e sulle gambe, e corremmo per le strade gridando aiuto e millantando con chi accorreva le nostre eroiche ma ahimè vane imprese di soccorso. La pantomima riuscì perfettamente. Nessuno di noi due venne accusato. In compenso Sparta perse la migliore muta di cani da caccia esistente. Vennero soppressi tutti, dal primo all'ultimo perché – questo il verdetto – erano impazziti.

III
KRYPTEIA

Ero bravo. Dannatamente bravo. Il combattimento era l'unico sollievo che provavo in una vita dura, l'unico piacere che mi facesse sentire vivo. Anche se non lo praticavo con odio. Ed ero fiero della mia bravura. Tutte le volte che i giovani convergevano sotto al platano sacro a Elena per i combattimenti ufficiali, il mio nome era tra i vincitori, né valevano le vendette private più o meno oneste degli sconfitti a infangarlo.

Ero bravo. E Sparta annuì.

Quando compii diciotto anni, gli efori, i magistrati, si presentarono da me e mi comunicarono che avrei fatto parte della Krypteia: corpo speciale dell'esercito e rito di passaggio assieme. Un pugno di ragazzi con un solo obiettivo: uccidere, e tornare per raccontarlo. Fu così che nacqui alla vita adulta dello Spartiata. Nel sangue. Di nuovo.

L'estate volgeva ormai al suo termine, ma il sole era ancora rovente e sulle vette del Taigeto la neve dell'inverno precedente si era già sciolta da un pezzo. In un giorno di festa i nuovi efori entrarono solennemente in carica e diedero l'avvio al nuovo anno, come ogni anno, dichiarando guerra agli Iloti.

Che sistema crudele quello in cui i magistrati fondano

il proprio potere su una battuta di caccia le cui prede sono i propri schiavi!

E i cacciatori? Noi. I più bravi. I migliori tra i diciottenni, selezionati personalmente dagli efori uscenti. Era la nostra occasione per sperimentare cosa volesse dire uccidere, cosa volesse dire essere uno Spartiata. Non sapevano, gli sciocchi, che le mie mani si erano già lordate di sangue.

L'aria era tesa, immobile, come presaga di una tempesta imminente. Le foglie degli alberi non si muovevano. Noi eravamo schierati in riga, gli occhi fissi sui quattro efori che ci scrutavano con uno sguardo arcigno avvolti nei loro mantelli rossi.

Aspettavano.

Aspettavamo.

Aspettammo per un tempo indefinito. Qualche minuto, forse; qualche ora. Non avrei saputo dirlo. Immobili come statue, la schiena dritta e i piedi doloranti, senza scomporci, come Sparta voleva.

Poi apparve. Il quinto eforo sbucò da dietro un edificio, seguito da due schiavi che trainavano un carretto coperto da un telo.

«Possiamo cominciare» sussurrò ai colleghi, e questi si disposero ai suoi fianchi.

Poi l'uomo si rivolse a noi. I suoi occhi vibravano d'odio e la cicatrice che gli sfregiava il volto accentuava la sua espressione torva.

«Gli Iloti sono una minaccia» disse, «se non vengono controllati, prima o poi si ribelleranno. Sono troppi, come le spighe di grano in un campo. E come le spighe di un campo, di tanto in tanto vanno mietuti. Spiccate le spighe più alte, uccidete gli Iloti più forti e potremo mantenere il controllo sulla regione».

Fece una pausa. Inspirò profondamente, poi riprese:

«È successo di nuovo. Periodicamente si divertono a

farci sapere che non si arrenderanno mai. È per questo che dobbiamo controllarli».

A un suo gesto, i due schiavi tolsero il telo dal carretto e svelarono il cadavere di un uomo, di uno Spartiata. Una freccia lo aveva colpito alle spalle e gli aveva trapassato il collo. Sulla fronte, una macabra incisione incrostata di sangue rappreso tracciava un segno a forma di A. conoscevamo bene quel segno. Era la firma di Archiloco, e ogni tanto spuntava su qualche cadavere. Come un avvertimento. Il sicario degli Iloti mandava così messaggi di rivolta. Periodicamente qualcuno dei nostri veniva trovato sull'acropoli in quello stato.

«Uccideteli» scandì il magistrato. «Uccideteli senza pietà. E se riuscirete a uccidere Archiloco, possa la gloria non abbandonarvi mai!»

Ci divisero in gruppi e ci spedirono negli angoli più remoti della Laconia e della Messenia, a caccia di Iloti. Una sola regola: sopravvivere. La notte era nostra alleata; il giorno ci avrebbe palesato al nemico. Dovevamo uccidere e tornare con le prove.

La mia squadra era composta da altri due membri: Filocle, un esaltato robusto e arrogante, e Lisimaco, calmo, razionale, spietato, con un carattere più simile al mio.

La nostra destinazione: i villaggi alle spalle delle alte cime del Taigeto. Il nostro equipaggiamento: nulla, se non la tunica che indossavamo e un piccolo coltello il cui scopo principale era quello di poter tagliare l'orecchio destro al cadavere per portare agli efori una prova dell'avvenuta uccisione. Niente cibo, niente acqua, niente armi.

Il sole stava calando dietro la catena montuosa del Taigeto quando ci mettemmo in marcia. La luce andava affievolendosi sempre più, e i fitti boschi di pini e abeti si ammantavano di un'aura scura. Un fronte nuvoloso nero e compatto avanzava dalla Messenia infilandosi tra i picchi, correndo nei crepacci come nebbia, e rilucendo di una luce livida laddove gli ultimi raggi del sole morente lo colpivano. La luna non ci avrebbe aiutato quella notte.

Camminammo, ma come fummo fuori dall'abitato di Sparta, ci colsero i morsi della fame. Come al solito la città era stata avara nel fornirci il nutrimento. Come al solito ci toccava improvvisare – rubare. Spinti dallo stomaco, decidemmo di puntare verso una luce che brillava in lontananza, contro la sagoma scura dei monti. Ci avvicinammo, e ci nascondemmo dietro un albero. Davanti a noi, la luce di un camino acceso filtrava dalle finestre di una fattoria.

«La fattoria di uno Spartiata» fece Lisimaco.

«Lo vedo» replicò Filocle. «Cosa aspettiamo? Entriamo, uccidiamo i loro Iloti, rubiamo il loro cibo e torniamo indietro. Missione compiuta».

«Ci scoprirebbero» intervenni. «Vuoi essere frustato a sangue? Devo ricordarti come piangevi l'ultima volta che l'hanno fatto?»

Era già fuori di sé:

«Figlio di un cane! Io non...»

«Sta' zitto!» gli fece Lisimaco «Pausania ha ragione. Vuoi farci scoprire? La krypteia deve rimanere avvolta nel segreto. Dobbiamo trovare il modo di attirare fuori la padrona di casa senza farci però vedere. Degli Iloti poco importa, possiamo ucciderli, ma se ci vede lei, fa rapporto agli efori. E poi, le nostre vittime sono al di là del Taigeto, non qui, Filocle!»

«Cibo e qualche attrezzo a portata di mano, poi via nella notte» convenni. «Entro io; voi attirateli fuori».

Strisciammo fra l'erba fino alla recinzione. La aprimmo. Filocle e Lisimaco fecero fuggire gli animali e si nascosero.

Gli abitanti corsero dietro alle bestie, la padrona di casa – fortunatamente – in testa. Io sgattaiolai nella casa ormai silenziosa.

E per tutti gli dèi infernali! La casa non era vuota! Davanti al focolare, seduta sul pavimento, c'era una bambina. Avrà avuto una decina d'anni, e mi guardava terrorizzata. Il fuoco le gettava ombre sinistre sul viso. Rimasi impietrito. Non sapevo che cosa fare.

Alla fine mi avvicinai a lei, che, come un topo in gabbia, si schiacciava contro il muro. Mi abbassai alla sua altezza e la guardai negli occhi:

«Sei una serva?» domandai.

Fece cenno di sì.

«Mi denunceresti?»

A questa domanda sembrò perdere tutta la sua paura, e si erse in piedi come una regina sull'orlo di un abisso:

«Ti odio!» sentenziò.

Due parole, e un sorriso macabro sul volto. Provai una fitta al cuore. Quanto rancore in una creatura così minuta!

Non avevo alternative – e il tempo stringeva. La bloccai. Volevo dire qualcosa, qualsiasi cosa, ma la voce mi si strozzò in gola. Piangevo. Lei no. Mi fissava con uno sguardo vuoto. Chiusi gli occhi, e le spaccai l'osso del collo.

Trovai una borsa. Ci infilai dentro dei pani d'orzo, della carne secca, qualche ortaggio, una piccola pentola di terracotta, una borraccia di pelle di capra, piena, e il laccio che legava i capelli del piccolo cadavere. Feci per uscire, ma mi volsi indietro. Gli occhi vitrei della bambina morta mi fissavano dall'Ade senza espressione. Tornai indietro. Glieli chiusi. Composi il cadavere sul tavolo e le posai sul petto i fiori di campo che decoravano la cucina. Poi balzai fuori dalla finestra e sparii fra l'erba.

Mentre mi allontanavo, una parte nascosta di me pensò per un attimo di tornare indietro e staccare l'orecchio alla bambina. Rabbrividii. Piansi. Corsi via.

Poco dopo, ritrovai i miei compagni e ci rimettemmo in marcia per allontanarci da lì prima di poter mangiare qualcosa in sicurezza. Non avevamo fatto molta strada, che un grido lacerò l'aria e un'angoscia profonda echeggiò fra le valli. Lisimaco e Filocle si voltarono di scatto verso la fattoria. Io rimasi immobile, e deglutii a fatica.

«Andiamo avanti» dissi.

«Ma per Castore e Polluce e gli dèi tutti, cosa è successo?» fece Filocle.

«Andiamo avanti» replicai triste.

Lisimaco lesse nel mio tono di voce che qualcosa non era andato secondo i piani, ma non fece domande, e per questo ebbe sempre la mia più profonda riconoscenza. Si limitò a dare una pacca sulla spalla a Filocle:

«Su, andiamo!»

Avanzammo nella notte nera, a tentoni, nel bosco. Ma ben presto dovemmo fermarci. Non vedevamo a una spanna dal nostro naso, e dall'altra parte dei monti cominciava a tuonare. Presto la tempesta sarebbe stata su di noi. Orsi, lupi, cinghiali: al buio ci saremmo potuti imbattere in una fiera senza nemmeno accorgercene. Dovevamo accamparci. Quella notte non saremmo potuti andare più avanti.

«Ci serve un fuoco» disse Lisimaco.

«Potrebbero scoprirci» obiettai, «ma non abbiamo alternativa».

«Un fuoco basso» riprese. «Poco fumo e poca luce, giusto quel che ci serve per guardarci attorno»

Annuii, alzando lo sguardo verso il cielo nuvoloso:

«E ci serve un riparo anche».

Cercammo, col solo aiuto del tatto, della legna che fosse secca – cosa tutto sommato non troppo difficile, data la stagione, e Filocle riuscì a procurarsi dei licheni: la nostra esca. Io scelsi un rametto il più possibile dritto, tra quelli secchi trovati, e lo lisciai con il coltello, spianandone la punta in modo che facesse più attrito. Finito di lavorare il trapano, spaccai un altro legno a metà per avere una base su cui far frizione e una protezione con cui tener fermo il trapano. Per ultimo selezionai un ramo curvo, a cui legai il laccio che avevo sottratto alla bambina – e un'ombra mi passò nell'anima quando lo estrassi dalla borsa. Ma ora avevo il mio archetto. Mentre gli altri due continuavano a raccogliere legna, io infilai il trapano nell'archetto e cominciai a far frizione sulla base di legno in un punto precedentemente intaccato con il coltello.

L'aria cominciava a farsi umida, e persi il conto dei tentativi che feci di accendere una fiamma. I miei muscoli erano ormai quasi allo stremo quando finalmente riuscii ad ottenere della brace. Con grande attenzione la feci cadere nell'esca di licheni, poi soffiai. Somma gioia di tutti e tre: si accese la fiamma! Alimentammo un piccolo fuoco lì sul posto, e potemmo guardarci attorno.

La zona non offriva ripari, se non le fronde degli alberi, ma non potevamo spostarci. Intrecciammo i giovani alberelli il cui fusto era ancora esile in una struttura a cupola e ne rinforzammo le pareti con rami e foglie cercando di renderle impermeabili. Il pavimento fu ricoperto di foglie e attorno scavammo una canalina per far defluire almeno parte dell'acqua che quella notte ci sarebbe piovuta addosso.

Restava il problema del fuoco. Volevo provare a trasferirlo in un buco in maniera che fosse meno visibile, e a circondare anch'esso con una canalina – e magari a improvvisare una qualche tettoia per proteggerlo dalla pioggia... Ma la pioggia ci precedette. Un fulmine ci illuminò a giorno; un tuono ci squarciò le orecchie; e la pioggia venne giù a secchiate, all'improvviso. Feci appena in tempo a raccogliere qualche tizzone e porlo nella pentola di terracotta che avevo rubato, che portai con noi sotto la capanna. Non era un granché come fuoco, ma era meglio di niente.

Fu una notte bagnata, inutile dirlo. Mangiammo, ma nessuno di noi dormì molto. Io meno di tutti. Ogni volta che provavo a chiudere gli occhi, gli occhi vitrei della bambina che avevo ucciso si fissavano nei miei e un'angoscia panica s'impossessava della mia anima. Mi svegliavo di colpo, tremando e ansimando, e piangevo. Piangevo tutte le lacrime represse da bambino.

Il mattino successivo, la tempesta era ormai passata e ci rimettemmo in marcia alle prime luci. Dovevamo valicare la montagna tenendoci lontano dai sentieri.

Camminare mi faceva bene: distoglieva i miei pensieri dall'omicidio della bambina che ancora aleggiava come uno spettro dentro di me. A volte la sentivo fisicamente, come se il suo fantasma si fosse seduto sulla mia testa gravandomi di un peso insostenibile. E allora aumentavo il passo, mi lasciavo dietro i compagni e avanzavo fra i sassi e i cespugli da solo, ferendomi gli stinchi e le mani contro le asperità del luogo tanta era la foga con cui procedevo. E il pulsare del sangue nel cuore, il suo battito che aumentava, il respiro che si faceva affannoso lavavano per un po' la mia mente dal suo ricordo, e i miei occhi potevano riempirsi del cielo ora azzurro, di spazi infiniti; un sorriso mi affiorava allora in volto mentre ascoltavo la musica dell'estate.

Scalare una montagna non è solo un lavoro fisico; è un esercizio dell'anima, che si raffina a mano a mano che si sale, fino a giungere alla contemplazione di una verità che pur tuttavia non si lascia mai cogliere, ma sfugge. È la contemplazione del non contemplabile, il perdersi nell'infinita grandezza di spazi sovrumani.

Fortuna volle che non ci imbattessimo in grandi predatori: gli unici animali di una certa taglia che incontrammo furono alcuni caproni villosi con lunghe corna ritorte che restarono piuttosto indifferenti al nostro passaggio e fuggirono solo quando Filocle cercò di catturarne uno per pranzo. In un attimo si erano dileguati, danzando sulle pareti di roccia verticali con la leggerezza del polline portato dal vento.

Per mezzogiorno fummo in cima. Il sole cuoceva e avevamo ben poco con cui coprirci – giusto dei ridicoli copricapo improvvisati con la vegetazione trovata lungo il percorso. E l'acqua della borraccia era finita da un pezzo. Il sole era nostro avversario ora.

E, ironia della sorte, quando fummo in cima, scorgemmo le rovine di un santuario. Un'iscrizione sbiadita lo diceva sacro a Helios – al Sole. I miei compagni, da bravi Spartani, lo presero come un segno divino e si misero a pregare il dio e a cercare qualcosa con cui poter compiere un sacrificio per placarlo.

Io non badavo alle loro cerimonie. Il sole non avrebbe smesso di picchiare se fossimo riusciti a catturare e sgozzare una capra. Eppure avvertivo che in quel luogo c'era qualcosa di soprannaturale. Un'aura mistica avvolgeva la cima, e il vento freddo che ogni tanto ci investiva con le sue folate, senza peraltro mitigare l'arsura del sole, sembrava provenire direttamente dalle regioni dei Celesti. Mi sedetti in contemplazione del panorama infinito che si apriva dinanzi a noi, poi mi sdraiai. Riempii il cuore della pace delle altezze; riempii gli occhi della luce del cielo.

«Gli dèi abitano le cime dei monti» pensai ad alta voce fra me e me.

«Gli dèi abitano certamente le cime dei monti... o non le avrebbero rese così terribilmente belle» sentii rispondermi.

Subito non ci feci caso, assorto com'ero nella contemplazione dell'azzurro. Poi trasalii. Era una voce di donna! Scattai in piedi. Non c'era nessuno. Perlustrai la zona. Nulla. Mi arrampicai sul muro del santuario per ampliare la mia visuale. Niente.

«Cosa fai lassù?» mi gridò Lisimaco.

«Non avete sentito?»

«Che cosa?»

«Una voce di donna».

«Hai preso troppo sole, Pausania! Scendi di lì e sta' all'ombra se proprio non vuoi pregare Helios con noi».

Avevo sognato? Forse. Eppure era così reale!

Quando i due terminarono il loro rito e si esaltarono per il passaggio di una nuvoletta che oscurò per qualche minuto il sole, cominciammo la discesa sul versante della montagna che si apriva sulle piane della Messenia. A dire il vero, la pianura non si vedeva ancora: quello che si estendeva davanti ai nostri occhi era un paesaggio fatto di altre cime minori e di piccole valli dalle quali si innalzava qua e là il fumo di qualche abitato di Iloti.

Scendemmo, e i miei compagni si misero a canticchiare i versi di Tirteo sulla conquista di quella terra:

Al nostro re Teopompo, caro agli dèi.
Grazie a lui conquistammo Messene dalle larghe contrade.
Messene, buona da arare, buona da seminare.
Diciannove anni per essa combatterono
sempre, continuamente, con cuore valente

i lancieri padri dei nostri padri,
e nel ventesimo, abbandonati i fertili campi,
quelli fuggivano dalle alte cime dell'Itome.

Io mi sentivo a disagio. Continuavo ad avere nelle orecchie la voce di donna udita sulla cima, e mi sentivo osservato. Era una sensazione scomoda, un fastidio indefinito, un malumore impossibile da scacciare. Inoltre, a ogni accenno di guerra nella canzone, mi balenavano in mente gli occhi vitrei della bambina morta. Sudavo, ma non per lo sforzo di una discesa su un terreno aspro. Cercai più volte di farli smettere.

«Chi vuoi che ci senta? Non c'è nessuno!»

Non ne ero poi così sicuro...

Il giorno stava ormai declinando nella sera e il sole si affossava tra le vette davanti a noi con una luce d'oro. Decidemmo di fermarci a riposare per qualche ora, tanto più che avevamo trovato una piccola sorgente con cui, finalmente, placare la sete. Non c'era fretta. Saremmo potuti scendere a valle a cercare le nostre vittime in seguito, magari prima dell'alba, ancora coperti dal vello della notte. Ora, però, dovevamo riprendere le forze.

Ci accampammo nei pressi di una lama di roccia in modo che essa ci guardasse le spalle a est e la nostra vista potesse essere libera di spaziare verso occidente, verso la Messenia, verso il territorio nemico. Trovammo qualche scorpione e qualche cavalletta che, assieme a qualche frutto selvatico, costituirono la nostra cena. Filocle voleva andare a caccia, ma glielo vietammo: non era il caso di spargere del sangue, che avrebbe senza dubbio richiamato gli orsi, visto che non potevamo accendere un fuoco a nostra protezione, o ci avrebbero scoperti. Avremmo rubato qualcosa alla prima occasione da una fattoria ilota.

Facemmo i turni per stare di guardia mentre gli altri dormivano, ma il riposo serale trascorse senza inconvenienti, finché non calò la notte. Un bramito roco e cupo ci svegliò di soprassalto. E subito dopo la voce di Lisimaco, che era di guardia, gridò:

«Svelti, schiacciatevi contro la roccia!»

Appena in tempo! Un branco di cervi in corsa sopraggiunse alle nostre spalle. Senza fermarsi, gli animali, uno dopo l'altro, saltarono lo sperone roccioso e le loro zampe toccarono il suolo a brevissima distanza da noi. Scomparvero, veloci come erano giunti, argentati dalla luce lunare. Eravamo salvi, per un pelo.

Il verso di un gufo. Uno schioccare di dita. Un breve ululato. Dei passi si persero in lontananza. Non eravamo soli. Da cacciatori stavamo divenendo prede senza nemmeno accorgercene. Decidemmo di metterci in marcia. Sarebbe stato pericoloso sostare oltre in quel luogo. Prima di partire, però, ci parve saggio armarci: se davvero eravamo braccati, i coltelli non rappresentavano più una difesa adeguata. Staccammo dei rami, il più possibile dritti, e con il coltello ne affilammo la punta. Filocle era il più abile di noi con la lancia: a lui diedi il laccio che avevo utilizzato per accendere il fuoco, e con esso assicurò il coltello all'estremità del proprio bastone.

Ci muovemmo in direzione dei passi. Seguimmo le tracce sull'erba alla luce della luna e, dopo un inseguimento durato un'ora buona, ci apparve.

Ritta su un'altura davanti a noi, ci aspettava una dèa della guerra. La luce della luna danzava riflessi d'argento sul suo corpo. Stava immobile. I capelli neri erano raccolti in una treccia che le girava sul capo come un diadema per poi perdersi nel vento argenteo alle sue spalle. Con la destra teneva un lungo bastone e, alla sua destra e alla sua sinistra, due grossi lupi attendevano un suo comando, con la schiena inarcata e le zanne scoperte che scintillavano.

Quella visione mi folgorò. Restai interdetto, incapace di muovermi, finché non sentii i miei compagni gettare un urlo e lanciarsi verso la donna. Un istante dopo, il sibilo di una freccia scoccata da qualcuno nascosto nell'oscurità del bosco. Lisimaco girò su sé stesso, appena in tempo. Il dardo gli tranciò un orecchio e si conficcò nel suolo. Con un grido di dolore, scagliò il bastone nella direzione da cui era venuta la freccia, e gli corse dietro veloce come il vento.

Nel frattempo, i lupi si erano gettati entrambi su Filocle, che, usando la lancia improvvisata, lottava per tenerli a distanza.

Io guardavo quella ragazza, ancora immobile nella luce della notte – e lei guardava me, inespressiva, fissa, come una maschera ancora da finire. Poi, dopo istanti che parvero ore, corsi verso di lei, stringendo il bastone. Lei puntò il suo verso di me e mi gridò di fermarmi. Non so perché lo feci, ma la ascoltai, sorpreso di me stesso.

Un grido. Lisimaco aveva ucciso il suo assalitore.

«Un orecchio per un orecchio» lo sentii ghignare.

Sul viso della ragazza comparve una nota di disappunto. Non dolore, non rancore, non paura. Disappunto.

Filocle nuotava in un bagno di sangue. Di chi fosse, non era dato sapere. Era un sangue nero reso lucente dalla luna, e avvolgeva interamente i tre demoni che stavano lottando. Non c'era più differenza tra lupo e uomo; ciascun essere lottava come l'istinto gli suggeriva, finché su due cadaveri sfigurati, si erse la testa di un lupo. Era una visione infera, un demone dell'altro mondo con le zanne grondanti strage. Ululò, ma una freccia gli spense il verso in gola con un rantolo di morte. E si accasciò, terzo cadavere sugli altri due.

Poi Lisimaco mi passò l'arco e le frecce sottratte al suo assalitore.

«Va' a prenderla» mi disse dandomi una pacca sulla spalla, come a spronarmi. «Io riporto a Sparta questo qui».

«Che brutta fine» mormorai con tono neutro, privo di espressione.

Lisimaco ridacchiò:

«Giù a Sparta direbbero che ha avuto una bella morte, da guerriero. Tant'è. È morto. Un idiota in meno nella falange. Non stava simpatico a nessuno dei due, ammettiamolo».

«Già» risposi, e allungai la mano meccanicamente a prendere l'arco, ma il mio sguardo rimaneva fisso su di lei, su quella ragazza che sembrava un'apparizione divina.

«Pausania, che hai?» mi domandò Lisimaco poggiandomi le mani sulle spalle e cercando invano di incrociare il mio sguardo.

«Nulla...» risposi.

«Svegliati, dannazione!» riprese scuotendomi. «Usa la testa e falla fuori. Metti da parte le sensazioni e sii ciò che sei nato per essere!»

«Ciò che sono nato per essere...» gli feci eco, con un'intonazione strana, assorta.

«Pausania, stai giocando a un gioco rischioso. Io sono con te, qualunque cosa tu deciderai di fare. Prego solo gli dèi che tu faccia la cosa giusta...»

«E io non potrò mai ringraziarti a sufficienza, amico mio» gli dissi stringendogli la mano.

La ragazza decise che la conversazione stava durando troppo. Puntò il bastone per terra, richiamando la mia attenzione, si volse e fuggì.

«Ci vediamo a Sparta!» gridai a Lisimaco mentre mi gettavo a rotta di collo dietro di lei.

Correvamo nella foresta, e l'aria della notte riempiva i nostri polmoni affannati. Correvamo nella notte, e le fronde degli alberi ci graffiavano la carne. Correvamo nei boschi, ed era dannatamente bello! Ma correvamo in salita, e presto i boschi sparirono alle nostre spalle.

Quando fummo sulla cima di un monte, la ragazza si fermò. Ora eravamo due piccole figure illuminate dalla luna su un palcoscenico di roccia argentata tuffato nell'oscurità più nera. Ci fronteggiammo, in silenzio, poi lei si voltò e accennò a fare un passo.

«Ferma!» le gridai.

«Altrimenti?»

«Altrimenti scocco!»

Rise. Un riso cristallino e puro. Rise lo sciogliersi delle nevi a primavera. Rise la pioggia sull'erba fresca.

«Provaci!» disse, e un coltello schizzò veloce dalla sua mano, recidendo di netto la corda dell'arco.

Imprecai.

Mi sorrise. Si allontanò di qualche passo e assunse una posizione di guardia impugnando saldamente il bastone.

Feci altrettanto.

La sua arma calò dall'alto, fulminea. Parai il colpo e contrattaccai.

I colpi del legno risuonarono a lungo nella notte silente senza che nessuno dei due riuscisse a colpire l'altro. Da qualsiasi parte arrivasse il colpo, veniva parato, o schivato, e via così per un tempo infinito.

La rabbia sbolliva, le preoccupazioni si allontanavano, i rimorsi fuggivano, i doveri si nascondevano. La tecnica pura e scarna, fatta di affondi e di parate, di schivate e di contrattacchi, prendeva il sopravvento come una danza, come la danza del crudo Ares.

Ci guardammo, e gettammo via con un tacito accordo i bastoni. Si veniva alle mani. Il combattimento passava a quel linguaggio universale e implicito che si esprime con i corpi. Le membra fremevano; il cuore pompava il sangue a un ritmo maggiore; gli occhi ridevano.

Ci muovevamo in circolo, ogni muscolo del corpo teso e pronto a scattare. Nessuno dei due pareva intenzionato a fare la prima mossa.

Alla fine mi mossi io. Protesi un braccio per afferrarla, ma mi ritrovai proiettato a terra prima ancora che potessi rendermene conto. Non avevo molte possibilità: le afferrai le gambe e la sbilanciai. Cadde anche lei, ed ebbi il tempo per rialzarmi.

Combattemmo per tutto quel che restava della notte. E quando l'aurora cominciò a circondarci della sua luce, vidi che a poca distanza da noi c'era un piccolo spiazzo erboso. Ci spostammo lì, felici entrambi di abbandonare la dura roccia. I piedi gioirono a contatto con l'erba soffice, ma il combattimento non venne interrotto... finché non decisi che era ora di smettere. Mi spinse. Le afferrai gli avambracci, le puntai un piede all'inguine e mi gettai indietro facendo una capriola sulla schiena. Il mio piede spinse il suo corpo, che rotolò in aria sopra di me, e, quando cadde, completando la mia capriola le fui addosso. La bloccai. Fine dei giochi.

Ma mi persi nei suoi occhi. V'era, in essi, la luce dell'azzurro più limpido, il bagliore di una gemma di un qualche re dell'Asia infinita.

Cielo e acqua. Mi persi in una vertigine di bellezza e lasciai la presa, sdraiandomi sull'erba.

Lei venne accanto a me e si sdraiò a sua volta, poggiando la testa sul mio petto.

«Perché?» le domandai.

«Perché cosa?»

«Perché ti fidi così? Io sono uno Spartiata, e tu una ragazza ilota. Potrei violentarti, farti del male; potrei – dovrei – ucciderti».

«Ma non farai nulla di tutto ciò».

«E come fai a dirlo?»

«Lo so e basta, perché ho combattuto con te; perché ho parlato col tuo vero io... Oh, ma tu non sei uno Spartano? Sta' un po' zitto allora, e goditi il sole che sorge! Ne riparliamo poi...»

E il sole rosso che sorgeva da Sparta ci trovò lì sulla cima, addormentati.

IV
PALINGENESI

«Pausania, sveglia! Svegliati, è giorno fatto; il sole è già alto».

Sentivo la sua voce chiamarmi, ma la sentivo lontana, ovattata, distante. Io ero distante, perso in un sogno che non ricordo. Per la prima volta in vita mia avevo dormito bene, un sonno profondo e ristoratore. Per la prima volta era sparita l'ansia di dover stare sul chi va là. Paradossalmente mi sentivo al sicuro.

Mi scosse:

«Sveglia!»

Aprii gli occhi, e li richiusi subito, strizzandoli, abbagliato dalla luce del sole e dalle vertigini delle sue iridi, fisse sul mio volto. Li riaprii, piano. Sorrise. Sorrise la luce del mattino.

«Come sai il mio nome?» bofonchiai io mettendomi a sedere.

Rispose che era da un po' che ci tenevano d'occhio:

«Ci credete così stupidi da non sapere quando inizia il nuovo anno, e da farci ammazzare così, per diletto?» aggiunse con un sorriso che non capii se fosse sincero o ironico. «Non siamo servi remissivi; non ce ne stiamo tutto il giorno buoni buoni a zappare la vostra (la nostra!) terra senza fiatare. Non tutti, almeno. Non ti sei chiesto perché io sappia combattere e tenere testa a un giovane Spartiata?»

«Volevo chiedertelo» risposi. «Ma non mi hai dato nemmeno il tempo di svegliarmi... Chi sei? Non so nemmeno il tuo nome!»

Scoppiò a ridere.

«Il nome non è rilevante. L'identità si determina con le azioni, non con un nome. Ma se proprio ci tieni, mi chiamo Aristomache».

La osservai; le sorrisi.

Venne a sedersi dietro di me, poggiò la sua schiena contro la mia e riprese, calma:

«Vedi, non siete gli unici a venire addestrati a combattere. La nostra terra è scivolata nelle vostre mani, è vero; il nostro popolo è diventato schiavo, ma ci sono sempre state sacche di resistenza. E i vostri efori lo sanno: è per questo che ogni anno vi mandano ad ammazzarci. Ma noi ci siamo organizzati. Osservandovi abbiamo appreso a combattere, abbiamo compreso le vostre tecniche, e ne abbiamo create di nuove, nuovi metodi, nuove armi. Ci proibite di portare la spada e la lancia? Presto sperimenterai quanto può essere micidiale un semplice forcone! Forse non abbiamo ancora le forze per riprenderci la nostra terra, ma lavoreremo ancora. Altri giovani verranno addestrati, finché non vi soverchieremo. Siete pochi, Pausania. Siete ottimi guerrieri, ma siete pochi».

Fissai gli occhi all'orizzonte, persi al confine tra la terra e il cielo.

«Perché mi dici queste cose? Perché parli di rivincita su Sparta a uno Spartiata?»

Spostò la mano indietro a cercare la mia, e l'afferrò.

«Perché i tuoi occhi sono diversi. Perché so che non ci tradirai».

Sospirai:

«In fondo al mio cuore – neanche così tanto in fondo – ho già tradito il mio, di popolo: come fai ad essere sicura che non tradirò anche voi?»

«Non hai tradito; hai fatto una scelta. Hai scelto di non essere come loro. Noi siamo l'alternativa».

«Non posso diventare uno di voi, lo sai».

«Puoi essere la nostra luce nella tenebra di Sparta».

Ero confuso. In una notte il mondo era stato stravolto per me. Forse era questo il vero significato della krypteia. Forse incontrare la morte non era che parte di un gioco più ampio: conoscere sé stessi, guardare in fondo al proprio cuore e aderire all'idea di Sparta. O rifiutarla. Tornare da vero Spartiata, o non tornare proprio. O forse tornare con dei sogni dopo aver perfezionato la doppiezza che Sparta stessa mi aveva insegnato. Essere Spartano e Ilota. Essere tutto. Cambiare le cose dall'interno, non con l'insurrezione, come vogliono gli Iloti, ma modificando la struttura stessa del dominio spartano. Dal di dentro. Ma ero solo, a Sparta: non ce l'avrei fatta. Ciononostante quel giorno decisi che avrei fatto del mio meglio, ad ogni costo.

La sua mano sul mio mento mi riscosse dai miei pensieri.

«Hai urlato diverse volte mentre dormivi, sai? Gridavi che non volevi. Mi hai spaventata. Che cosa ti turba, Pausania?»

Gli occhi della bambina rimbalzarono folli nella mia mente; il suo sorriso prese ad annebbiarmi lo sguardo; il suo piccolo corpo sul tavolo mi bruciava i polmoni. Respiravo a fatica.

«Non importa» riprese. Mi strinse la mano, mi fece

alzare, e mi condusse nei boschi.

Avanzavamo in silenzio. Lei correva davanti a me; io la seguivo. La corsa, i mille suoni della foresta, l'odore del muschio e del terreno umido mi tolsero di nuovo dalla mente l'ossessione per la piccola uccisa.

Corremmo, e camminammo, per tutto il giorno senza mai uscire dal bosco. Aristomache taceva, e si guardava spesso attorno, come se cercasse qualcosa; io osservavo. Verso sera arrivammo a una piccola radura. La vegetazione attorno era ordinata dalla mano dell'uomo, ma aveva un non so che di spettrale. Gli alberi avevano forme strane e sinistre; i cespugli sembravano voler ghermire chi passasse. In fondo, vicino al limite del bosco, addossata a un'enorme quercia nodosa, c'era una piccola costruzione di legno. Una bava di fumo usciva dal camino, e a noi giungeva un piacevole odore di stufato.

Ci avvicinammo, poi Aristomache mi fece cenno di attendere ed entrò nella capanna. Uscì poco dopo in compagnia di un uomo. Sembrava vecchissimo, antico direi. La vetustà della quercia a cui si appoggiava la sua capanna era riflessa nelle rughe del suo volto, nella sua corporatura scarna e nodosa, eppure la sua voce era il rombo di un tuono, e nei suoi occhi di pece splendeva una luce arcana. In fronte aveva un tatuaggio, e i capelli candidi erano decorati con piume e perline. In testa portava un cappello di volpe vecchio quanto lui.

I due si sedettero su un tronco appena fuori della capanna e versarono dello stufato di carne bollente in un piatto. Il vecchio me lo porse con un sorriso.

«Benvenuto nella mia casa» disse in un greco stentato, dal forte accento straniero.

Sentivo i suoi occhi su di me. Mi fissavano, mi scrutavano come alla ricerca di qualcosa nella mia anima.

«Grazie» balbettai intimorito.

Aristomache lesse il mio imbarazzo e, versandosi a sua volta da mangiare, mi disse:

«È impressionante, vero?»

«Cosa?» domandai.

«Il suo sguardo. Ti scruta fin dentro le ossa. Dicono che sia in grado di vedere gli spiriti e di parlare con loro. È uno sciamano, anzi è lo sciamano. Tutti lo chiamano così perché nemmeno lui si ricorda più il suo vero nome».

Il vecchio le sorrise, poi mi porse un pezzo di pane.

«Sono venuto quaggiù da nord, dalla Tracia, tanti anni orsono» commentò. «Ho lasciato là tanti ricordi, compreso quello del mio nome».

Sorrisi, imbarazzato. Non avevo mai visto un uomo così: come si fa a dimenticarsi il proprio nome? Per essere strano, era strano, ma sembrava molto amico della ragazza ilota. Ogni tanto i due bisbigliavano fra loro fitto fitto, e io non riuscivo a capire cosa si stessero dicendo. E mentre confabulavano così, talvolta lui mi fissava, poi annuiva distrattamente.

Dopo cena, Aristomache mi disse:

«Tu resti qui, stanotte. Sei al sicuro, e lui può aiutarti. Io ho da fare. Ci vediamo domattina».

Non aggiunse altro né mi diede tempo di replicare. In un attimo era sparita nella notte. Cosa voleva dire che poteva aiutarmi? E se fosse stata tutta una trappola?

Non è che avessi molte alternative, però. Avevo scelto di fidarmi. E fosse! In fondo, non smaniavo di tornare a Sparta.

Ricordo che ci sedemmo davanti al camino, e che lui mi passò qualcosa da bere, una bevanda strana, un'infusione di chissà quali piante dal sapore dolciastro e sgradevole. Poi i ricordi sono confusi. Ma d'un tratto ero coricato sul letto. Lui era sparito. Ero solo nella casa. Non riuscivo ad alzarmi, né a parlare. Potevo solo ascoltare il suono del silenzio, quel perpetuo ronzio dell'immobilità delle cose, la vibrazione di fondo della vita. E il ronzio cresceva, cresceva, cresceva. E, man mano che cresceva, cominciavo a perdere il controllo del mio corpo. Scivolava via. Le dita dei piedi, dapprima, poi i piedi, la gambe, le mani. Non li sentivo più. Era come se non li avessi mai avuti. I miei arti erano entrati nel nulla. E intanto il ronzio cresceva. E il corpo continuava a perdere sensibilità. Come in un sogno dal quale non ci si può svegliare.

Poi, quando ormai il mio corpo non esisteva più, il ronzio si fece insostenibile, la vibrazione intollerabile e, quando raggiunse il culmine, di colpo si spense. E io mi vidi. Vidi un fantasma di me stesso, traslucido, staccarsi da me come un insetto che esca dalla muta e alzarsi galleggiando in aria. Quindi, all'improvviso, la prospettiva mutò. Il mio io sensibile era nella forma trasparente, e vedevo il me corporeo disteso immoto sul letto. Volai - che sensazione! - per la camera, quindi passai attraverso il muro, e la sensazione era fisica, indescrivibile.

Passai attraverso il muro e uscii, solo che invece di trovarmi nella radura, ero al Limneo, nella palude appena fuori Sparta, e proprio davanti a me, in una lugubre nebbia, appariva il tempio di Artemis Orthia. Maschere spettrali con smorfie allucinate pendevano dal suo tetto e mi fissavano con le loro orbite vuote.

Trasalii. Quel tempio è un ricordo doloroso per ogni Spartano. D'un tratto, i ricordi delle fustigazioni rituali per placare l'immagine della dèa affollarono la mia mente riempiendola di un dolore vivo e reale.

«Vieni» si sentiva sussurrare nell'aria. «Vieni».

Deglutii a fatica, mi poggiai a terra e feci un passo indietro, ma due mani mi serrarono i polsi. Due efori mi avevano bloccato e mi trascinavano verso il tempio. Io recalcitravo, mi opponevo, ma la loro presa era di ferro, e avanzavano inesorabilmente. Mi legarono a un palo davanti al santuario e mi strapparono la tunica di dosso. La porta del tempio si aprì, da sola, lentamente. Ne uscì una sacerdotessa in candide vesti. Un cappuccio le nascondeva il viso. In mano portava la statua lignea della dèa. Si fermò a qualche passo da me, e stette immobile. La statua mi guardava con occhi vuoti di legno antico, e dai fori dei tarli vicino agli occhi piangeva sangue.

La fissavo.

Ma una sferzata sulla schiena mi fece trasalire. Avevo sempre detestato quel rito, e ora ecco che si ripeteva!

Una seconda sferzata.

Poi una terza.

E ancora.

Il dolore cresceva. Cercavo di sopportare in silenzio, come ci era stato insegnato a Sparta.

Poi venne la sferzata che lacerò la pelle. Il sangue schizzò, e sporcò la veste della sacerdotessa.

La statua sorrise.

Poi, all'improvviso, la sacerdotessa vacillò, faticando a reggerla. Una folata di vento le tolse il cappuccio e svelò il volto della bambina ilota che avevo ucciso. I suoi occhi erano rossi; il viso pallido e gonfio, ma ancora riconoscibile.

«La statua pesa!» gridò. «La dèa vuole altro sangue!»

Il ritmo delle sferzate aumentò; gli schizzi si intensificarono. Ma sopportavo ancora.

«Pesa!»

Altre sferzate.

«Ancora! Più sangue!»

Non ressi. Gridai. E le maschere del tempio si staccarono e si disposero attorno a noi, sospese a mezz'aria, ridendo ridendo ridendo...

L'ennesima sferzata. Ma questa mi spaccò le ossa.

Mi accasciai.

Il colpo successivo mi centrò la testa.

Vorticai in un turbinio di forme e colori confusi, in un ronzio crescente, e mi ritrovai sul letto dello sciamano. Lui era lì, accanto a me, e mi fissava immobile. Sembrava quasi che si fosse addormentato seduto con gli occhi aperti.

Sentivo di nuovo il mio corpo. A fatica mi tirai a sedere. Feci per alzarmi dal letto. Inciampai e caddi. Mi rialzai.

«Vado a prendere una boccata d'aria» dissi.

Nessuna risposta. Uscii e mi sedetti su un tronco abbattuto. Sopra la radura, le stelle brillavano serene nel cielo, inconsapevoli del mio travaglio. Respirai l'aria della notte a pieni polmoni, e pian piano mi calmai. Il mio respiro tornò normale e il battito del mio cuore si rilassò.

Poi comparve lui, lo sciamano. Non l'avevo visto arrivare. Sembrava sbucato dal nulla. Aveva in mano due tazze fumanti. Me ne porse una e si sedette a bere accanto a me.

«Il suo spirito ora è in pace» mi disse. E da quella notte lo spettro della bambina non tornò più a torturarmi. Si era come dissolto. Pagato il fio e accettato il fatto, ora ero tranquillo.

Rientrammo nella capanna, e dormimmo per quel che rimaneva della notte mentre i ghiri ballavano sul tetto e le civette sorvegliavano il bosco.

L'alba del giorno successivo mi svegliò con lame di luce che s'insinuavano tra le assi sgangherate della capanna. La porta era socchiusa: il vecchio doveva essere già uscito.

Mi alzai, e uscii anche io. La radura era ricolma del ronzio delle api, e intorno non si vedeva nessuno. Feci un passo fuori dall'uscio, ma ecco che fui colto alla sprovvista. Una catena, lanciata da chissà dove proprio mentre portavo avanti un piede, mi si arrotolò attorno alla caviglia e mi fece cadere in avanti sul prato, a faccia in giù. Sciolsi la catena dal piede, mi girai... e mi ritrovai davanti agli occhi le tre punte acuminate di un forcone. Rotolai su me stesso, su un fianco, per evitare l'affondo, poi, con una capriola, ritrovai la posizione eretta.

Appena in tempo per schivare un secondo affondo.

Ero disarmato. Avevo solo il coltello con me, ma non sarebbe servito a molto, se prima non fossi riuscito ad avvicinarmi al mio avversario tanto quanto bastava per rendere inutilizzabile il tridente.

Al terzo affondo, provai a usare la catena. La lanciai intorno al manico, tenendola per un'estremità, come se fosse una frusta, e sperando che si avvolgesse attorno a esso come si era avvolta attorno alla mia caviglia.

Invano.

L'altro, con un movimento dell'arma, si liberò immediatamente di essa, rispedendomela addosso.

Provai altri colpi, ma vennero tutti parati. La catena sembrava più un intoppo che un vantaggio. Me ne liberai e, quando il mio aggressore affondò, mi scansai di lato e afferrai anch'io il manico del forcone.

Tuttavia, prima che il duello diventasse una prova di forza, mi ritrovai l'estremità del manico fra i piedi, e caddi di schiena. Mantenni però la presa, e trascinai giù anche il mio avversario, poi, facendo una capriola indietro, con un calcio lo feci volare oltre il mio capo. Entrambi eravamo ancora attaccati al forcone, e la forza della sua caduta mi permise di completare l'azione ritrovandomi rannicchiato sopra il suo petto.

Bloccai il bastone, tenendolo con la mano sinistra e premendolo col ginocchio destro, e impugnai il coltello. Stavo per affondarlo nel suo collo, quando, alle mie spalle, risuonò la voce di Aristomache:

«Basta così!»

Mi fermai, e mi alzai, indietreggiando di qualche passo. L'altro fece lo stesso.

La ragazza balzò giù dalla quercia, da cui aveva assistito a tutto il combattimento, nascosta dalle foglie, e venne verso di noi.

«Pausania, ti avevo promesso un combattimento contro un forcone» disse ridendo. «Lui è Melanippo. È il capo della nostra organizzazione. È lui che si occupa di addestrare gli Iloti e di dirigere le operazioni della nostra resistenza. A lui dovrai rispondere, se deciderai di giocare dalla nostra parte».

Il combattente piantò il forcone in terra e mi strinse la mano con forza. A guardarlo così, avrà avuto qualche anno più di me. La pelle, abbronzata dal lavoro nei campi, evidenziava una muscolatura che nulla aveva da invidiare a quella del più addestrato degli Spartiati. I capelli erano neri e mossi, raccolti in una coda di cavallo sulla nuca. Al collo, una collana con un dente di lupo.

«Spiccate le spighe più alte, uccidete gli Iloti più forti».

Le parole dell'eforo mi risuonarono in testa mentre studiavo l'uomo che avevo di fronte. Le cacciai via scuotendo il capo.

«Benvenuto» mi disse quello. «Ti prego di seguirmi. Andiamo al monte Itome»

«All'Itome?» domandai io incredulo. «Non c'è più nulla su quella montagna. La roccaforte sulla cima l'ha distrutta Teopompo anni fa. Cosa andiamo a fare su quella montagna?»

«Non c'è più nulla sopra» riprese Melanippo. «Ma io non ho mai detto che andiamo sull'Itome. Ci andiamo dentro. Da quando il vostro re ha conquistato la nostra terra e ci ha resi vostri schiavi, fin da allora, fin dal primo momento, alcuni di noi si sono ribellati e sono tornati alla montagna. Non potendoci più vivere sopra, l'abbiamo scavata. Abbiamo cunicoli e stanze nel cuore del monte, e uscite sparse qua e là, nascoste dalla vegetazione. Come un formicaio. Lì ci possiamo addestrare senza che Sparta se ne accorga; da lì possiamo pianificare le nostre mosse. Voglio mostrartelo, il ventre dell'Itome».

Potevo fidarmi o era una trappola? Guardai Aristomache in cerca di una conferma e ottenni in cambio il suo sorriso.

«Ma non ci passeremo mai lì dentro!» esclamai quando Melanippo mi indicò un buco nel terreno, sotto una grossa roccia. Sembrava la tana di una volpe, un cunicolo stretto e nascosto alla vista.

Aristomache rise:

«Che cosa ti aspettavi? Un viale affiancato da colonne e, al fondo, una porta di bronzo lucente?»

«No, ma...» risposi, senza nemmeno sapere cosa dire.

La ragazza mi diede una pacca sulla spalla.

«Seguimi» disse. «Se ti stringi un po', vedrai che ci passi».

Ciò detto, si sdraiò per terra, prona, e, aiutandosi con le braccia, strisciò dentro il buco. Guardai Melanippo. Non disse nulla, ma, con un gesto della mano, mi invitò a fare altrettanto.

Nel tunnel l'oscurità era totale. Una leggera brezza, che spirava da dentro la montagna verso l'uscita, portava alle mie narici un vago sentore di legna bruciata assieme al profumo del corpo di Aristomache. Ma l'odore principale era quello della terra. Pervasivo, onnipresente, era ovunque attorno a noi. Mi sentivo un topo in trappola.

Poi, finalmente, dopo una decina di metri percorsa strisciando, l'aspetto del tunnel cambiò.

«Puoi alzarti, ora».

La voce di Melanippo proveniva da dietro di me, ma da un punto più in alto della mia testa. Lui era già in piedi.

«Come fate a capire quando ci si può alzare?» domandai. «Io continuo a non vedere assolutamente nulla, in questo buio».

«La roccia» rispose Aristomache. «Tocca le pareti. Il tunnel è scavato dapprima nella terra, poi, in questo punto, nella roccia madre, nello scheletro della montagna. Qui la struttura è più solida e abbiamo potuto scavare un percorso più largo».

Mi alzai, ma, non avendo punti di riferimento visivi, barcollai come un ubriaco.

«Tieni una mano contro la parete, che ti guidi, e va' avanti» disse Melanippo. «Non aver paura di inciampare. Il terreno è liscio».

Il corridoio procedeva ancora per un buon tratto, in linea retta, poi, finalmente, una curva a gomito e, in lontananza, una luce tremolante.

La prima stanza che incontrammo in quell'immenso formicaio era piccola e illuminata dalla luce di due torce appese alle pareti: un posto di guardia. Due Iloti stavano seduti su degli scanni scavati nella roccia e controllavano l'ingresso, pronti a sbarrarlo, in caso di intrusione, con un pesante portone di legno che, tirando una leva, sarebbe caduto dal soffitto sigillando il corridoio.

Aristomache salutò gli uomini e quelli si alzarono in piedi ad accoglierla.

«Chi è quello?» domandarono poi fissandomi con sguardo torvo.

Rispose Melanippo:

«Uno Spartano».

Sgranarono gli occhi.

«Scusa?» fece uno dei due. «Avete deciso di venderci al

nemico?»

«Aristomache dice che possiamo fidarci di lui» disse il capo ilota. «E io mi fido di Aristomache».

Le due guardie fissarono uno sguardo interrogativo sulla ragazza e quella sorrise. Tranquillizzate da quel sorriso, si fecero da parte e ci lasciarono passare, poi tornarono a sedersi. Mentre ci allontanavamo, sentii uno dei due bisbigliare:

«Be', se lei si fida, allora puoi stare tranquillo».

Il capo, lì dentro, era Melanippo, ma indubbiamente quella ragazza esercitava su tutti un fascino e un'autorevolezza tali che solo il suo sorriso bastava a tranquillizzare gli Iloti spaventati per la mia presenza.

Dopo il posto di guardia, il corridoio, illuminato a intervalli regolari da fiaccole sui muri, procedeva in salita lungo una stretta scalinata. Poi, al piano superiore, altre stanze, e poi altre ancora. La gente ci si faceva incontro curiosa, e per tutti Aristomache aveva un sorriso o una buona parola.

Dopo aver attraversato non so quante stanze e salito non so quanti scalini, arrivammo infine a una piccola stanza situata verso la sommità del monte. Sull'uscio, Melanippo ci salutò:

«Per oggi abbiamo dato, direi. Ci vediamo domani. Abbiamo un po' di cose da raccontarci».

Senza nemmeno attendere una risposta, si voltò e scomparve nel corridoio scendendo gli scalini.

Mi guardai attorno. La stanza era piccola ma accogliente.

«Benvenuto in casa mia» disse Aristomache. «Perdona la temperatura, ma non possiamo tenere troppi fuochi accesi o il fumo che esce dalla montagna si noterebbe. Se hai freddo, ci sono coperte e pellicce in abbondanza. Domani poi magari facciamo aggiungere un letto: il mio è un po' stretto per dormirci in due. Per stanotte dovrai accontentarti del pavimento».

«Il pavimento va più che bene» dissi, sistemandoci sopra una coperta per isolarmi dalla fredda roccia. «Ma dimmi una cosa: come fai a sapere che ore sono qui dentro?»

Rise:

«È ora di andare a dormire, fidati».

Sorrisi.

«Ah, un'ultima cosa» soggiunse. «Io mi fido di te, ma, per il momento, considerati ancora in prova. Un passo falso e sei fuori, non so se mi spiego. Ti tengo d'occhio, Pausania».

Annuii.

«Buonanotte».

Vissi con gli Iloti per qualche mese, in una condizione a metà fra il prigioniero politico e l'ospite gradito, con oscillazioni variabili tra i due poli. Aristomache stava sempre con me. Mi portava in giro, mi illustrava la loro organizzazione, mi presentava alle varie persone, si allenava assieme a me...

E più il tempo passava, più mi affezionavo a lei, giorno dopo giorno. E una notte salimmo assieme sulla cima dell'Itome. Le stelle brillavano palpitando nel cielo e la luna si rifletteva sulla neve. Faceva freddo, ma per la prima volta in vita mia mi era concesso - concesso perché Sparta non vedeva - di indossare vestiti pesanti. Era un lusso grezzo e campagnolo: non erano che vecchie pellicce, quelle che avevo addosso, eppure mi parevano comode, calde e degne di un re di Persia.

Faceva freddo, ma non ci importava.

Fu davanti a quelle stelle che per la prima volta le nostre labbra si dischiusero in un bacio.

Non rientrammo quella notte, ma decidemmo di scavarci una tana nella neve. Ne era venuta giù tanta quell'inverno. Ci scavammo un buco, un piccolo rifugio che ci proteggesse dal gelo della notte, ne foderammo il pavimento con frasche di pino e di abete per isolarci dalla neve e ci distendemmo tra due caldi strati di pellicce.

Non dormimmo molto. Il calore reciproco dei nostri corpi nudi stuzzicava i sensi; la voluttà guidava le mani a esplorare un corpo nuovo. Le mie dita solleticarono i suoi capezzoli; i suoi baci sul mio collo mi scaricarono un brivido lungo la schiena. Le carezzai il viso nel buio mentre i miei fianchi si stringevano ai suoi. Urlò, dapprima, e si strinse a me. Le sue mani strinsero la mia schiena con la forza di una morsa. Poi, pian piano, allentò la presa e il suo respiro divenne un ritmico e dolce ansimare.

La baciai sulla fronte.

«Ti amo» sussurrò, piano.

A prescindere dall'amore per Aristomache, più vivevo tra gli Iloti, più li ammiravo e li rispettavo. E arrivai a capire che cosa voglia dire amare un popolo. A Sparta questo non era mai successo. A Sparta, l'amore per lo Stato era un obbligo, un dovere di ogni cittadino. Ma l'arcigna città non faceva nulla per essere amata. Pretendeva e basta. E per ricompensa puniva. Qui era diverso. C'era una forma di comprensione tra gli uomini; un'atmosfera di aiuto reciproco che permeava ogni cosa. Qui nessuno obbligava qualcun altro a fare qualcosa al posto suo, ma anzi ci si faceva in quattro per dare una mano a chi ne avesse bisogno. Gratuitamente. Non voglio dire che abitare in mezzo agli Iloti fosse il sommo grado di felicità, ma, benché conducessero una vita dura, benché io fossi uno dei cattivi, benché in un certo senso fossi loro prigioniero, mi fecero sentire a casa. Sebbene fossero estranei per me, mi fecero capire cosa significhi avere una famiglia. Una famiglia normale, non una spartana, che di fatto non esiste.

Ricordo che era una notte senza luna. Uomini correvano come formiche impazzite nei meandri del formicaio dell'Itome. Si scambiavano informazioni sussurrando, poi correvano di nuovo via. C'era trambusto, eccitazione, fermento nell'aria. Ma nulla veniva riferito a me. Non riuscivo a capire che cosa stesse succedendo, ma l'agitazione aumentava in un parossistico crescendo.

Poi Aristomache venne da me, trafelata:

«Seguimi!»

Mi condusse da Melanippo in una grande sala scarsamente illuminata. Molti guerriglieri erano seduti in semicerchio di fronte a lui. Io fui posto nel mezzo.

«Pausania» mi disse il capo ilota, «è arrivato il momento di dirci addio, o arrivederci: sta a te decidere. Avrei voluto tenerti con noi ancora per un po', magari fino alla fine dell'inverno, ma stanotte si è verificato un evento favorevole al tuo ritorno. Prima, però, devi dirci che cosa hai deciso: starai dalla nostra parte, una volta tornato a Sparta? O ci darai la caccia come i tuoi concittadini? Nel primo caso avrai la nostra amicizia eterna - so che non ci tradirai, te lo si legge in faccia - e insieme potremo raggiungere grandi traguardi. Nel secondo caso... mi dispiace, amico mio...» e indicò una spada.

Stetti un attimo in silenzio, a osservarlo. Le fiamme delle torce danzavano sul suo volto; i suoi occhi erano tesi, preoccupati forse.

Allungai la mano a prendere la spada che mi aveva indicato e, per un attimo, scorsi un brivido nel suo corpo. Sentivo lo sguardo di Aristomache fisso su di me, ma non la vedevo, nella penombra.

Osservai l'arma con calma, me la rigirai fra le mani, la soppesai e ne analizzai il filo.

«È una buona spada, Melanippo» dissi infine. «Ma non

abbastanza buona da prendersi la vita di uno Spartano. Non c'è bisogno che io mi uccida. Amo Aristomache, e ho imparato ad amare voi più che i miei concittadini. Tornerò a Sparta, ma ci terremo in contatto finché i tempi non saranno maturi per cambiare le sue stupide leggi».

Melanippo si avvicinò a me e mi fissò negli occhi, mi strinse le mani nelle sue, poi sparì nella camera accanto. Ritornò poco dopo, portando un sacco di tela.

«C'è uno dei nostri» riprese poi a dire «uno dei migliori, che vi ha procurato diversi danni negli ultimi tempi. Il suo nome è Archiloco: l'hai già sentito, vero, Pausania?»

Annuii.

«C'è inoltre uno dei vostri efori» riprese a dire Melanippo «che ha una cicatrice che gli sfigura il viso. So che va in giro vantandosene e raccontando di come se la sia procurata lottando con un'aquila. È tutto vero, ma quello che non racconta è che quell'aquila era l'aquila da caccia di Archiloco. Un piccolo incidente avvenuto mentre era di servizio nella Krypteia. Non può averlo dimenticato, né può avere dimenticato lo sguardo del nostro generale, con le iridi di due colori diversi. Va' da quell'eforo, dunque, ora che torni a Sparta, e come prova dell'uccisione di un Ilota, non portare un orecchio, ma questa».

Ed estrasse la testa di Archiloco dal sacco.

«E se riuscirete a uccidere Archiloco, possa la gloria non abbandonarvi mai!»

Le parole dell'eforo risuonarono nella mia mente come se le avesse pronunciate soltanto qualche minuto prima. Sorrisi, sarcastico.

«Cosa macabra e triste è questa. Ci addolora molto la sua morte, e per un motivo tanto banale!» continuò Melanippo. «Stava rientrando, qualche ora fa, ed è scivolato, picchiando la nuca contro un sasso. A volte la vita gioca scherzi crudeli. A noi non resta che tirare fuori il meglio dal peggio, e abbiamo convenuto che il meglio sia affidare a te la sua testa. Lui sarebbe stato d'accordo. Usala per guadagnare rispetto e potere a Sparta. Mostra agli efori quanto vale Pausania; guadagna la stima e il rispetto degli Uguali. Più potere acquisirai, maggiori saranno per noi le possibilità di spezzare il giogo della servitù. Con te al nostro fianco possiamo farcela!»

Ero onorato dalla loro fiducia, e lacrime di commozione mi bagnavano gli occhi. Riposi con delicatezza la testa di Archiloco nel sacco, poi abbracciai Melanippo.

La riunione fu sciolta e io mi preparai a partire.

Corsi in camera di Aristomache per recuperare le mie cose salendo gli scalini a due a due.

«Speravo di poterti trattenere di più» disse lei, con un velo di tristezza. «Il tempo è volato, e ora devo dirti addio...»

«Tornerò, non temere» risposi prendendole le mani e stringendole al mio petto. «Troverò sempre il modo di rubare tempo a Sparta per te, te lo prometto. Ad ogni luna nuova al santuario di Helios sul Taigeto: aspettami là. Io verrò».

Annuì.

«Qualche minuto, però, sono sicura di potertelo ancora rubare» continuò con una punta di malizia nella voce. Le sue mani carezzarono il mio petto e fecero scivolare a terra la pelliccia che mi copriva. Mi baciò la bocca e il collo, poi le sue labbra scesero lungo il petto a cercare il sesso. Strinsi il suo viso tra le mani e la feci alzare, baciandole la fronte, poi, facendole lo sgambetto, la feci cadere sul letto, la spogliai e mi persi nella voluttà del suo abbraccio. Quando la penetrai, le sue gambe si intrecciarono dietro la mia schiena.

«Mio» disse ansimando. «Non puoi scappare ora».

Né avrei voluto farlo.

Ma, alla fine, dovetti partire. I suoi occhi azzurri mi seguivano e mi rimbalzavano nel cuore.

Quando scesi dal Taigeto, dovevo sembrare un qualche cacciatore del Nord, uno straniero, uno degli Sciti magari. La neve quell'inverno cadeva insolitamente fitta e pesante, formando croste gelate sulle pellicce che mi coprivano, sui guanti di cuoio e sul cappuccio. Al collo portavo un arco e le frecce chiuse in una faretra di pelle: non proprio il tipo di arma che amano gli Spartani... Montavo un cavallo nero, giovane e muscoloso, che sprofondava nella neve fino al ginocchio a ogni passo e, non appena fummo giù dal pendio, lo spinsi al galoppo sulla strada innevata fino in città.

Un gruppo di armati mi venne incontro. Fui fermato. Le loro lance erano puntate contro di me. Uno di loro si avvicinò.

«Identificati!» disse, con quella sua solita voce imperiosa.

Sorrisi. Risi. Forte.

«Padre! Non riconosci più tuo figlio?» risposi, e mi tolsi il cappuccio. Lessi stupore negli occhi dei soldati, e un barlume - non di più - di commozione negli occhi del duro Cleombroto per il ritorno del figlio.

«Ti credevamo morto ormai» fu la sua risposta. «Bentornato. Ma levati quella roba di dosso: dove credi di essere?»

"Grazie, papà, ti voglio bene anche io" pensai, ironico.

E fu così che dovetti abbandonare la mia calda pelliccia in quell'inverno gelato...

Mi feci accompagnare dritto dagli efori, che mi ricevettero con entusiasmo. Moderato entusiasmo, non esageriamo! E chiesero il motivo del mio ritardo.

«C'è voluto più tempo del previsto» risposi, freddo.

«E il frutto della tua caccia?»

Al che, mi presi il mio tempo. Passeggiai fra loro. Osservavo i loro volti tendersi nell'attesa di una risposta; i loro occhi farsi sempre più interrogativi. Poi mi fermai di fronte allo sfregiato. Lo fissai, torvo, ed estrassi la testa di Archiloco, tenendola per i capelli e ficcandogli quelle sue iridi colorate dritte negli occhi.

Cacciò un grido e fece un balzo indietro. Poi si riprese, e cominciò ad applaudire, subito imitato da tutti.

«Il migliore!» esclamò. «L'ho sempre detto che questo ragazzo è il migliore!»

Sì. Il migliore. Io. Pausania.

Sorrisi.

Il migliore. Bei ricordi. Ora nessuno lo pensa più. Mi sono chiuso in questo tempio sperando di trovare pietà, e invece mi ci hanno murato dentro. Gli efori mi hanno dato la caccia, mi hanno inseguito come si insegue un ladro, un traditore. Hanno dimenticato chi sono, chi ero. Hanno dimenticato che un giorno, anni fa, ero considerato il migliore. Ora vedono solo le accuse che gli Ateniesi riversano sul mio capo. Per loro non sono che un sovversivo, in combutta con gli Iloti, in combutta con i Persiani.

V
QUEGLI UOMINI VENUTI DA ORIENTE

I Persiani...

Non era passato molto tempo da quel giorno in cui tornai a Sparta, quando su tutta la Grecia calò l'ombra della guerra.

Era una calda giornata di fine estate e a Sparta si venerava Apollo Carneo. I prati, ingialliti dall'arsura del sole, erano cosparsi di tende, e ovunque c'era gente che correva, danzava, suonava in onore del dio.

Aria di festa.

Mio zio Leonida aveva da poco e inaspettatamente assunto la carica di re di Sparta: il sovrano precedente, il suo fratellastro Cleomene era infatti rimasto coinvolto in uno scandalo. Accusato di aver corrotto l'oracolo di Delfi, era stato esiliato qualche tempo prima.

Seduto accanto a mio zio, ascoltavo con lui un concerto di flauti e cetre che suonavano in onore di Apollo, ma, a un tratto, la musica fu sopraffatta dal rumore di passi di corsa.

Una nube di polvere ci investì e un uomo si fermò ansimando davanti a noi. Era Filippide, il leggendario corridore di Atene, e tutta la strada che separa Atene da Sparta se l'era fatta di corsa. Aveva un messaggio per mio zio. Ed era urgente.

I musicisti smisero di suonare e si lamentarono per l'interruzione. Leonida non ci badò. Guardava incuriosito l'uomo che ansimava per la fatica davanti a noi, ricoperto di sudore e, tuttavia, con lo sguardo fermo e altero.

«Parla» gli disse.

«Re di Sparta» esordì quello. «Gli Ateniesi ti chiedono aiuto. Le navi dei Persiani hanno attraversato l'Egeo, hanno raso al suolo la città di Eretria e ora sono approdate a Maratona. Atene è in pericolo. Manda l'esercito, o saremo spacciati!»

Leonida si morse il labbro.

«Non posso muovere l'esercito» rispose. Poi aggiunse, sottovoce:

«Gli efori mi ammazzano se non rispetto le Carnee. Nove giorni durano le feste di Apollo. Siamo bloccati qui fino al plenilunio».

Filippide sgranò gli occhi.

«Fino al plenilunio?!» domandò incredulo.

«Non posso fare di più, mi dispiace. Tengo pronti i miei uomini; non appena la luna brillerà piena nel cielo, ci metteremo in marcia. Cercate di resistere fino ad allora».

Filippide se n'era andato scuotendo la testa, sconcertato. Folli, questi Spartani, avrà pensato.

«Andiamo lo stesso» provai a dire a mio zio quando l'Ateniese se ne fu andato. «Una volta che l'esercito è in marcia, cosa possono fare gli efori?»

Leonida mi guardò con uno sguardo intenso, poi, lentamente, rispose:

«Possono destituirmi, e lo faranno. L'hanno già fatto con Cleomene. Sono in carica da troppo poco tempo per inimicarmeli».

«Ma gli Ateniesi hanno bisogno di noi» provai a ribattere.

«Abbiamo le mani legate, Pausania. Sparta non la pensa come noi. Difficilmente si lascia immischiare negli affari degli altri Greci. Gli Iloti, la città di Argo: nemici troppo vicini perché noi lasciamo Sparta sguarnita».

«Ma siamo tutti Greci! Se i Persiani ci invadono, dovremmo fare fronte comune, uniti!»

«Lo so, ragazzo» rispose, «e la penso come te. Ma Sparta è cocciuta. Gli efori non vogliono guardare oltre i confini del Peloponneso, e tuo padre nemmeno. Siamo solo io e te, a quanto pare, a saper guardare un po' oltre. Ma non possiamo agire. Non adesso».

«Ma ci sarà pur qualcosa che possiamo fare» obiettai.

Rispose:

«Gli efori ti hanno scelto come capo dei Cavalieri, della mia guardia personale: va' dai tuoi uomini, di' loro di tenersi pronti. Io farò lo stesso con il resto dell'esercito. Appena potremo, partiremo. E speriamo che non sia tardi».

Mancava ancora qualche giorno al plenilunio. Abbandonai la festa, montai il mio cavallo e lo spronai verso ovest. Cercai il conforto dell'abbraccio di Aristomache.

«Non andare» mi disse.

La guardai. Avevamo acceso un falò al limitare di un bosco e ce ne stavamo sdraiati di fronte a esso, appoggiati al tronco di una vecchia quercia. Le fiamme splendevano sul suo viso e i suoi capelli, che alla luce della luna brillavano d'argento, ora rilucevano di sfumature ramate.

Era bella.

La strinsi a me, forte.

«Non posso non andare. Sono il capo della guardia reale...»

Sospirò:

«Ma perché? Perché i Persiani? Che cosa vogliono da noi?»

«Terra e acqua» risposi. «O almeno questo è quello che

dicono loro. Era venuto qualche tempo fa un ambasciatore a Sparta a chiedere terra e acqua. Ma nessuno aveva dato troppo peso alla cosa. Cleomene l'aveva scaraventato in un pozzo urlandogli che, se voleva terra e acqua, laggiù ne avrebbe trovate in abbondanza».

«Mossa astuta per un re» commentò ironica. «E ora loro tornano per vendicarsi...»

«È quello che disse l'altro re di Sparta, Demarato. E Cleomene non la prese bene: Fece di tutto per farlo deporre, arrivando al punto di corrompere persino l'oracolo di Delfi. E, una volta sbarazzatosi del rivale, si scelse come collega quel buono a nulla di Leotichida. Comunque, non penso che a Dario, il Gran re di Persia, il Re dei re, con tutti i pomposi appellativi che si affibbia, interessi davvero qualcosa della vita di un messaggero. La ferita è più profonda e l'hanno inferta gli Ioni per primi».

«E cosa c'entriamo noi con gli Ioni?»

«Apparentemente niente, ma agli occhi di un Persiano non c'è differenza fra i Greci.

«Che cosa è successo?»

«È cominciato tutto sulla costa dell'Asia Minore. Gli Ioni, pur essendo un popolo greco, vivevano tranquilli sotto la dominazione persiana. Ma poi hanno deciso di ribellarsi.

«Li capisco...» sospirò Aristomache. «Non è facile vivere dominati da un altro popolo...»

«Può darsi» ripresi. «Ma hanno combinato un bel casino. Atene, che si considera la madrepatria degli Ioni d'Asia, ha dato loro man forte e insieme hanno incendiato Sardi, la capitale della satrapia persiana, ma, invece dell'indipendenza, hanno ottenuto la vendetta del Re. Dario ha distrutto Mileto, la perla della costa ionica da dove la rivolta era partita, e ha deportato a Babilonia i pochi sopravvissuti. E ora si è deciso ad attraversare il mare e a punire quel che resta dei Greci».

Aristomache si fece pensierosa, poi sospirò:

«Noi Iloti ci alleniamo per poter sperare, un giorno, di spezzare la dominazione spartana, e ora un altro popolo, straniero, viene a cercare di imporre il proprio dominio. Quando finirà tutto questo? Quando potremo finalmente vivere in pace sulla nostra terra?»

«Non lo so... Ma ora la priorità è respingere i Persiani. Adesso concentriamoci su questo; un giorno riusciremo a realizzare il nostro sogno».

La abbracciai, e la notte ci colse così, appoggiati alla quercia, con il fuoco morente di fronte a noi.

Tornai a Sparta la mattina seguente.

E finalmente la luna piena brillò nella notte. Era una luna enorme e rossa e, come spuntò fuori dalle colline di Terapne salendo nel cielo, Leonida s'incamminò verso Maratona, alla testa di duemila uomini. Io ero a capo della guardia reale, e marciavo accanto a mio zio. Gli leggevo in volto l'ansia di arrivare troppo tardi, la paura di vedere una città greca devastata dallo Straniero. Procedevamo a tappe forzate, quasi di corsa, e in tre giorni fummo in Attica.

Tardi.

La battaglia si era conclusa il giorno prima.

Dannazione!, pensai quando, poco prima di arrivare ad Atene, si stagliò all'orizzonte la nera sagoma di un cavaliere.

Ma fortunatamente non era ciò che mi aspettavo; non era un Persiano. Era un messo ateniese.

«Spartani!» gridò. «Arrivate tardi: abbiamo vinto!»

Grande stupore corse tra le nostre file all'udire quell'annuncio, e ancor più ci affrettammo verso il campo di battaglia. Ognuno di noi era smanioso di vedere il nemico, di poter osservare almeno i cadaveri di quegli uomini venuti da oriente, di cui troppo spesso si favoleggiava il nome.

L'odore ferrigno del sangue, misto al puzzo delle paludi, ci annunciò che il luogo era vicino. Poi vedemmo. La pianura era rossa di sangue rappreso, e i morti erano dappertutto. I pochi caduti Greci erano già stati portati via: rimaneva solo la moltitudine degli Asiatici. Ricoprivano il suolo come un tappeto, a volte ammucchiati su due, tre strati, dove la battaglia era stata più accesa. E le mosche! Le mosche erano ovunque. Nell'arsura dell'estate greca, si erano radunate a frotte a banchettare sulle carni dei caduti. Sciamavano come fantasmi neri quasi tangibili qua e là per il campo e si infilavano in ogni dove. Non c'era parte del corpo che non profanassero, le mosche nere del dio dei morti.

Anche gli uccelli banchettavano. I corvi strappavano gli occhi ai cadaveri e gli avvoltoi facevano comunella in gruppi, litigandosi un arto mezzo spolpato, ormai troppo appesantiti per poter spiccare il volo.

Procedemmo lungo il campo di battaglia e arrivammo alla spiaggia. Anche lì si era combattuto. La spuma del mare sembrava vino sporco e la sabbia era scura. Sparsi qua e là, i relitti delle navi persiane che gli Ateniesi erano riusciti a bruciare, prima che le altre prendessero il largo. E ovunque galleggiavano cadaveri. La loro pelle era bianca e gonfia, e mangiata dai pesci. Le loro vesti variopinte fluttuavano nell'acqua come veli di macabre danzatrici.

Alle nostre spalle, la grande palude non presentava uno scenario dissimile. Lungo il suo bordo, una squadra di Ateniesi stava scavando una grossa fossa comune per ripulire la terra dagli avanzi della battaglia. Leonida ordinò di posare le armi e di aiutarli. Scavammo per tutto il giorno, e chiacchierammo con gli Ateniesi, via via ammirando il valore mostrato in quei giorni e vergognandoci di essere arrivati tardi.

Raccontavano storie incredibili.

«Io l'ho visto» diceva qualcuno. «Il dio Pan. È comparso quando la lotta era più accessa. Danzava fra le schiere nemiche seminando il terrore prima della rotta».

«E quel tipo che è rimasto cieco?» incalzava qualcun altro. «Dice che un oplita enorme gli è passato accanto. L'ha sfiorato con la sua barba immensa, ha ucciso il soldato al suo fianco e poi è sparito, e lui non ha più visto nulla».

I soldati raccontavano le storie che avevano vissuto, intrise delle loro aspettative e delle loro paure, ma mancava, nei loro discorsi, la visione d'insieme, la strategia. Erano contadini, artigiani, commercianti vestiti da soldati: non avevano idea di cosa significasse condurre una battaglia. Per gli aspetti tecnici, per la strategia, dovemmo aspettare la sera, quando i comandanti degli Spartani vennero invitati a cena da quelli degli Ateniesi.

Io mi ritrovai vicino a Temistocle e Aristide, entrambi sulla quarantina, entrambi contrariati dal non ritrovarsi seduti accanto al re di Sparta, ma a me, che ai loro occhi dovevo apparire poco più che un ragazzino.

I due visibilmente non si sopportavano.

Temistocle aveva barba e capelli lunghi, neri e mossi, e continuava a tenere l'elmo appoggiato sul capo come un cappello benché la battaglia fosse finita da un pezzo. Aveva, nell'espressione del volto, un che di intrigante; gli occhi, intelligenti e penetranti, ti squadravano l'anima. Quando parlava, si faceva infiammare da ciò che diceva e gesticolava come un attore.

Aristide era l'opposto. La barba, riccia e fin troppo curata, era corta, così come i pochi capelli che gli rimanevano in testa. Lo sguardo era inespressivo, distaccato, e sedeva compito e signorile, cercando di guadagnarsi con ogni gesto quell'aura di giustizia che lo attorniava. "Aristide il giusto" lo chiamavano i suoi concittadini, e anche quando parlava non si sbilanciava mai.

I due fecero a gara per impressionarmi, raccontandomi come si fosse svolta la battaglia.

«Non eravamo mica sicuri che avremmo combattuto, sai?» aveva esordito Temistocle. «Molti degli strateghi non capivano che bisognava agire e se ne stavano lì, buoni buoni, ad aspettare che i Persiani gli cascassero in braccio».

«I voti erano pari» aveva precisato Aristide. «Metà degli strateghi era per combattere; metà per aspettare».

"La democrazia!" pensai io, sarcastico.

Riprese Temistocle:

«Poi finalmente il polemarco, il generale capo, si è deciso, e ha votato per lo scontro».

Mi guardai attorno, poi indicai timidamente l'uomo che stava chiacchierando con mio zio.

«È lui?» domandai.

«No» rispose Aristide. «Il polemarco è caduto, combattendo valorosamente all'ala destra. Quello che vedi laggiù è Milziade. È a lui che dobbiamo il piano d'attacco. Era l'unico che avesse già combattuto i Persiani, quando era in Asia».

«Sì, e a momenti non ci lascivamo le penne, a seguire il suo piano!» sussurrò Temistocle per non farsi sentire dal vecchio generale. «La nostra linea era troppo corta; i Persiani ci avrebbero accerchiato, e sarebbe stata la fine. La brillante idea di Milziade è stata di assottigliare il centro della nostra formazione, per poter disegnare una linea più lunga sul campo. E al centro indovina chi c'era?»

«Non è il caso di prenderla sul personale, Temistocle» lo interruppe il collega. «Il fatto che ci fossero le nostre due tribù schierate nel mezzo è solo un caso».

Temistocle sbuffò:

«Sia come sia. La nostra linea però era troppo sottile. Per poco i Persiani non la sfondavano».

«Ma fortunatamente hanno sfondato per prime le nostre ali» riprese Aristide.

«E, una volta sfondato, sono riuscite a convergere e a prendere i Persiani alle spalle, venendo a dar man forte al centro, immagino» feci io. «Una tenaglia. Brillante!»

Temistocle mi squadrò con quel suo sguardo indagatore.

«Ti facevo troppo giovane per capirci davvero qualcosa di schieramenti e di manovre» disse.

Risi.

«Dimentichi che stai parlando con uno Spartano. Ma dimmi, che fine ha fatto Filippide? Prima ho sentito dei soldati che raccontavano certe storie su di lui...»

Il volto di Temistocle si oscurò. Fu Aristide a rispondermi:

«Quello che hai sentito probabilmente corrisponde al vero. Battuti i Persiani, alcuni di loro sono riusciti a scappare sulle navi, e si sono diretti verso Atene. Ma anche ad Atene non ci si può fidare di tutti. Alcuni degli anziani erano pronti a consegnare la città a Dario qualora il Gran re avesse vinto. Bisognava impedire che ciò accadesse. Bisognava che la notizia della vittoria arrivasse in città prima delle navi persiane. Bisognava dire a chi era rimasto a casa di tenere duro, di respingere le navi. Bisognava dirgli che il nostro esercito era vittorioso e che sarebbe arrivato a momenti a dare una mano».

«E così avete mandato Filippide. Da Maratona ad Atene. Di corsa».

Annuì.

«È stato troppo anche per lui. Aveva combattuto tutto il

giorno senza risparmiarsi. È arrivato in città prima delle navi. Ha dato il messaggio. Ma poi non ce l'ha più fatta. È morto, ma penso che la sua storia durerà a lungo...»

VI
RE, DEMAGOGHI E RIVOLTE

«Lo so cosa ti ha detto di fare mio fratello» la voce di mio padre mi giunse inattesa nel cuore della notte, mentre, a Sparta, tornavo in caserma dopo un incontro con Leonida. «E sappi che non approvo».

Mi fermai e aspettai che mi raggiungesse.

«Non devi approvare» risposi. «In effetti, non dovresti nemmeno saperlo, visto che era una riunione segreta».

Sbuffò:

«Segreta... Come può mio fratello pensare di dare ordini a mio figlio lasciandomi all'oscuro di tutto? Se origliavo, era per il bene di Sparta».

«Se è il bene di Sparta che ti interessa, allora perché non approvi?»

«Mi vergogno di voi» disse. «Assoldare delle spie per controllare i movimenti dei Persiani! Come vi è anche solo potuto venire in mente? Così disonorate la città».

«Non c'è onore nel modo di combattere dei Persiani, e dovresti saperlo».

«Se il nemico non ha onore, allora dobbiamo perderlo anche noi? Una volta non era così! Una volta si scendeva in campo e si affrontava il nemico, corpo a corpo, scudo contro scudo. Vinceva chi aveva più forza, non chi tramava meglio alle spalle».

«Tu limiti la guerra a una battaglia. Ma questa guerra è diversa da tutte le altre. I Persiani non sono Greci, non combattono come noi. Abbiamo bisogno di informazioni per poterci preparare. Abbiamo bisogno di sapere quando colpiranno e come. Non possiamo lasciare loro il vantaggio di spiarci come vogliono senza fare altrettanto».

«E il prossimo passo quale sarà? Abbandoneremo la lancia e lo scudo e ci nasconderemo anche noi, come loro, dietro gli archi?»

"Se è necessario..." pensai, ma mi trattenni. Feci un respiro profondo, poi risposi:

«Eseguirò l'ordine di Leonida, che tu lo voglia o no. Assolderò delle spie e monitorerò costantemente le mosse dei Persiani. È già passato troppo tempo da Maratona e ancora non si sono fatti vivi. Torneranno. E dobbiamo sapere quando. Sono furbi, padre. Prega il cielo che le mie spie abbiano fatto un buon lavoro quando li incontrerai in battaglia».

Se ne andò scuotendo la testa e imprecando contro le nuove generazioni.

Be', gli avrei messo anche i vecchi contro, altro che nuove generazioni! Che poi l'idea era di Leonida, e Leonida era suo fratello gemello, ma non poteva mica prendersela con il re...

Non tornai in caserma dopo quel dialogo. Filai dritto a casa di Chileo. Era un vecchio di Tegea che viveva a Sparta e tutelava gli interessi commerciali della sua città. Non so perché ma tutti lo tenevano in grandissima considerazione, tanto da riservargli sempre un posto d'onore in assemblea nonostante fosse uno straniero. Forse perché era molto anziano e agli Spartani piace tutto ciò che è vecchio.

Bussai, senza rendermi conto che era notte fonda e che il Tegeate probabilmente dormiva.

Mi accolse il latrare dei cani da guardia, che si avvicinavano di corsa dal cortile.

«Merda!»

Ero pronto a difendermi, ma, fortunatamente, un fischio li richiamò all'ordine. Poco dopo si aprì uno spioncino nella porta e la voce di un servo intimò il chi va là.

«Sono Pausania» risposi. «Ho bisogno di vedere Chileo».

«Dorme. È urgente?»

«Ascolta, ragazzo» feci, avvicinandomi alla porta «pensi davvero che se non fosse urgente sarei qui a quest'ora della notte, rischiando di farmi sbranare dai cani?»

La porta si aprì. Il gioco era fatto. Il vecchio avrebbe dovuto convincere mio padre della necessità di utilizzare le spie, o quello sarebbe stato capace di mandare in rovina tutto ciò che stavo costruendo anche per il suo bene. Ma ero abbastaza tranquillo: confidavo nella sua capacità di persuasione. Non mi avrebbe deluso.

Ricordo una notte di luna nuova sul Taigeto. Le stelle brillavano di una luce intensa; lontano, qualche piccolo fuoco era acceso nel buio, giù nella valle. Aristomache dormiva appoggiata al mio petto e io guardavo il cielo. Il suo respiro era lento e regolare, profondo. Profondo, pensai, come il respiro di una bestia addormentata. La mia donna scivolò via dalla mia mente mentre osservavo l'infinito; il suo respiro divenne quello del Re dei re. Lui, Dario, era la bestia che dormiva. O, almeno, che sembrava dormire. Fino a quando?

Rabbrividii a quel pensiero.

Aristomache aprì gli occhi e mi sorrise.

«Sognavo» disse. «Sognavo una Sparta diversa; una casa semplice e un fuoco acceso. Sognavo di avere un bambino fra le braccia. Tu lo accarezzavi e mi baciavi la fronte. Fino a quando, Pausania? Fino a quando ancora dovremo aspettare per prenderci la nostra libertà? Il mio popolo freme, aspetta un tuo segnale...»

«Fino a quando...» sospirai. «Fino a quando non sistemeremo la questione persiana, almeno. Se Sparta si indebolisse ora, sarebbe la fine di tutto. La fine della città, della Grecia intera, probabilmente, e del nostro sogno. Dario non aspetta che questo. Attende che i Greci facciano una mossa falsa per colpire. Lo so che il tempo intanto passa, che gli anni scivolano piatti senza che le mie spie riescano a captare nulla di importante. Anche io vorrei poter stare con te alla luce del sole, ma sento che il Gran re non si è dimenticato dei Greci. Tornerà per avere la sua vendetta. Dobbiamo stare pronti. Non possiamo permetterci adesso di fare passi falsi».

La strinsi a me e le baciai la fronte.

«Abbi pazienza, amore mio» le sussurrai. «Un giorno riusciremo. Te lo prometto».

Un giorno... E un giorno, finalmente, qualcosa si mosse.

Pioveva, quel giorno. Lo ricordo bene. Una pioggia torrenziale. Fulmini viola accendevano di luce il Taigeto incendiando i pini. Sembrava che l'ira di Zeus fosse esplosa all'improvviso.

Fu sotto quella pioggia battente che un uomo cavalcò verso Sparta.

Venne fermato dagli uomini di guardia lungo la strada e lo vidi discutere con loro, poi uno degli Spartani mi indicò.

«È laggiù» lo sentii dire. «Quello che si sta allenando con la spada là nel prato».

Spronò il cavallo verso di me.

Attesi, immobile sotto la pioggia.

«Sei tu Pausania?» domandò scendendo da cavallo. «Mi manda Gongilo. Gongilo di Eretria. Ha detto di riferire a te soltanto».

Dunque finalmente le mie spie avevano qualcosa da raccontare. E non una spia qualunque. Gongilo era il migliore in circolazione. Falso come tutti i mercanti, e fedele solo all'oro, e a me che glielo fornivo... abbondantemente.

«Perché ha mandato te?» domandai. «Con quello che pago i miei uomini, lui in particolare, poteva anche fare rapporto di persona...»

«Sai come sono i commercianti» rispose. «Sempre impegnatissimi».

Storsi il naso, contrariato.

«Pazienza» ripresi. «Sentiamo: cosa ti manda a dire quella vecchia volpe?»

«Ci sono novità dall'impero persiano. L'Egitto è in subbuglio. Il popolo si è ribellato; i governatori persiani sono stati trucidati brutalmente. La gente affolla le piazze urlando che è stufa di pagare tributi al Gran re. L'ordine di Dario sta diventando caos».

«Bene» mormorai. «L'Egitto è una terra fertile e ricca. Dario non può certo permettersi di perderla così».

«Dario ha mobilitato l'esercito» confermò quello. «Lui stesso guiderà le truppe».

Sorrisi. Pagai l'uomo e corsi dritto a riferire a Leonida.

Non era passato molto tempo da quel giorno, che altre notizie vennero dal mondo fuori Sparta. Era sera, rientravo in caserma. Lo trovai sulla porta ad attendermi.

«Giornata faticosa, bello?» Esordì. «Vieni a fare una passeggiata: dobbiamo chiacchierare».

«Gongilo!» risposi, sorpreso. «Hai deciso di muovere il culo di persona questa volta?»

«Eh, vecchio mio» fece, dandomi una pacca sulla spalla

e incamminandosi. «Dovevo dirtelo di persona: non crederai alle tue orecchie».

«Cosa è successo?»

«Non ci crederai mai».

«Se non me lo dici...»

«Mi sono innamorato, vecchio mio. Lei è bellissima».

«Piantala di fare il pagliaccio» lo rimproverai. «Sei a Sparta».

«Agli ordini, signore!» rispose, facendo ancora più l'idiota.

«Ricordami, perché ti pago?»

«Perché sono il migliore sulla piazza. Ascolta» continuò, facendosi serio d'un tratto. «Ti avevo mandato un informatore a dirti che Dario marciava contro l'Egitto».

Annuii.

«Ebbene, cambio di programma».

«Cosa?» domandai allarmato.

«Dario è morto».

«Scusa? Non penso di aver capito...»

«Non farlo tu, l'idiota, adesso» rispose. «Hai capito benissimo. Dario, il Gran re, il Re dei re, è morto. Si è spento nel suo letto prima di lasciare la capitale».

«Che ne è adesso della spedizione in Egitto? Chi ha preso il suo posto sul trono?»

«È tradizione dei Persiani che, alla morte dei re, il trono non passi al primogenito, ma a quello, fra i suoi figli, che più se n'è dimostrato degno. È Serse adesso che siede sul trono achemenide. Ma cosa pensi Serse, ancora non lo sappiamo».

«Sarebbe pazzo se puntasse sulla Grecia lasciando impunito l'Egitto».

«Può darsi, ma c'è un fattore che non possiamo trascurare».

«Sarebbe?»

«Mardonio».

«Mardonio?» risposi. «Quel Mardonio?»

«Quel Mardonio» Gongilo rimarcò le mie parole con estrema enfasi. «Quel Mardonio che Dario aveva mandato a invadere la Grecia prima della battaglia di Maratona, ma che aveva fatto naufragio al monte Athos».

«Ma quella spedizione era stata un totale fallimento. Pensavo che Dario l'avesse rimosso dal suo incarico di generale».

«Infatti così è avvenuto, ma Serse l'ha riabilitato. Sono cugini, i due, e molto amici. Mardonio ha un pericolosissimo ascendente sul giovane Serse. E Mardonio vuole la Grecia, è risaputo. Vuole una seconda possibilità e la avrà. È solo questione di tempo. Conviene che vi prepariate».

Ero in marcia diretto da Leonida per riferirgli la notizia, quando mi imbattei in Lisimaco, il mio vecchio compagno ai tempi della krypteia. A dire il vero, assorto com'ero nei miei pensieri, non l'avevo neanche notato. Fu lui a fermarmi, tirandomi per un polso.

«Non saluti nemmeno?» esordì.

«Scusa» bofonchiai. «Non ti avevo visto...»

«Hai un aspetto terribile, Pausania» riprese. «Va tutto bene?»

«Non esattamente».

Gli raccontai del messaggio di Gongilo e anch'egli si rannuvolò.

«Se davvero è così» rispose, «conviene che ci prepariamo».

«Può darsi» dissi. «Ma in ogni caso la decisione spetta a Leonida e agli efori. Fa' in modo che gli uomini non trascurino l'addestramento in questi giorni, ma non dir nulla ancora. Non voglio creare allarmismi. Secondo me abbiamo ancora un po' di tempo: non penso che Serse sia così stupido da lasciarsi scappare l'Egitto. Stiamo a vedere».

Tirai un sospiro di sollievo quando giunse un biglietto di Gongilo che mi informava che il giovane Re dei re marciava verso la terra dei faraoni. Alla Grecia gli dèi avevano concesso ancora tempo per prepararsi. Ma quanto?

Ebbi quasi un attacco di panico quando, poco tempo dopo, mi ritrovai di nuovo Gongilo fra i piedi.

Corsi verso di lui non appena lo vidi, tra la folla, in piazza.

«Cosa ci fai di nuovo qui?» esclamai.

«Avevo pensato di prendermi una vacanza e di passare qualche giorno a Sparta» rispose. «È una città culturalmente vivace, piena di poeti, pittori, filosofi. È piacevole».

«Sfotti?» sbottai.

«Ops» fece sgranando gli occhi e portandosi una mano davanti alla bocca. Poi si fece serio:

«Temo che dovrò chiederti un aumento se continua così. Serse è stato un fulmine. La rivolta in Egitto è stata domata in men che non si dica».

«Quindi adesso tocca a noi?» domandai, presagendo la risposta.

Ma la risposta non fu quella che mi aspettavo.

«No, bello, ci è andata bene ancora una volta, ma non so in quanti altri colpi di fortuna possiamo sperare».

«Spiegati» gli dissi.

«Vedi, mentre la macchina imperiale era via, impegnata in Egitto, anche Babilonia ha pensato di fare la ribelle».

Sorrisi sarcastico:

«Se Serse perde Babilonia...»

«... perde tutto l'impero» Gongilo continuò la mia frase, poi proseguì:

«Ma non la perderà, vedrai. Come ha soffocato la rivolta egiziana, soffocherà quella di Babilonia. E, se conosco i miei polli, con l'esempio dato, nessun'altra regione dell'impero oserà rivoltarsi per un po'. Questa volta conviene davvero che vi prepariate. Utilizza bene il tempo che Serse impiegherà per portarsi a Babilonia, perché i prossimi saremo noi».

Le mie spie, tuttavia, non erano solo tra i nemici. Anche i Greci andavano controllati. Atene non raccontava volentieri i battibecchi che si tenevano in seno alla sua fantastica democrazia, e, d'altro canto, i suoi politici sembrava che si divertissero a tenere per sé i propri progetti, senza dichiararli apertamente al popolo, che pure li doveva approvare.

E avvenne in quel periodo che gli schiavi degli Ateniesi, che incessantemente scavavano nelle miniere d'argento del Laurion, a sud della città, nella punta meridionale dell'Attica, trovassero una ricca vena di metallo prezioso.

«Una nuova vena d'argento?» escalmò Leonida, incredulo, quando gli riferii la notizia. «Come se gli Ateniesi non fossero già abbastanza ricchi. Spero almeno che lo usino con criterio!»

«Che criterio vuoi che ci sia in una democrazia?» risposi. «Si sono messi a litigare, come al solito».

Mio zio scosse la testa.

Proseguii:

«Ti ricordi di Aristide, vero? La sua posizione politica è precaria; Temistocle gli sta soffiando consensi. Ebbene, pare che Aristide abbia proposto di dividere i proventi della miniera in maniera equa fra i cittadini. Dice che questa è la tradizione, ma la realtà è che vuole comprarsi la loro fiducia».

«E cosa dice invece Temistocle?»

«Temistocle vuole requisirli e costruire una flotta. Per tenere a bada i pirati dell'isoletta di Egina, dice, che da troppo tempo infastidiscono gli Ateniesi assaltando le loro navi commerciali e i loro porti».

«È furbo Temistocle» commentò Leonida lisciandosi la barba. «Se dicesse che le navi sono per combattere i Persiani, genererebbe il panico nel popolino. Egina è un nemico più alla loro portata».

«Ma sappiamo che le navi sarebbero per Serse» convenni.

Fortunatamente, fu la proposta di Temistocle a vincere nell'assemblea. Aristide, che gli era contrario, venne esiliato. Gli Ateniesi usarono l'argento per allestire una flotta di cento triremi e s'improvvisarono marinai. Ben presto, però, altro argento venne dalle miniere, e le navi furono raddoppiate a duecento: un numero esagerato per schiacciare i pirati di Egina. Era chiaro a tutti, ormai, che il vero nemico per cui quella flotta era stata costruita era Serse.

Temistocle era stato lungimirante, come suo solito. La sua flotta era ora la più grande della Grecia, l'unica davvero in grado di far fronte a quella del Gran re. Se Serse ora fosse passato in Europa, con gli Ateniesi a impegnarlo sul mare e noi Spartani a fargli sputare sangue sulla terraferma, forse avremmo potuto avere qualche possibilità.

VII
ARIA DI TEMPESTA

Questo sole inclemente che colpisce il pavimento del tempio scoperchiato non mi dà requie. Se almeno mi dessero da bere...

Di fronte alla morte imminente tutto mi sembra così piccolo, così distante! Ripenso alla vita trascorsa e ho come la sensazione di allontanarmi da essa, di elevarmi in volo sopra un mare di insensate preoccupazioni, di affanni vani, futili.

Eppure allora era concreta, reale, la percezione della minaccia persiana. Ero davvero spaventato. Lo eravamo tutti, anche se ciascuno cercava di non darlo a vedere. La notizia era arrivata con la primavera: Serse aveva abbandonato Susa, la capitale del suo sterminato impero, e si era messo in marcia verso occidente, verso il mare. Se l'era presa con calma, raccogliendo truppe lungo il cammino, allargando ancora di più il suo già impressionante esercito.

Lento e inesorabile, era arrivato a Sardi alla fine dell'estate con un esercito infinito e lì, nella capitale della Lidia, aveva deciso di passare l'inverno.

Noi, intanto, ci tormentavamo e ci chiedevamo con ansia quando avrebbe compiuto il passo successivo: lasciare l'Asia e passare in Europa.

Quell'autunno, Leonida convocò a Corinto i rappresentanti delle città libere della Grecia per tenere un concilio e decidere come affrontare il Persiano.

Il suo discorso fu breve e senza fronzoli, dritto al punto, come si confà ai modi di Sparta:

«Serse ha due grandi vantaggi» aveva esordito senza nemmeno apostrofare i Greci riuniti. «Primo: muove contro di noi portandosi dietro milizie da ogni angolo dell'Asia. Un impero sterminato e unito contro una Grecia franta e litigiosa, contro un insieme di città-stato che non riescono ad andare d'accordo fra loro».

Brusio generale; i rappresentati di Atene e di Egina si fissarono intensamente.

«Punto secondo: le informazioni. Serse ha infiltrati ovunque. Persino qui, in questo consesso, potrebbero essere arrivate le orecchie del re. Non possiamo fidarci di nessuno. Senza dimenticare che il nostro re spodestato, Demarato, ha trovato rifugio in Persia e ora consiglia Serse sugli usi e i costumi della terra che si prepara ad invadere».

«È colpa di Sparta, allora, se giochiamo a carte scoperte!» urlò un Ateniese. «Sparta dovrebbe...»

Mio zio lo fulminò con un'occhiata; quello si spaventò e ammutolì.

«Sparta dovrebbe, Ateniese» riprese, calmo, Leonida «impedire che scene come questa si verifichino di nuovo. Sparta dovrebbe vigilare sulla pace e sull'unità della Grecia perché solo uniti possiamo avere una qualche speranza contro il Persiano. Sparta dovrebbe ricordare a voialtri che uno stesso sangue scorre nelle nostre vene, che parliamo tutti la stessa lingua e veneriamo tutti gli stessi dèi, che siamo tutti Greci! Sparta dovrebbe rammentarvi che soltanto se uniamo le forze, se ci presentiamo come un popolo solo possiamo battere le immense orde di Serse».

Bisognava che quelle mille piccole guerre che continuamente esplodevano fra le irrequiete città-stato della Grecia cessassero, che trovassimo finalmente il modo di essere uniti. Atene ed Egina diedero il buon esempio. Messi da parte gli antichi rancori, firmarono la pace, pronte a unire le proprie navi in favore della Grecia.

Mandammo inoltre degli ambasciatori presso i Greci più lontani, a chiedere aiuto in nome del nostro sangue comune contro il pericolo imminente, che pure era comune. Corcira, Creta, la Sicilia ricevettero la visita dei nostri uomini. E pure l'ambigua Argo.

Ma nessuno dei nostri appelli fu accolto. La Sicilia era alle prese con un'invasione di Cartaginesi e non poteva permettersi di combattere anche per noi; gli altri Greci, invece, li fermò l'oracolo di Delfi. Sconsigliando loro di entrare in guerra, la sacerdotessa di Apollo faceva il gioco dei Persiani. Non ci furono mai le prove, ma non faccio fatica a immaginare le monete del Gran re nelle tasche dei sacerdoti...

Quanto alle informazioni, fu mia premura mandare degli uomini come esploratori in Asia. Spie. Ormai avevo una certa dimestichezza in questo campo. Il loro compito era tanto lineare quanto azzardato e rischioso: infiltrarsi a Sardi e riportare in Grecia il maggior numero di notizie e dettagli per permetterci di prendere le nostre contromisure.

E, quando i miei informatori tornarono, li convocai davanti ai Greci riuniti.

«Siamo riusciti a raggiungere incolumi la costa, viaggiando in incognito su navi mercantili» avevano esordito, «poi ci siamo infiltrati a Sardi. La città brulica di soldati. Ci hanno scoperto e ci hanno catturato. I capi dell'esercito stavano per giustiziarci, poi è successo l'imprevedibile. Alcuni uomini sono arrivati e hanno detto che eravamo ospiti di Serse. Ci ha portato a banchettare con lui, ha indetto una grande festa, portate a non finire, e musica, e danze. Poi lui stesso ci ha condotto a vedere l'esercito. E ci ha pagato il viaggio di ritorno, rispedendoci qui carichi di provviste e con ogni onore».

Con ogni onore, e il terrore nel cuore.

I loro resoconti parlavano di milioni di uomini, di una folla impossibile da contare proveniente da ogni parte della Terra. I movimenti di quell'armata facevano tremare il suolo; la sua sete prosciugava i fiumi. Il fiore dell'esercito era la guardia del corpo di Serse: diecimila uomini il cui numero veniva mantenuto costante da continui rimpiazzi a copertura delle perdite. Immortali li chiamavano, proprio perché il loro numero non scemava mai. Erano guerrieri esperti, i migliori di tutta l'Asia, abili in ogni tipo di combattimento, tanto con gli archi quanto con la lancia, e ferocemente determinati. Seguiva poi in potenza il reparto dei Medi e dei Persiani, con vesti variopinte e corazze di ferro a scaglie di pesce, lunghi scudi di vimini, grandi archi micidiali e corte lance. E tutti gli altri popoli che l'Asia abbia mai generato li seguivano. Di alcuni di loro non conoscevamo nemmeno l'esistenza, eppure Serse ce li spronava contro. C'erano i Cissei, gli Ircani, gli Assiri con corazze di lino, elmi di bronzo e mazze chiodate, i Battri coi loro archi di canna, i terribili Saci con mostruose asce a doppio taglio. E poi ancora gli Indi, gli Arii, i Parti, i Corasmi, i Sogdi, i Gandari, i Dadici, i Caspi armati di scimitarra, i Sarangi, i Pattii, gli Uti, i Mici, i Pariceni, gli Arabi coi loro archi dalla doppia curvatura e dalla potenza impressionante, gli Etiopi con le lance di corno di gazzella, i Libi con giavellotti di legno induriti al fuoco, i Paflagoni, i Ligi, i Matieni, i Mariandini, i Siri, i Frigi, gli Armeni, i Misi, gli abitanti di Lidia, che avevano imparato dai vicini Ioni a usare le nostre armature oplitiche. E poi i Traci, i Lasoni, i Mili, i Moschi, i Macroni, i Tibareni, i Mossinici, i Mari, i Colchi, gli Alarodi e i Saspiri.

Mentre i nostri esploratori sciorinavano questo lunghissimo elenco di nomi perlopiù sconosciuti, il panico pian piano si diffondeva tra gli ascoltatori. E Serse lo sapeva bene, o non li avrebbe accompagnati a vedere l'esercito e non avrebbe insegnato loro tutti quei nomi. Il suo intento era di spaventarci a morte ancor prima dell'invasione. E, a giudicare dall'espressione di molti, ci stava riuscendo.

Ma non era finita! Questo lungo elenco, che a furia di ascoltare, pur non volendolo, ho imparato a memoria, non era che la lista degli effettivi della fanteria!

Ma per Serse la fanteria era solo carne da macello - tolti i suoi Immortali, forse. Forse. La sua forza, oltre che negli arcieri, stava nella cavalleria. Tra le truppe montate militavano i nobili persiani, i Saci, nomadi delle steppe dell'Asia centrale, Medi, Cissei, Indi, Battri. Poi c'erano i Libi, coi carri da guerra. Arabi, Caspi e Paricani, invece, cavalcavano tutti cammelli.

E le triremi! Oscuravano l'orizzonte. Milleduecentosette! Un numero impressionante per una flotta. Tutte le popolazioni costiere avevano versato il loro tributo in navi e marinai, compresi i Greci di Ionia, costretti con la forza. Fenici, Siro-Palestinesi, Egiziani... l'elenco è di nuovo lungo, e questa volta, confesso, non lo ricordo tutto.

Non pensavamo nemmeno che sulla Terra potessero vivere tante popolazioni. Ci sentivamo sprofondare sempre di più.

E intanto giunse la notizia che Serse era passato in Europa.

Melanippo non parve stupito di vedermi quando mi palesai davanti all'Itome.

«Ti aspettavo» disse. «Sapevo che ti saresti fatto vivo ora che Serse è passato in Europa. La domanda è: che cosa ci dirai ora a riguardo?»

Il suo tono era irrequieto e un barlume di speranza brillava in fondo ai suoi occhi nel buio delle stanze sotterranee della montagna.

«Dimmi» riprese «è vero quello che si racconta di lui? È vero che ha costruito un ponte sul Bosforo? È vero che è riuscito a domare le correnti marchiando l'acqua con il sigillo regale?»

«Due ponti. Uno per l'esercito e uno per le salmerie» risposi.

«Due ponti!»

«Triremi e pentecontere disposte l'una accanto all'altra lungo la direzione della corrente. Lunghissime gomene a tenerle unite. E, su questa base, il ponte vero e proprio».

«Mi piace questo re...» sussurrò l'Ilota accarezzandosi la barba. «Potrebbe fare al caso nostro, non credi?»

«Toglitelo dalla testa, Melanippo» risposi. «Non conosci i Persiani. Serse non viene per distruggere Sparta e liberare gli Iloti. Serse viene per vendicarsi dei Greci. Siamo tutti uguali ai suoi occhi. Non pensare di poterti alleare con lui. Non sei nella condizione di trarne vantaggio».

«Perché no? Una Sparta distrutta sarebbe un vantaggio non indifferente».

«No. Sarebbe la vostra fine. Siete schiavi, ora, ma vivete comunque una vita dignitosa e calpestate la vostra terra. I Persiani blandiscono i popoli e cercano alleati, ma non esitano a rivoltarsi loro contro una volta ottenuti i propri fini. Se Serse vincesse questa guerra e tu ti fossi schierato dalla sua parte, cosa otterresti? Libertà? No, amico mio. Otterresti una schiavitù ancora peggiore. Il marchio del re, impresso a fuoco sulla tua fronte, ti ricorderebbe ogni giorno che non vali più del bestiame. E non pensare di poter stare in Messenia. I Persiani hanno già deportato popoli interi e non hanno nessun problema a farlo di nuovo. Così ti annientano anche nei ricordi. Schiavo, solo, in una terra lontana. Non mi sembra una bella prospettiva».

Rimase un attimo in silenzio, poi mi guardò intensamente:

«Cosa proponi allora? I miei uomini sono stanchi, Pausania. Vogliono la loro libertà».

«Lo so. Arriverà il loro giorno, ma oggi non possiamo permetterci di fare sciocchezze. Finchè la minaccia dei Persiani non sarà cancellata, non possiamo indebolire Sparta. Sparta è l'unica città greca che abbia veri soldati. È l'unica che possa guidare i Greci contro Serse sperando di vincere. Se Sparta cade, non è la fine solo di Sparta, ma è la fine di tutta la Grecia».

Sospirò, rassegnato.

«La vostra - la nostra - rivoluzione dovrà attendere, mi spiace...» conclusi.

VIII
UN ORACOLO INFAUSTO

Presto un nuovo congresso fu bandito in tutta fretta per deliberare sulle posizioni in cui incontrare in battaglia il Persiano. I due re di Sparta, Leonida e Leotichida, insieme con gli efori, ripartirono per Corinto, e io fui spedito da mio zio, in qualità di pizio, a interrogare l'oracolo di Delfi sulla sorte della guerra.

La missione di un pizio è di correre a Delfi il più velocemente possibile quando un re lo ordina, ma i miei re, considerato il carattere litigioso dei Greci, si sarebbero trattenuti un po' a Corinto, e avrei avuto comunque modo di raggiungerli anche se mi fossi permesso una deviazione. Passai dunque a prendere Aristomache, e la sua presenza mi tenne compagnia nel lungo e noioso viaggio che avrei dovuto affrontare da solo.

Il sole rideva nel suo sorriso quando mi vide venirle incontro. La afferrai con un braccio e la issai sul mio cavallo al galoppo. Il suo profumo mi invase il cervello, mi annebbiò i sensi. Il calore del suo corpo stretto contro il mio mentre il cavallo correva scaldava il mio cuore con un desiderio sottile.

Guidai il cavallo verso il bosco, e in una radura celata alla vista, ci sdraiammo sull'erba godendo dei doni di Afrodite. E, stanco, mi addormentai sul suo seno nudo, cullato dal palpitare del suo cuore e vegliato dai suoi occhi di cielo. Fu lei a svegliarmi, ricordandomi la mia missione. Montammo in sella, passammo a prendere un cavallo - il migliore disponibile - per lei, e via nel vento. Di corsa, come quella volta sul Taigeto...

Ma il sorriso che la vicinanza della mia donna mi procurava mi s'adombrò d'un tratto quando passammo accanto ad Argo. Dalle mura di quella città, che ancora non s'era schierata apertamente né da una parte né dall'altra, le preoccupazioni della guerra mi calarono nell'animo come una nube nera di disperazione. Spronai il cavallo.

Più veloce.

Più veloce.

Volevo lasciarmi Argo alle spalle il più in fretta possibile.

Volevo che quella guerra terminasse il più in fretta possibile. Volevo solo poter vivere felice accanto ad Aristomache come un qualunque uomo greco. Era chiedere tanto? A Sparta, sì! Sentivo in me crescere il rancore verso Sparta e verso la guerra, verso la prigione mentale con cui esse ingabbiano gli uomini facendo loro credere di essere liberi. Tutto ciò sarebbe dovuto finire. Una Grecia unita e pacificata, dove un uomo e una donna potessero finalmente abbracciarsi senza preoccupazioni. Sogni. Chimere. Allora come non mai.

La notte mi recò il conforto delle stelle. E quando una di esse cadeva colorando per un istante una scia d'oro nel nero della notte, Aristomache si stringeva a me sorridendo luce purissima nei suoi occhi.

L'ultimo tratto della strada per Delfi parte dal mare e sale, in un lungo serpente ricco di tornanti, costeggiando vallate piene di ulivi e scabre scarpate punteggiate di rocce arancioni e ginestre.

«Credi davvero che Apollo possa predire il futuro di questa guerra?» mi domandò a un tratto Aristomache.

Scossi il capo:

«No, ma la maggior parte dei Greci ci crede. E i Greci hanno bisogno di qualcosa in cui credere, di un sogno, di una visione, se vogliamo davvero battere Serse».

«Ti dirò» aggiunsi dopo una pausa di silenzio «ho paura di cosa mi dirà la Pizia. Ultimamente profetizza solo sventure. Sembra quasi che giochi dalla parte dei Persiani...»

E finalmente il santuario di Delfi fu davanti a noi. Una strada tortuosa si inerpicava sulla montagna, costeggiata di edifici, perlopiù dediche delle varie città al dio. Tra essi, alti alberi guidavano lo sguardo verso le nude creste del monte Parnaso, dove, d'inverno, le menadi, le donne invasate da Dioniso, correvano in mezzo alla neve in preda al loro delirio mistico.

Salimmo, tra le sontuose offerte, fino al tempio di Apollo, sorto nel luogo in cui si dice che il dio abbia ucciso, con una freccia del suo arco d'argento, il serpente Pitone. Come ci vide, un sacerdote si fece largo tra la folla di pellegrini e ci venne incontro.

«Spartano!» mi disse. «Benvenuto! L'oracolo del dio è al servizio dei tuoi re. Vieni, accetta la nostra ospitalità e, sdraiato a banchetto davanti a del buon cibo, ci dirai il motivo della tua visita».

«Non ho tempo per i banchetti, sacerdote» risposi. «La cosa è piuttosto urgente».

L'uomo si morse un labbro, incerto sul da farsi, poi sparì nei recessi del tempio per interrogare la Pizia. Quando tornò, pareva crucciato:

«Cattive notizie, Spartano. Il dio ha parlato chiaro. Ecco il suo messaggio: Voi, abitanti di Sparta dalle ampie contrade, o la grande gloriosa città sarà devastata da uomini della stirpe di Perseo, oppure no, e la terra degli Spartani piangerà caduto un re della stirpe d'Eracle. Ché a nulla varrà contro di lui impeto di tori o di leoni: ha l'impeto di Zeus, e io dico che non si fermerà prima che una delle due cose sia del tutto distrutta».

Ed ecco realizzati i miei timori. L'ennesimo vaticinio delfico che mi puzzava di corruzione e di oro persiano. O Sparta rasa al suolo, o un re ucciso.

Protestai. Come potevo tornare a casa con un vaticinio del genere? Che speranza poteva offrire una profezia di morte e distruzione ai miei uomini?

Chiesi di interrogare personalmente la sacerdotessa.

Mi fu negato.

«Queste sono le parole del dio. Non essere empio. Torna dal tuo re e riferisci ciò che è stato pronunciato!»

Me ne andai indignato. Non erano proprio le parole di incoraggiamento che uno si aspetterebbe dal grande dio panellenico in un momento in cui tutta la Grecia rischiava di soccombere. Serse con la forza di Zeus! Bah! E poi sarei stato io l'empio.

Ero sempre più convinto che il santuario giocasse contro di noi, ma non avevo le prove, e guai a mettere in discussione la volontà divina davanti agli Spartiati!

Salutai Aristomache poco prima di entrare in Corinto e da un'altura la guardai galoppare verso l'orizzonte, circonfusa della luce d'oro del tramonto. Ed ecco che la mia felicità spariva inseguendo la bella amazzone tra le colline, e a me rimaneva solo la cruda realtà dei piani di guerra.

La sua figura era ormai scomparsa e io ancora fissavo muto l'orizzonte, assorto.

Il rumore di un carro che si avvicinava scricchiolando

sulla strada mi distolse dai miei nostalgici pensieri. Lo seguii ed entrai in città.

Raggiunsi Leonida e gli esposi il responso di Apollo. Mi ascoltava con aria grave e distante. Sembrava scrutare l'indefinito dietro di me, quasi in preda a una visione divina. Come ebbi finito di recitargli gli esametri del messaggio, sospirò, mi poggiò una mano sulla spalla, mi guardò negli occhi con uno sguardo strano, presago di una sorte di sciagura, e mi disse:

«Pausania, Sparta sopravvivrà. Te lo prometto».

Non che mi fregasse un gran che di Sparta, anzi!

«Spiegati» gli dissi.

Mi espose il piano che era stato preso assieme agli altri Greci, dopo mille battibecchi.

«I Tessali volevano che presidiassimo le loro vallate, a nord, ma sono indifendibili. Serse avanza con un esercito sterminato. Ci accerchierebbe, se lo fronteggiassimo in campo aperto».

«E dove pensate di incontrarlo allora?»

Srotolò una mappa sul tavolo.

«Qui» disse, indicando un punto sulla costa. «Alle Termopili. Sono un passaggio obbligato, se Serse vuole scendere verso Atene, e la strada in questo tratto si incanala in una strettoia. Da un lato c'è una palude dove è impossibile camminare; dall'altro le rocce scoscese della montagna».

«Un imbuto!» esclamai compiaciuto. «Così Serse dovrà fare avanzare pochi soldati per volta».

«E troveranno il ferro greco ad accoglierli!»

«La flotta, invece? Serse potrebbe imbarcare i propri uomini e traghettarli oltre le nostre posizioni».

«Abbiamo pensato anche a quello, tranquillo. Io guiderò le forze di terra alle Termopili; Temistocle guiderà la flotta a Capo Artemisio, in un'altra strettoia a nord dell'Eubea.

Le due postazioni non sono lontane: ci terremo in contatto».

«Temistocle?» esclamai. «Sparta ha davvero acconsentito a lasciare il comando a un Ateniese?»

«Fosse per me, gliel'avrei lasciato volentieri, ti confesso».

Annuii.

«Ma conosci gli Spartani...» riprese. «Il comando in realtà ce l'ha Euribiade, ma è un buono a nulla e, come ogni Spartano che si rispetti, non capisce niente di navi. Confido nelle abilità dell'Ateniese».

IX
LE TERMOPILI

«Non puoi andare, Leonida» gli dicevano gli efori. «Le feste Carnee impediscono l'uscita dell'esercito da Sparta».

Mio zio era infuriato. Serse si stava avvicinando sempre più; presto sarebbe stato alle Termopili, dove i Greci avevano deciso di bloccarlo, e Sparta era immobilizzata dall'ennesima celebrazione religiosa.

I magistrati rincararono la dose:

«E ci sono le Olimpiadi, anche. Chi credi che, degli altri Greci, verrà? Non disprezzare le feste degli dèi!»

«Non disprezzo un bel niente!» tuonò. «Ma qui c'è in gioco la vita di tutti noi. Se non blocchiamo Serse adesso, non avremo mai più la possibilità di farlo. Temistocle sarà presente all'Artemisio con le navi. Volete forse che Sparta passi per codarda? Ricordate l'oracolo che mi diede la Pizia. O la vita di un re della stirpe di Eracle, o la salvezza di Sparta. Ebbene, io sono pronto a sacrificarmi per salvare la vostra vita, se così deve essere. Lasciatemi partire!»

Parlottarono fra loro, poi si espressero:

«Sia, ma partirai da solo. Non uno Spartiata lascerà la città durante le sacre feste».

Replicò:

«I Trecento della guardia reale mi spettano di diritto».

«Non uno di più, Leonida. Non uno di più».

Si allontanò a grandi passi, avvolto nel mantello scarlatto.

Lo seguii.

«Solo i Cavalieri?» gli sussurrai quando fui sicuro che gli efori non mi avrebbero sentito.

«Se pensi di potere ottenere di più, Pausania, va' da loro. Non li sopporto più! Ora corri a radunare l'assemblea degli Uguali».

Ed era lì, solo di fronte al popolo in armi, avvolto nel mantello e con un'aria strana negli occhi, a metà tra il triste e il delirante. Serse si avvicinava, diceva, e lui gli sarebbe andato incontro. Era suo dovere salvare la Grecia nonostante le Carnee, o morire provandoci. Gli efori gli avevano concesso solo la sua guardia personale. Ebbene, l'avrebbe modificata.

«Siete nel pieno delle forze e coraggiosi» aveva detto rivolto ai suoi Cavalieri, «ma siete giovani. E alle Termopili, a questo punto, si va per morire. Si va per essere d'esempio. Per dimostrare a Serse e al mondo come muore uno Spartano. Ma il vostro compito non è ancora questo. Sparta ancora non vi chiede il dolce dono della vita nel sangue di Ares. Il vostro compito ora è restare in città. Andate a trovare le vostre mogli. Generate allo Stato altri cittadini, altri soldati in grado di sostituire noi che moriremo combattendo contro i Persiani per la loro libertà».

Arruolò pertanto una nuova guardia reale: trecento volontari tra i veterani che già 'avessero almeno un figlio maschio a rimpiazzarli. Erano uomini duri, rotti ad ogni fatica, e - ciò che più contava - fedeli al sistema, impazienti di morire una bella morte per servire la propria città.

Non ci misero molto a prepararsi, e partirono, cantando i versi di Tirteo per accrescere l'ardore guerriero mentre alcuni di loro accompagnavano la marcia col flauto.

Bello è che in prima fila, cadendo, muoia
un uomo coraggioso combattendo per la patria;
ma abbandonare la propria città e per pingui campi
mendicare fra tutte è la cosa più triste,
errando con la cara madre e il padre anziano,
e coi figli piccini e la legittima sposa.
Ché odioso sarà per coloro da cui giunga,
cedendo al bisogno e all'odiosa povertà:
disonora la stirpe, deturpa il nobile ciglio,
ed ogni vergogna e viltà lo segue.
Se dunque d'un uomo che fugge non si tiene
alcun conto, né si ha rispetto per i suoi discendenti,
con cuore combattiamo per questa terra e per i figli,
e moriamo, senza più risparmiare la vita.
Uomini! Combattete l'uno accanto all'altro,
non fuggite con vergogna, non temete il terrore,
ma grande e valente fatevi il cuore nel petto,
e non risparmiate la vita quando sarete nella mischia!

Li guardai sfilare verso l'orizzonte. Dall'alto della collina di Terapne li vedevo, piccolo serpente rosso nel giallo dell'erba estiva, dirigersi a nord spinti da un fato di morte.

«Qualcosa mi dice che non è il rimpianto di essere rimasto a casa che ti turba» disse a un tratto una voce alle mie spalle.

Mi voltai. Lisimaco, forse l'unico amico che avevo a Sparta, mi aveva raggiunto e ora si sedeva accanto a me a guardare l'esercito allontanarsi.

«Sono pazzi. Sono fanatici» sussurrai.

«Sono Spartani» replicò quello. «Fanno quello che è stato loro insegnato fin da quando sono nati».

«Ma non ha senso. Le Termopili possono anche essere una strettoia formidabile; il vecchio muro che le chiude può anche essere ristrutturato e fornire un buon riparo, ma cosa possono fare trecento uomini contro la marea evocata da Serse?»

«Altri si uniranno a loro, vedrai. Tuo zio ha carisma».

«Rimarranno sempre troppo pochi. Trecento, Lisimaco. Trecento! Tanto valeva invitare i Persiani a pranzo...»

«Vanno consapevolmente a morire. Vanno a prendersi la bella morte dopo una vita di battaglie da cui sono sempre usciti vittoriosi».

«Già...» risposi. «Ed è una cosa che non sopporto. Quella voglia di morire nei loro occhi. Quella voglia di morire per Sparta, per un'idea».

«Sei sempre stato diverso» replicò Lisimaco.

«Dimmi allora, tu che non lo sei» risposi. «Dimmi, spiegami, amico mio, qual è la perversione che spinge un uomo ad annichilire a tal punto il proprio istinto di sopravvivenza e la logica della razionalità da sacrificarsi di fronte al nemico? Cosa passa nella loro testa?»

«Ricorda cosa ti ha detto tuo zio poco fa, prima di partire. Gli efori non vogliono uscire dal Peloponneso. Se Leonida morirà, muoveranno il culo, vedrai. L'uccisione di un re è un'onta troppo grande perché non venga lavata».

«Che prezzo...»

«Non c'è altro modo».

«Non c'è altro modo perché siamo degli squilibrati. È uno spreco, Lisimaco. Uno spreco. Uno spreco di vite, uno spreco di risorse. Uno spreco di tempo e di speranze».

«Pausania, ragiona, non possiamo non celebrare le Carnee».

«Agli inferi le Carnee! Le Carnee e tutte le feste degli dèi. Dovremmo marciare tutti alle Termopili, e Serse non avrebbe scampo! Se tutta la gola si tingesse del cremisi degli Spartani, anche il Re dei re tremerebbe sul suo trono...»

Ritornarono in due. E uno di loro, Pantite, subito s'impiccò per l'onta di essere sopravvissuto ai suoi. Aristodemo, invece, ci raccontò.

Leonida aveva mandato ambasciatori nelle varie città della Grecia, chiedendo soldati, ed era riuscito a ingrossare un po' il piccolo esercito di cui disponeva. Tuttavia, la maggior parte delle città, come Sparta stessa, in fondo, disse che avrebbe mandato il grosso dei propri uomini una volta terminate le festività olimpiche. Con mio zio alle Termopili, dunque, oltre ai suoi trecento veterani, c'erano alcuni opliti di Tegea e di Mantinea, Arcadi, Corinzi, uomini di Filunte e di Micene, Tespiesi, Locresi Opunzi, Focesi e Tebani. Tutti volontari tranne i Tebani. Questi ultimi Leonida li aveva costretti quasi con la forza a dimostrare la loro lealtà verso la Grecia, dal momento che girava voce che Tebe parteggiasse per i Persiani.

Avevano posto il campo dietro l'antico muro focese che chiudeva la gola delle Termopili e si approvvigionavano da un villaggio vicino. Il muro era stato ristrutturato e riadattato alla battaglia imminente. Ma quando Serse fu vicino, Fobos, il dio della paura, serpeggiò velenoso tra le file dei Greci. Il terrore snervava gli opliti delle altre città, gente inesperta, contadini armati, inadatti a fare i soldati. La truppa era tesa e fremeva, e Leonida si consigliava col suo piccolo stato maggiore su cosa fare.

Mentre mandava Pantite come messaggero nei villaggi vicini per cercare di raffazzonare ancora qualche braccio armato, una nostra sentinella aveva fatto irruzione sotto la sua tenda segnalando l'arrivo imminente di un esploratore persiano. La situazione al campo greco non era delle più rosee, ma mio zio seppe giocare d'astuzia. Mandò fuori dal muro i nostri uomini, con l'ordine di impressionare il nemico. Essi, spogliatisi delle armi, con tutta tranquillità avevano preso a fare ginnastica, a pettinarsi i lunghi capelli per scendere ordinati nelle fredde dimore di Ade, a lottare fra loro per tenersi in esercizio. Guerra psicologica, come piaceva ai Persiani. Serse doveva sapere che i Greci erano pronti ad accoglierlo e che non avevano per nulla timore di lui, anche se, dietro il muro, tra i soldati non spartani cominciava a serpeggiare la paura. Il re spodestato Demarato era con lui, e avrebbe confermato, al racconto dell'esploratore, la glaciale fermezza degli Spartiati.

Era stato in questa occasione che due dei nostri, il reduce Aristodemo e il suo compagno Eurito, avevano contratto una grave infezione agli occhi che era loro costata l'esonero dal combattimento.

Aristodemo faceva fatica a mettere a fuoco le immagini, ma rimase nell'accampamento facendosi raccontare dal suo schiavo ilota ciò che i suoi occhi malati non gli permettevano di vedere. Poté così descriverci la battaglia.

Serse aveva atteso quattro giorni, sperando che il morale dei Greci si fiaccasse ed essi ripiegassero lasciandogli libera la strada. Invano, se hai davanti uno Spartano. Esasperato, il quinto giorno aveva gettato contro il nostro muro di lance e di scudi i contingenti dei Medi e dei Cissei. Accalcati l'uno contro l'altro nella strettoia, disordinati, vestiti con corazze inadeguate, erano stati un facile bersaglio per la falange corazzata di Leonida. Una dopo l'altra, le loro cariche si erano spente contro le cuspidi delle sue lance e, quando la prima fila di opliti dava segni di stanchezza, ecco che truppe fresche balzavano avanti dalle retrovie, pronte a martoriare col ferro crudele la molle carne persiana.

Al tramonto, il sentiero, reso scivoloso dal sangue, rifletteva con bagliori vermigli la morte del sole, che scompariva dietro le pile di cadaveri persiani.

Ci fu una breve pausa di silenzio, poi, con il rumore di una marcia cadenzata, si presentarono al passo gli Immortali. Il sole morente scintillava sulle loro lance. Serse si giocava subito la sua arma migliore. Avanzarono, cozzarono con il nostro schieramento, ma le loro lance erano più corte, e molti vennero trafitti prima che potessero arrivare a contatto coi nostri. Molti dei loro caddero. Pochi, invece, i Greci, che, astutamente, spesso fingevano di fuggire per poi voltarsi di scatto e infilzare i Persiani lanciatisi in un inseguimento disordinato.

Ordine e disciplina, i cardini di Sparta, a cui mio zio aggiungeva una rara sagacia tattica.

Non c'era scampo per gli Asiatici.

Si ritirarono. Poi, calò la notte. Dalla strada giungevano al campo greco i lamenti degli agonizzanti.

Il giorno successivo, i combattimenti si ripeterono in maniera molto simile. I Greci, divisi per contingenti etnici, davano facilmente la morte alle disordinate orde persiane. Si davano il turno. I Focesi, invece, Leonida li aveva messi di guardia a un sentiero che, si era scoperto, aggirava le Termopili. Li aveva schierati lì per pracauzione, ma c'era da sperare che Serse non ne venisse a conoscenza. Era un ripido sentiero per le capre, e i Persiani avrebbero continuato a ignorarne l'esistenza, ma le Parche avevano tessuto un destino diverso.

Fu Efialte, un Greco della zona, sperando in una qualche ricompensa e non tenendo in nessun conto il suo sangue ellenico, a informare il Gran re. Subito quello aveva spedito gli Immortali su per il sentiero. Grazie alle frecce, si erano sbarazzati facilmente del picchetto di Focesi e, all'alba, avevano preso alle spalle l'esercito greco.

L'indovino di mio zio, Megistia, aveva però preannunciato in tempo l'accerchiamento. L'accerchiamento, la paura ancestrale di ogni schieramento greco... In tempo per permettere a Leonida di licenziare gli alleati, rispedendoli a casa e salvandoli dalla mattanza. Lui sarebbe rimasto, pronto a morire per salvare, come voleva l'oracolo, Sparta. Con lui rimasero anche i Tespiesi, dando prova di un coraggio unico tra la grecità non spartana, e i Tebani, costretti a non dimostrarsi filopersiani.

Con gli alleati, anche Aristodemo ed Eurito erano stati rimandati indietro, loro che non potevano combattere. Ma se Aristodemo aveva obbedito, Eurito, pur non riuscendo a vedere, si era buttato nella carneficina deciso a ottenere una gloriosa morte.

E Aristodemo pagò caro l'aver obbedito a Leonida osando tornare vivo a Sparta mentre tutti i suoi compagni (tranne Pantite, che era tornato a battaglia ormai conclusa ma che si era poi impiccato) erano morti combattendo. Quando ebbe finito il suo racconto, l'assemblea, sdegnata, prese a chiamarlo "Aristodemo il fuggiasco". Perse i suoi diritti; nessuno gli rivolgeva più la parola. Per aver obbedito a un ordine, divenne nessuno. Solo io ancora gli parlavo, ed ero costretto a farlo di nascosto. Dove Sparta vedeva il disonore, io vedevo la forza di volontà di eseguire un ordine nonostante tutto.

Il resto della storia della battaglia volò presto a Sparta sulle ali della fama. Leonida guidò il piccolo esercito fuori dal muro, sempre più verso il nemico, nelle strettoie del passo. Spartani e Tespiesi combatterono ferocemente, facendo a pezzi i nemici a mani nude e coi denti quando le lance si spezzarono e le spade si persero. Ma infine furono sopraffatti dal numero. I Tebani, invece, dapprima combatterono, ma quando videro avanzare il grosso delle truppe di Serse - i vigliacchi - si arresero, dichiarando che erano stati costretti da noi a combattere, ma che parteggiavano per il Gran re.

Serse in persona mozzò la testa di mio zio, di quel presuntuoso reuccio che aveva osato bloccargli la strada. La appese in cima a un palo e invitò i marinai della sua flotta e chiunque fosse curioso a visitare il campo di battaglia, costellato di Greci crivellati, ma stranamente privo della moltitudine degli Asiatici uccisi, seppelliti in tutta fretta per non sfigurare.

Sparta, dal canto suo, decise di celebrare i suoi caduti ingaggiando il poeta più apprezzato del momento: Simonide di Ceo. Alle Termopili furono erette delle stele, e incise su di esse, colorate del rosso del sangue versato, si stagliavano le parole del poeta:

Straniero, annuncia ai Lacedemoni che qui
giacciamo, obbedienti alle loro leggi.

Anche gli altri Greci furono commemorati su quelle stele, così come l'indovino, caro amico di Simonide stesso:

Qui, un giorno, contro trecento miriadi combatterono
quattromila uomini del Peloponneso.

E:

Ricordo, questo, del famoso Megistia, che un giorno i Persiani

uccisero, dopo aver attraversato il fiume Spercheo,
dell'indovino che, allora, benché sapesse chiaramente che avanzavano le Chere,
non sopportò di abbandonare i comandanti di Sparta.

Frattanto, la battaglia navale all'Artemisio si concluse con un nulla di fatto. La tattica di Temistocle e i venti di tempesta avevano affondato qualche nave persiana, ma quando ad Euribiade giunse la notizia della morte di Leonida, la flotta si sganciò dalla battaglia e scivolò verso le acque di fronte all'isola di Salamina, decisa a proteggere Atene, ora che il blocco terrestre aveva ceduto.

X
UN RE BAMBINO

Ero legato a mio zio, e la notizia della sua morte, benché sapessi che non avrei dovuto sperare di vederlo tornare vivo, mi addolorò molto.

«Torna con lo scudo, o sopra di esso» sono solite dire le madri spartane ai propri figli quando partono per la guerra. Ebbene, mio zio non era tornato affatto. La sua testa marciva in cima a un palo, con le orbite vuote scavate dai corvi. Né erano tornati i suoi soldati. Troppe famiglie, in città, gemevano nel lutto. Troppi padri se n'erano andati. Per cosa? Per un'idea.

Di nuovo per una stupidissima idea.

A che serve rispettare le feste degli dèi se si ha il nemico alle porte? A che serve sacrificarsi in nome di un oracolo? I Persiani sarebbero arrivati lo stesso, nonostante il sacrificio di mio zio. Il calendario spartano è stupido. Tutta l'estate è costellata di festività religiose, e i giorni in cui è possibile ingaggiare battaglia sono pochi e discontinui. Ma come tutto ciò che in Grecia è antico, è sacro e inviolabile. La realtà è che è un anacronismo. È stato concepito quando Sparta era una potenza per davvero; quando le guerre che intraprendeva erano tutte guerre offensive. Allora sì, poteva permettersi il lusso di scegliere i giorni. Ma ora, parliamoci chiaro, altre potenze sorgono, e Sparta è presa nella grande scacchiera. Le guerre che combattiamo, adesso, non le decidiamo più noi. Ci piombano addosso quando capita. O meglio, se conosco i Persiani, ci piombano addosso quando sanno che non possiamo difenderci con tutto il nostro potenziale.

Loro sanno, e noi ci facciamo prendere in giro.

La nostra inerzia ci ucciderà.

E di morte, quel giorno, Sparta ne ebbe a volontà. Non c'era casa da cui non provenissero lamenti di cordoglio. Non uno sguardo allegro si scorgeva per via.

Dovetti evadere da tanta tristezza: con una scusa, mi allontanai. Cercai il calore degli Iloti. Cercai il calore del corpo di Aristomache, il tepore del suo abbraccio, la calma dei suoi occhi, la serenità del suo sorriso.

Mi corse incontro non appena mi vide arrivare e mi abbracciò a lungo, ma quella volta nemmeno il suo abbraccio servì.

«Sei teso, Pausania» mi disse. «Rilassati, sciogliti un po'. Sei qui con me ora».

«Lo so» risposi. «Scusa. Non ci riesco».

«È per via della morte di Leonida?»

Scossi la testa:

«No... Cioè, ci ero affezionato, certo, ma ero consapevole dall'inizio che quella spedizione sarebbe stata un suicidio. È tutto quanto. A Sparta l'aria è irrespirabile. Il cordoglio aleggia nell'aria, è palpabile. È tutto così privo di senso. Questa situazione...»

«Sei arrabbiato».

«Sì».

«Non era una domanda. Sei arrabbiato, si vede. E c'è solo un modo per far sparire la rabbia, se neanche gli abbracci servono».

«Sarebbe?» domandai.

La sua risposta fu proiettarmi a terra.

Non me l'aspettavo.

«Fatti sotto» mi disse.

Sorrisi.

Mi rialzai in fretta e cercai di rompere la sua guardia. Finsi un pugno con la sinistra. Non ci cascò, e parò il gancio destro, allacciandomi il polso con la mano e girandomi il braccio in leva dietro la schiena.

La cosa cominciava a farsi interessante.

Mi liberai con un calcio sul suo stinco.

E, piano piano, non c'era più Leonida, non c'era più Sparta, non c'era più Serse né la guerra. Non c'era più Aristomache né Pausania, ma solo un uomo e una donna, e l'arte dei muscoli e del sudore, l'occhio che studia e il corpo che danza. L'ebbrezza del combattimento e una breve parentesi di felicità.

E il gioco infine si risolse in un bacio. Le dita cercavano la pelle sotto i vestiti e il respiro si fuse in un unico, dolce anelito vibrante.

Tornai a Sparta per i funerali. Si seppellivano delle statue. I corpi, non era stato ancora possibile recuperarli e ancora marcivano presso le Termopili, gonfi, bianchi e pieni di vermi. Macabri resti di ciò che fino a qualche giorno prima era il nerbo di Sparta. I guerrieri migliori che la terra abbia generato, ora la terra stessa li fagocitava decomponendoli mentre noi qui alla terra affidavamo i loro spiriti, ingabbiati in freddi simulacri perché non tormentassero i vivi chiedendo sepoltura.

E ora, Sparta era priva di un re della famiglia degli Agidi. L'altro re, Leotichida, gioiva in segreto della scomparsa del potente rivale, sperando di poter, adesso, smettere di vivere alla sua ombra. La mia famiglia aveva bisogno di un successore. Il figlio di Leonida, Plistarco, era ancora un bambino. Il futuro re sarebbe stato lui, ma non poteva, al momento, assumere la sua carica. Sua madre Gorgò avrebbe certo potuto regnare da sola: la forza, l'ardire, l'abilità politica non le mancavano. Ma Sparta, benché permetta alle donne di essere molto più libere e autonome che in altre città greche, come la libera Atene, dove le mogli vivono segregate in casa come pezzi di arredamento, non arriva al punto di affidare il comando dell'esercito a una regina.

Mentre l'armata di Serse sciamava libera per la Grecia bruciando i campi, devastando le abitazioni, noi guardavamo al nostro re fanciullo che aveva bisogno di un tutore.

Secondo le leggi, tale compito, quello di reggente di Plistarco, fu affidato allo zio del ragazzo, l'unico rimasto: mio padre Cleombroto.

Mi allontanai infastidito quando la notizia venne proclamata dagli efori. Il mio amico Lisimaco lesse il mio disappunto e mi seguì.

«La morte di Leonida ci addolora tutti, Pausania» disse. «Lo so che ti era caro».

«Non è per Leonida che sono arrabbiato» risposi. «Ma per mio padre».

«Perché? Dovresti rallegrarti per lui».

«Dovremmo piangere, ora che lui ha il potere del re» lo corressi.

«Perché dici questo? È suo fratello, vedrai che saprà rendersi degno di lui».

«No, no Lisimaco. Leonida era un politico abile. Sapeva che Sparta non poteva stare rinchiusa dentro i confini del Peloponneso. Sapeva guardare oltre, sapeva spingersi oltre. Suo fratello no. Mio padre no».

«Cosa dici? È un bravo Spartano. È migliore di molti di noi».

«È proprio questo il punto, amico mio. È un bravo Spartano. Fin troppo bravo. Duro, ottuso, cieco, come tutti gli Spartani».

«Occhio a come parli, Pausania» cercò di calmarmi.

«Non ci sente nessuno qui» risposi. «E spero bene che almeno tu abbia quel briciolo di buon senso da starmi a sentire. Sparta non deve rintanarsi nel Peloponneso come una bestia braccata. Se gli altri Greci capitolano sotto la morsa di Serse, Sparta farà la stessa fine».

«Sparta non si è mai preoccupata troppo delle cose fuori dal Peloponneso, Pausania. È la tradizione. E le cose sono sempre andate bene».

«Questa volta è diverso, Lisimaco. La nostra arroganza ci ucciderà. Il nostro crederci invincibili sarà la nostra condanna».

Ci fu una pausa di silenzio, poi ripresi:

«Sai, a volte penso a quanto sarebbe meglio se la Grecia avesse un capo unico. Un solo re per tutti i Greci. Abbiamo provato a mettere da parte i dissidi, ma l'unità è già un'utopia».

«Ti condannerebbero per delle parole del genere. Fa' attenzione, amico mio».

Non gli diedi retta. Continuai la mia visione, fissando l'orizzonte come se da un momento all'altro dovesse comparire un qualcosa di portentoso, un'epifania.

«Scacciare i Persiani e costringere i Greci ad andare d'accordo sotto la guida di un solo uomo forte» ripresi. «Questo, sì, sarebbe l'ideale. Uno Stato greco forte e coeso, che possa opporsi con facilità alla potenza achemenide. Uno Stato che possa disporre della potente flotta dei Greci d'Asia e degli Ateniesi, della forza bruta e del rigore dei Dori di Sparta, della mobilità e della capacità di manovra dei cavalieri tessali e beoti. Immagina, Lisimaco, tutto questo sotto un'unica insegna».

Inarcò il sopracciglio, pensieroso. Io gli presi le mani nelle mie e gliele strinsi, preso dal mio sogno di conquista: «Immagina. Gli stranieri non oserebbero più impugnare le armi contro di noi. Anzi, noi stessi, da prede, una volta uniti, potremmo diventare cacciatori. E il modo di vivere greco si espanderebbe in terre lontane; la lingua greca risuonerebbe dalle colonne d'Eracle al sorgere del Sole».

Mi vedevo a capo di schiere immense vendicare la morte di mio zio entrando da vincitore nel palazzo del Gran re a Susa e impossessarmi dei suoi tesori. Un palo, all'ingresso della reggia, avrebbe mostrato a tutti come anche un uomo divino, il prediletto del loro dio Ahura Mazda, potesse marcire al sole.

XI
TEMISTOCLE

L'estate cominciava a declinare e il sole regalava, al tramonto, i primi caldi riflessi d'autunno. Qualche foglia cominciava a ingiallirsi, sui rami, e le viti gonfiavano i grappoli di uva matura. Tutto lasciava presagire l'arrivo dei primi freddi e, con essi, la sospensione delle campagne militari.

Ma il sole non perse la sua forza, e per un mese ancora i crudeli giochi degli uomini poterono andare avanti.

L'esercito persiano sciamava come uno stuolo di cavallette sui campi degli antenati degli Ateniesi e loro, trinceratisi sull'isoletta di Salamina, davanti alle coste dell'Attica, reprimendo una collera immensa, poterono vedere, in una notte senza luna, il fuoco alzarsi dalla loro sacra città. Era iniziato come un piccolo punto luminoso nella notte nera, poi altre fiammelle si erano accese, riunendosi in un grande muro di fiamme. Dapprima i quartieri esterni, poi, a mano a mano, verso il centro. E infine, l'acropoli. Un gruppo di vecchi si era rinchiuso lassù, erigendo una muraglia di legno. Solo un muro di legno, infatti, avrebbe salvato gli Ateniesi: così aveva detto la Pizia. Ma non fu quel muro, che divenne facile preda delle fiamme persiane.

Come una torcia, l'acropoli s'accese, e un turbinio di

scintille si levò alto nel cielo. Piangevano, gli Ateniesi, sulla loro piccola isola. Davanti a loro, il mare era rosso dei riflessi delle fiamme e, in cielo, una nube rosso-violacea illuminava la notte di macabri bagliori.

Il vento portava, attutita, l'eco del frastuono dei templi abbattuti, le grida degli ultimi difensori, e le risate dell'esercito di Serse.

La flotta greca guardava impotente. Dov'era l'esercito di terra dei Greci, dov'eravamo noi?

Dove?

In parte a casa; in parte a Corinto a spaccare pietre. I nostri schiavi lavoravano incessantemente nella città sull'istmo per tagliare le pietre e costruire un enorme muro su quel sottile lembo di terra, da mare a mare. L'unico accesso al Peloponneso stava diventando una roccaforte. Il nostro esercito l'avrebbe presidiato, e i Persiani non sarebbero mai riusciti a violare la nostra terra.

Così la pensava la maggior parte dei Greci che abitavano a sud di Corinto, e così la pensava mio padre, che, in qualità di reggente, guidava i lavori con vivo impegno.

Non gli importava, a quei Greci dal carattere provinciale, di abbandonare gli Ateniesi e tutti gli altri Greci settentrionali al loro destino. Sarebbero diventati schiavi del Gran re? Poco importava: noi ci saremmo salvati.

Stronzate.

«Le uniche stronzate, qua, sono le tue, Pausania» mi rispose mio padre quando glielo feci presente. «Non vedi che sono tutti d'accordo con me? Dobbiamo bloccare l'accesso al Peloponneso».

«Le navi, padre. Le navi!» replicai. «Se la flotta ateniese cede, chi impedirà che Serse traghetti i suoi uomini a sud del tuo muro? Quante navi ha Sparta? Nessuna».

«La flotta ateniese reggerà, te lo garantisco».

«Bene, poniamo anche che sia in grado di reggere. Ma li stiamo abbandonando al loro destino! Minacciano, e a ragione, di andarsene in Italia, di abbandonare Atene e la Grecia, se noi non collaboriamo. Cosa farai quando gli Ateniesi saranno salpati?»

«Pausania...» rise. «Sei proprio ancora un bambino. Parole. Solo parole. Tante parole. Gli Ateniesi non sanno fare altro che parlare. Ma non andranno, vedrai, non scapperanno in Italia».

«Sarò anche un bambino» replicai «ma anche un bambino sarebbe in grado di accorgersi che l'unica possibilità che abbiamo di salvarci sta nell'aiutare gli Ateniesi. Ora».

Nulla da fare. Come parlare a un sasso.

Quando l'incendio si fu spento, lasciando anneriti i marmi degli Ateniesi, le loro statue e i loro templi distrutti, Serse si accampò in Attica, ponendo il suo quartier generale entro le mura della nemica sconfitta. Poi l'esercito del Re prese lentamente la direzione di Corinto.

Bisognava annientare la loro flotta. Bisognava farlo *ora*. Ma Euribiade, quel pazzo di Euribiade, d'accordo con gli altri capitani peloponnesiaci, voleva spostare la flotta nelle acque di Corinto, e lì ingaggiare battaglia.

Fortunatamente, Temistocle era di un altro parere, e riuscì a convincere il nostro navarco.

«Perché spostare la flotta a Corinto?» gli aveva detto, calmo. «Per attirare l'esercito persiano ancora più contro il Peloponneso? Per combattere, inferiori di numero e con navi più pesanti in mare aperto quando, restando a Salamina, possiamo avere il vantaggio di ingaggiare battaglia in un braccio di mare stretto e a loro ignoto?

Per vedere la flotta disperdersi quando ogni contingente peloponnesiaco accorrerà in difesa delle proprie case abbandonando la formazione? Rifletti bene, Euribiade: solo se la flotta resta qui avrai l'appoggio di noi Ateniesi, altrimenti partiamo davvero per l'Italia. A malincuore, ma non ci lasciate alternativa».

Euribiade si lasciò convincere e schierò le navi nello stretto. Ma poi accadde qualcosa che Euribiade non aveva previsto.

«Cosa è accaduto?» mi domandò Aristomache, curiosa di sapere il resto della storia.

«Panico» risposi. «Gli equipaggi delle triremi peloponnesiache si sono fatti prendere dal panico e hanno deciso di ammutinarsi. Era notte. Il giorno successivo avrebbero fatto vela per Corinto».

«E come ha fatto Euribiade a convincerli a restare?»

Le presi le mani nelle mie e la fissai negli occhi.

«Euribiade è un buono a nulla» risposi. «È Temistocle che dobbiamo ringraziare. Abbiamo tutti un debito con lui. Senza la sua astuzia, probabilmente oggi non saremmo qui. Doveva costringere i Greci a combattere, e ci è riuscito con l'inganno».

«Non vedo come» commentò Aristomache.

«Qui sta il genio. Ha messo i Greci di fronte al fatto compiuto. Preso il pedagogo dei propri figli, persona fidata e scaltra, lo ha spedito nottetempo dal Re con un messaggio: lo mandava il comandante degli Ateniesi - doveva riferire - che parteggiava per i Persiani. Smanioso di conquistarsi la benevolenza di Serse, lo informava che i Greci erano atterriti e meditavano la fuga. Se avesse voluto distruggere la loro flotta, quello sarebbe stato il momento ideale per colpire, perché non avrebbe trovato un fronte coeso, ma delle navi in rotta inseguite da quelle ateniesi, ormai convertite alla causa asiatica».

«Non è poi così lontano dalla verità, se si esclude la conversione degli Ateniesi».

«No, non lo è» risposi. «E proprio per questo Serse se l'è bevuta. Il suo orgoglio è direttamente proporzionale alle dimensioni del suo esercito. Enorme, e ha ottenebrato la sua intelligenza. Pieno di sé, non ha avuto dubbi sul fatto che gli Ateniesi potessero convincersi a sottostare alla sua magnificenza».

«Non conosceva i Greci».

«Non conosceva Temistocle» sorrisi. «Ordinò alla sua flotta di accerchiare le navi greche, di impedire che le triremi fuggiasche riuscissero a farla franca».

Aristomache sorrise, intuendo il finale della storia.

Ripresi:

«E intanto i nostri navarchi litigavano. I Peloponnesiaci erano lì lì per andarsene, quando sul ponte della trireme su cui erano riuniti salì Aristide. Gli Ateniesi lo avevano esiliato perché ostile a Temistocle, ma ora, considerato il pericolo imminente, rientrava fra i suoi concittadini per dare una mano. E portava con sé la notizia dell'accerchiamento. Io stesso - aveva detto - sono riuscito a malapena a superare le posizioni persiane con una piccola barchetta da pescatori. Non c'è possibilità di fuga. Siamo accerchiati. I Peloponnesiaci non volevano crederci, ma l'arrivo inaspettato di una trireme disertrice confermò la notizia».

«Costretti a combattere».

«Esattamente come voleva Temistocle. E il suo piano funzionò. Aiutati dalle strettoie, dalla conoscenza degli scogli bassi e delle secche, e spronati a dare il meglio dalla mancanza di vie di fuga, i Greci, e soprattutto gli Ateniesi e gli Egineti, fracassarono gli scafi delle navi persiane coi rostri di bronzo delle triremi, mentre Arsitide, presi con sé mille opliti, spazzava via il presidio di fanti che Serse aveva fatto sbarcare sull'isoletta di Psittalia, sperando di intercettare i nostri naufraghi e passarli per le armi. Ma furono i loro a perire in tal modo. E molti di più morirono prima ancora di raggiungere la costa. Pochi dei rematori, infatti, erano gente di mare; gli altri erano schiavi continentali, che non sapevano nuotare».

Aristomache mi abbracciò, come se il merito della vittoria fosse stato mio. Ma io ero a Corinto quel giorno, a guardare quell'inutile muro di pietra e a sperare che Temistocle combattesse...

«Non è finita» continuai. «I rottami e i cadaveri erano ovunque. La vittoria era nostra, ma Serse sembrava non darsi per vinto e fece costruire un molo in direzione di Salamina, dando l'impressione di voler continuare a combattere».

«Ancora? Non è in grado di riconoscere la sconfitta?»

«In realtà, era un diversivo. Terrorizzato all'idea che, ora che la sua flotta era stata spazzata via dalle poche navi greche, qualche trireme potesse far vela verso l'Ellesponto e distruggere il ponte di barche impedendogli così il ritorno, non appena gli è stato possibile, se n'è fuggito verso la Persia...»

«È scappato!» Aristomache sorrise e battè le mani come una bambina a cui sia stato donato un giocattolo nuovo. «È finita? La guerra è finalmente finita? Possiamo finalmente occuparci della nostra situazione qui?»

Sorrisi, cercando di nascondere l'amarezza, e l'abbracciai.

«Putroppo siamo solo all'inizio. Serse è scappato. Ha preferito mettere al sicuro il suo culo regale, ma ha lasciato in Grecia Mardonio con l'esercito. Serse può anche disinteressarsi della campagna di Grecia, ma per Mardonio è una questione personale. Combatterà fino alla morte. Possiamo solo sperare che l'inverno arrivi presto concedendoci tempo per prapararci al grande scontro».

XII
UN SEGNO DEL CIELO

Corinto, una settimana dopo la vittoria di Salamina. Per tutta la Grecia correvano le lodi di Temistocle. Passando di bocca in bocca, la fama innalzava il navarco ateniese ingigantendone i meriti e le imprese. Il ricordo della battaglia di Salamina sarebbe durato a lungo.

Ma quella fama avrebbe potuto essere nostra, se i miei concittadini non fossero tutti così ottusi!

Corinto, dicevo. Già, mi trovavo lì in occasione della celebrazione per la conclusione dei lavori di fortificazione. Il muro era completo. Squadre di schiavi e di cittadini liberi vi avevano lavorato incessantemente giorno e notte, e ora se ne stava lì, un inutile ammasso di pietre lisciate, monumento alla stupidità umana. Ma Sparta ne andava fiera. Sparta che non aveva monumenti in città, Sparta che non era formata che da un ammasso di capanne, Sparta la sobria ora si esaltava di fronte alla magnificenza delle costruzioni di pietra.

Una grande festa era stata organizzata. Musicisti, poeti (c'era anche Simonide), danzatori, saltimbanchi, tutti erano stati invitati. Il gradevole odore della carne abbrustolita di centinaia di animali sacrificati in onore degli dèi riempiva l'aria; il vino scorreva; le ragazze, coronate di fiori autunnali, si godevano il bagno di folla e sorridevano ai soldati. L'atmosfera era rilassata e serena. Ora che la flotta persiana era stata distrutta, sembrava davvero, anche ai più scettici, che quel muro potesse essere garanzia di pace futura nel Peloponneso.

Ma le flotte si ricostruiscono; i muri si abbattono. I Persiani potevano ancora contare su una forza soverchiante. Non condividevo la spensieratezza generale, anzi, il rilassamento degli animi mi preoccupava: eravamo ancora in guerra!

A un tratto, le risate, la musica, il vociare, tutto cessò. Si fece silenzio. Mio padre era salito su un'alta tribuna assieme all'indovino. Entrambi avevano in capo una ghirlanda fiorita e in mano tenevano lucidi coltelli sacrificali. Una teoria di montoni saliva la tribuna fino ai loro piedi. Era il momento più solenne e delicato della cerimonia. I due si apprestavano a sgozzare gli animali per chiedere il responso degli dèi sulla continuazione della guerra contro i Persiani. Tronfi, e sicuri della bontà del loro muro, tutti erano pronti a scoppiare in grida di giubilo, sicuri che gli dèi avrebbero benedetto la costruzione.

Il primo montone venne avanti.

Il sangue sgorgò.

La bestia abbandonò la vita con un rantolo.

Le mani si tinsero di rosso.

E si alzò il vento. Una forte raffica fece volare via le corone di fiori dal capo dei due, che si guardarono sbigottiti.

Poi un'ombra cominciò a proiettarsi sulla terra.

La temperatura scendeva.

Il vento aumentava.

Un disco nero mangiava la brillantezza del sole.

Solo una piccola falce di luce rimase visibile, mentre il cerchio nero portava la notte in mezzo al giorno.

Apparvero le stelle.

La folla si mise a gridare, spaventata.

Lo sconforto prese tutti i cuori.

Mio padre e l'indovino, atterriti dall'infausto presagio, lasciarono cadere i coltelli, levarono le mani al cielo, poi tutti si misero a innalzare suppliche agli dèi.

Io li guardavo mezzo compiaciuto mentre il terrore si impossessava dei loro cuori. Avrei voluto salire sulla tribuna, avvolto in vesti lacere come uno di quei profeti degli Orientali, e predicare alla folla l'inutilità di quella loro costruzione, la futilità del loro vanto.

Ma mi trattenni.

Mio padre non si riprese più da quel colpo. Spesso lo si sentiva borbottare, con gli occhi sbarrati e assenti:

«Il sole, il sole. Il muro. Il sole. Il muro» mentre brividi come di freddo gli scuotevano la schiena.

E quell'autunno si ammalò.

I farmaci dei nostri medici erano inefficaci. Passava le giornate a letto, sotto spessi strati di coperte di lana, tremando come una foglia secca benché il focolare emanasse un piacevole calore. Sudava. Sudava copiosamente, ma aveva freddo.

I suoi occhi vagavano nel nulla e si facevano di giorno in giorno più pallidi, finché, una mattina che andai a trovarlo, non li trovai diafani. Alla domanda se ci vedesse ancora:

«Il sole, vedo il sole» rispose.

Poi prese a spegnersi anche nel corpo. La possente muscolatura da guerriero piano piano sparì, lasciando il posto a una pellaccia flaccida e rugosa appesa alle ossa.

Rifiutava di mangiare, e si consumava sempre di più.

Un giorno lo ritrovammo cadavere, misera spoglia dell'oplita di un tempo, memento per coloro che danno troppa importanza ai segni degli dèi.

Lo fissavo, muto e inespressivo, mentre mia madre e le altre donne della famiglia gridavano a gran voce le lamentazioni rituali. La sua morte non mi sconvolse. Forse perché lo vedevo rinsecchirsi giorno dopo giorno e mi ero rassegnato all'inevitabile. O forse perché, in fondo, grazie al sistema educativo di Sparta, per me era un padre solo di nome. La mia infanzia era trascorsa in caserma, lontano dai suoi abbracci, dal suo affetto che pure non esisteva. Era sempre stato arido, gelido, incapace di una parola buona. E ora la morte lo prendeva così, svuotato di tutto come vuoto di sentimento era stato in vita.

Lo fissavo immobile mentre le mosche del dio dei morti cominciavano a ronzargli attorno al capo.

Mi alzai, e andai a dare la notizia agli efori.

Il corteo funebre sfilava sotto una pioggia gelida. Era autunno, ma d'un tratto pareva che l'inverno fosse piombato su di noi. I piedi avanzavano nel fango; le ruote del carro che trasportava il cadavere s'impantanavano sovente; le grida delle prefiche sembravano provenire dall'Ade.

In direzione opposta alla nostra, avvolto in un mantello nero, con il cappuccio calato fin sul naso per proteggersi dall'acquazzone, cavalcava un uomo. Solo e scuro nell'aria plumbea, sotto un cielo tetro e misero, sembrava fosse Ade in persona, venuto a reclamare il corpo del morto.

Incrociò il nostro corteo; mi vide; smontò da cavallo e mi si accostò. E non era il dio dei morti, ma il sacerdote di Delfi che avevo conosciuto quando ero pizio per mio zio.

«Chi trasportate sui sentieri dei morti?» mi domandò. «Date le dimensioni del corteo, si direbbe qualcuno di importante».

«Mio padre» risposi.

L'uomo si fece scuro in volto, poi soggiunse:

«E così anche l'ultimo figlio di Anassandrida se n'è andato nelle aule di Ade. Mi dispiace, figliolo. Ero venuto per parlargli di suo fratello. Il dio ha dato un messaggio per voi».

«Parla» gli dissi. «Non far caso alle grida di lamento: ti ascolto. Più tardi potrai riferire agli efori».

Il messaggio era un ordine. Serse si trovava ancora in Tessaglia, dove il suo generale Mardonio aveva posto i quartieri invernali per l'esercito, e stava preparandosi a partire prima che il mare si facesse burrascoso e minacciasse di distruggere il suo adorato ponte di barche. Ebbene, Apollo ordinava di raggiungerlo quanto prima, mandando un'ambasceria veloce, e di chiedergli una compensazione per la morte di Leonida. Qualsiasi cosa il Re avesse indicato come compenso, bisognava accettarla.

E il mio primo atto ufficiale da reggente di Plistarco fu appunto mandare Lisimaco, l'unico Spartiata di cui mi fidassi, a chiedere soddisfazione a Serse. Non è che mi importasse molto dell'ingiunzione di Apollo, a dire il vero, ma ero curioso di vedere come quell'uomo borioso e arrogante avrebbe reagito. E iniziare la propria carriera da "re" sprezzando il volere degli dèi, a Sparta, non era cosa consigliabile. La censura degli efori è severa; il loro controllo sull'operato dei re è stretto. Basta un niente per trovarsi fuori gioco.

E a me il potere regale serviva. Ora che l'avevo in pugno, non me lo sarei lasciato soffiare solo perché non credevo nell'ipocrisia religiosa della città. Ma, come in tutto il resto, avevo imparato a fingere, e ancora una volta feci il devoto, celando il disprezzo che covavo verso quel santuario panellenico che prosperava sulla cieca fede dei Greci e indirizzava i loro destini a suo piacimento, come in un grande gioco.

Se Apollo mai si degnerà di parlare ai mortali, mi piacerebbe sentire cos'ha da dire dalla sua voce, non ricevere ordini da una Pizia drogata attraverso la mediazione di sacerdoti corrotti.

Cosa mi dovevo aspettare da un oracolo che, da quando era iniziata la guerra, aveva sempre, più o meno apertamente, appoggiato la causa persiana, spaventando i Greci e impedendo ad alcuni di loro di portare soccorso ai propri fratelli?

Lisimaco aveva galoppato come un folle, sfiancando la propria cavalcatura, ed era riuscito a farsi ricevere dal Re poco prima che partisse.

«Re dei Persiani» aveva detto «Gli Spartani ti chiedono soddisfazione dell'assassinio, dal momento che hai ucciso il loro re, che lottava per difendere la Grecia».

A tali parole, Serse era scoppiato a ridere, poi, dopo una lunga pausa di silenzio, aveva indicato Mardonio:

«Non ho altro tempo da perdere in questa piccola regione ai confini del mondo. Sarà questo Mardonio qui a darvi la soddisfazione che meritate!»

Le sue parole erano ironiche e sprezzanti, ma il dio aveva ingiunto di accettare qualsiasi cosa il Re avesse offerto, e Lisimaco, ricevuta la risposta, se n'era tornato indietro.

Mardonio.

Avrei messo alla prova le sue truppe scelte.

Dunque, stando alle parole dell'oracolo, per vendicare mio zio, bisognava uccidere Mardonio. Avrei fatto molto di più. Avrei mostrato a quel codardo di Serse, che ora scappava in Asia come un topo braccato, la vera forza di una falange greca. Alle moltitudini dei loro, avrei contrapposto le moltitudini dei nostri.

Volevo un esercito immenso. E sapevo come ottenerlo.

XIII
PREPARATIVI INVERNALI

La prima neve aveva punteggiato di bianco le cime del Taigeto; l'aria era fredda, e il fiato si condensava in candide nuvolette di vapore. La notte, senza luna, era serena, e le stelle brillavano in cielo come i fuochi di un esercito enorme accampato in lontananza. Una calda pelliccia, che avrei dovuto abbandonare tornando a Sparta, mi proteggeva dal gelo mentre, appoggiato con la schiena a una parete del vecchio tempio di Helios, aspettavo Aristomache.

E infine giunse. La torcia che portava in mano danzava con riflessi cangianti sul suo volto, incorniciato da un cappuccio di pelliccia di volpe. Si sedette accanto a me, piantò la torcia in terra e mi baciò.

«Quando potrò averti tutto per me, Pausania?» domandò appoggiando la testa sulla mia spalla. «Quando finirà tutto questo? Quando se ne andranno l'ombra della guerra e la tirannia di Sparta?»

"Presto" avrei voluto risponderle, ma le parole mi si gelarono in gola.

La abbracciai, forte.

Il giorno seguente eravamo davanti a Melanippo. Il capo ilota mi fissava intensamente, incuriosito dal motivo della mia visita.

«L'altro giorno è morto mio padre» dissi. «Ora, gli efori hanno affidato a me l'incarico che era stato suo. Sono reggente, amico mio. Ho il potere dei re in mano».

«Non avrei mai sperato una simile fortuna» rispose quello, dopo una pausa di silenzio. «Gli dèi sono dalla nostra parte. Con te in quella posizione, possiamo attaccare Sparta e, con un po' di fortuna, riuscire a cambiare la nostra condizione, ora che Serse se n'è tornato in Asia».

«Frena l'entusiasmo. Non è per questo che sono venuto. Non ora, almeno. Capisco la vostra impazienza e, ti assicuro, la condivido in pieno. Ma non è questo il tempo per creare disordini in seno alla città. Mardonio è ancora acquartierato in Tessaglia, e sicuramente a primavera scenderà a completare l'opera iniziata dal suo re. Se Sparta cadesse ora in preda alla guerra civile, sarebbe la fine. La fine per Sparta; la fine per voi. Nella migliore delle ipotesi, finiremmo tutti schiavi di un altro e più crudele padrone. Nella peggiore, ci ritroveremmo tutti quanti nelle fredde aule di Ade».

Si fece scuro in volto, poi parlò, lentamente:

«Perché dunque sei venuto?» disse.

«Per chiedervi un favore. Solo dopo che la minaccia persiana sarà passata potremo pensare a sovvertire l'ordine delle cose a Sparta. Per ora, ho bisogno che mi aiutiate restando fedeli al vostro stato servile. Mi serve un esercito, Melanippo. Un esercito in piena regola che combatta al nostro fianco i Persiani. Sperano di soverchiarci con la forza del numero. Mostreremo loro che si sbagliano, che anche i litigiosi Greci, se vogliono, possono evocare un numero infinito di braccia armate».

«È un bel prezzo di sangue quello che mi stai chiedendo...»

«È necessario. Se vogliamo che le cose cambino, bisogna che Sparta resti libera. Che la Grecia resti libera. Ma non possiamo farcela da soli. Siamo in pochi, e Mardonio lo sa bene. Sette Iloti della vostra organizzazione per ogni Spartiata che riuscirò a reclutare. Questa è la mia proposta».

Sgranò gli occhi.

Fatti due conti, significava mobilitare tutti i suoi uomini e non solo.

Rispose:

«Troppo. Non abbiamo abbastanza combattenti».

«Armeremo anche i contadini e i servi non addestrati».

«E esattamente, dimmi, come pensi di utilizzarci, in battaglia? Come la fanteria leggera di Serse? Carne da macello... Ci è fatto divieto di portare armi e armature, lo sai bene».

«Ora sono io il re. Decido io come gestire la campagna militare».

«Non montarti la testa, ragazzo. Sei solo reggente. Leotichida invece è re per davvero: le operazioni militari potrebbero essere affidate a lui».

«Leotichida è un pagliaccio e un codardo. Gli efori lo sanno. Hanno già affidato a me, che sono il nipote di Leonida, l'incarico di vendicarne la morte sconfiggendo Mardonio. La mia idea è di inserirvi nella falange regolare, come un unico popolo, quale dovremmo essere».

«Sogni, Pausania. Gli efori non te lo consentiranno mai».

«Li metteremo di fronte al fatto compiuto. Non potranno che accettare. I fabbri sono già all'opera per costruire spade, scudi e lance per voialtri. I tessitori già intingono i mantelli nella porpora di Sidone. Mardonio si ritroverà di fronte un esercito di Spartiati otto volte più grande di quel che si aspetta. Tremerà di paura. In prima linea schiererò gli Spartiati. Dietro, voi. Seconda, terza, quarta, ottava fila a seconda del grado di addestramento».

Melanippo stette un momento in silenzio, a riflettere, con gli occhi chiusi, poi rispose:

«La tua fiducia ci onora, ragazzo. Prego gli dèi che sia la decisione giusta».

«Fa' in modo che nessuno dei tuoi uomini tradisca la fiducia che gli accordo, e vedrai che, quando le acque si saranno calmate, potremo ancora fare della strada insieme verso la vostra libertà. Vi manderò al più presto degli uomini fidati che vi addestrino nelle manovre della falange. Sarete agli ordini di Lisimaco. È un mio caro amico; non ci tradirà. Arsitomache l'ha già incontrato. L'arciere che era con lei la notte che ci battemmo, prima di morire, gli tranciò un orecchio».

Annuì.

Ripresi, fissandolo negli occhi:

«Melanippo, avete un inverno per diventare veri soldati. Buona fortuna».

Aristomache galoppò con me fino al Taigeto, poi ci salutammo.

«Tu sei un'abile combattente, e so che, nonostante la falange sia composta di soli uomini, faresti di tutto per farne parte. Ma non voglio rischiare di perderti in battaglia. Quando verrà la chiamata alle armi, tu stanne fuori, amore mio» le dissi.

Sembrò contrariata, ma cercò lo stesso di sorridere. Annuì, reprimendo in petto una protesta.

«Promettimelo».

Mi abbracciò.

«Te lo prometto, ma tu promettimi che ritornerai da me».

«Farò il possibile, piccola» risposi e, separandomi da lei con una carezza, spronai il cavallo al galoppo verso Sparta.

Una volta partito l'esercito di Serse, Atene, un'Atene vuota, deserta, spettrale, era stata rioccupata dai suoi abitanti, che si davano ora da fare per ricostruire le case bruciate e poter sopravvivere all'inverno.

Ma presto, le spie che ero riuscito a infiltrare nel campo persiano mi fecero pervenire la notizia che Atene non sarebbe stata lasciata tranquilla ancora per molto. Mardonio stava preparando un'ambasciata per tentare, ancora una volta, di portare gli Ateniesi dalla sua parte. La spedizione sarebbe stata guidata da Alessandro di Macedonia, un re mezzo barbaro e doppiogiochista. Non sono mai riuscito a capire da che parte stesse. Forse da entrambe, dove la convenienza, di volta in volta, lo portava.

Ebbene, quell'ambasceria doveva fallire a tutti i costi. Perdere gli Ateniesi era un prezzo troppo grande; vederseli addirittura contro, uniti all'esercito persiano, era garanzia di sconfitta. E motivi per allearsi con Mardonio ne avevano. Il risentimento nei nostri confronti, per l'abbandono che avevano subìto, certo non mancava.

Preparai in tutta fretta una contro-ambasceria e la spedii ad Atene quanto prima cercando di porre rimedio agli errori di mio padre e di quei Peloponnesiaci che dell'Attica se n'erano fregati.

Appena in tempo.

Gli Ateniesi fecero attendere il Macedone. Sapevano che anche noi Spartani avremmo voluto dire la nostra e trattennero Alessandro finchè non giunsero anche i miei uomini, poi presentarono entrambe le ambascerie all'Assemblea lo stesso giorno.

Per primo aveva parlato il Macedone, con tono dolce e affabulatorio.

«Uomini di Atene!» aveva esordito. «Mi manda Mardonio a dirvi che gli è arrivato un messaggio per voi da parte del Gran re. Serse è magnanimo, e perdona tutte le vostre colpe commesse nei suoi confronti e ordina a Mardonio di restituirvi la vostra terra e di farvene scegliere, in aggiunta, un'altra in cui potrete abitare da uomini liberi. Inoltre ordina al suo generale di ricostruire i templi che lui stesso ha bruciato, a patto che vogliate accordarvi con lui. Perché, dunque, la follia di muovere guerra contro Serse? Non avete le forze per superarlo, né potete sperare di resistergli per sempre. Conoscete il numero e le imprese delle sue armate e di quelle che ora stanno in Tessaglia: se anche vinceste Mardonio (cosa del tutto irreale), altri uomini sciameranno su di voi dall'Asia immensa. Non giocate a confrontarvi con il Re; desistete dalla vostra impertinenza e scendete a patti. Vi si offre l'accordo più decoroso, ché il Re stesso l'ha voluto. Da uomini liberi, siglate un'alleanza! Questo è il messaggio di Mardonio per voi».

La folla mormorò.

«E io» aveva poi aggiunto, «che desidero il vostro bene, vi supplico di dargli retta. Non avete alcuna possibilità contro Serse e, se l'aveste avuta, non sarei venuto a consigliarvi tali cose. La potenza del Re è devastante; la sua mano invincibile. Ora vi si offrono condizioni vantaggiose: accettatele, o temo che, esposti come siete, verrete soverchiati. Ascoltatemi. A voi soli, fra tutti i Greci, il Re concede il perdono delle colpe e la sua amicizia!»

A quelle parole, l'animo dei miei ambasciatori si era acceso, e si lasciarono trasportate dal furore, parlando con una certa grossolanità che la rude educazione spartana non aiutava certo a lenire. Dalle loro parole poteva dipendere il destino della Grecia. Io, a Sparta, ero forse più teso di loro. Parlarono:

«Ci hanno mandato gli Spartani chiedendovi di non modificare le alleanze e di non accogliere i discorsi dei Barbari, ché non sarebbe giusto né decoroso per nessuno dei Greci, e tanto meno per voi: voi che avete attirato su di noi questa guerra quando il resto della Grecia stava in pace. E poi non è per nulla conveniente che proprio voi, Ateniesi, che sempre vi siete presentati come liberatori di popoli, ora accettiate di diventare schiavi del Re. Condividiamo la vostra triste sorte, e ci addolora la perdita dei vostri raccolti e la devastazione del vostro Paese. Le nostre scorte sono ancora gonfie: possiamo mantenere le vostre famiglie finché durerà il conflitto, ma Alessandro non vi persuada cospargendo di miele le parole di Mardonio: è un tiranno, ed è naturale che stia dalla parte dei tiranni».

Forse un po' prive di tatto, ma chiare e precise, le parole che uscirono dalla loro bocca.

La retorica non è uno dei doni degli Spartani. Come ebbero finito di parlare, gli Ateniesi cominciarono a fremere sui loro scanni, agitati.

Uno si alzò, e, senza che gli fosse data la parola, gridò:

«Sarebbe a dire che questa guerra è colpa nostra?»

«Se voi non aveste aiutato gli Ioni a incendiare Sardi...» rispose uno dei miei.

«Silenzio!» urlò un altro Ateniese. «Noi almeno abbiamo dato una mano a chi era in difficoltà. Dov'eravate voi allora? E dov'eravate a Maratona? Siete arrivati tardi. Tardi. Sempre tardi arrivate!»

Aristide pareva preoccupato. Mentre la folla ancora vociava, si alzò e, con passo solenne, si portò in mezzo all'assemblea.

La folla, vedendolo, fece silenzio.

«Che bell'esempio di democrazia!» esordì il politico ateniese. «Cittadini, fratelli miei, il gridare e l'accusarci a vicenda non ci porterà da nessuna parte. Avevamo già preso la nostra decisione. La avevamo analizzata approfonditamente e ne avevamo discusso. E, dal momento che tutti eravamo d'accordo, vi esorto ad attenerci a quel piano, senza farci ora infiammare dall'ira e dallo sdegno verso gli Spartani né blandire dalle parole di miele di Alessandro».

Un brusio tra la folla, poi qualcuno gridò:

«Aristide ha ragione».

E partì un applauso.

Aristide sorrise, poi, quando il clamore si fu chetato, riprese, rivolto ad Alessandro:

«Pertanto, re dei Macedoni, va' da Mardonio e riferiscigli che giammai gli Ateniesi si piegheranno al volere di Serse, né scenderanno a patti con i suoi schiavi. Riferiscigli che le sue dolci proposte, l'assemblea degli Ateniesi le rifiuta in blocco. E informalo che, se tornerete con una proposta del genere, non saremo più così gentili».

Alessandro scosse la testa.

«Voi siete pazzi» disse, prima di allontanarsi sdegnato.

Aristide continuò, guardando, questa volta, i miei ambasciatori:

«Quanto a voi, Spartani, perdonate l'ardire dei miei concittadini. Sono uomini valorosi, ma impulsivi. Non temete: uno stesso sangue ci accomuna, e i templi distrutti della nostra città gridano ancora vendetta. Le vostre proposte ci lusingano, ma abbiate fiducia, ce la caveremo. Soltanto questo vi chiediamo: mandate l'esercito, e mandatelo al più presto, ché Mardonio, non appena sentirà il resoconto del Macedone, volerà come un'aquila rapace sui campi dell'Attica».

E quell'esercito, l'avrebbero avuto!

XIV
BLOCCATI, ANCORA UNA VOLTA

O forse no.

Non ancora.

Avrebbero dovuto aspettare, tenere duro ancora una volta, nonostante tutto.

Con l'arrivo della bella stagione, la nube della guerra cominciò a spostarsi, lentamente ma inesorabilmente, verso sud. Gli Ateniesi guardavano Mardonio calare attraverso la Tessaglia, e poi la Beozia, e aspettavano il nostro esercito. Che, tuttavia, non arrivava.

A Sparta aveva ripreso consensi la politica del muro sull'Istmo. La risposta data dagli Ateniesi ai nostri ambasciatori, che giammai si sarebbero accordati con il Persiano, aveva disteso gli animi, e ora molti erano tornati al parere che le cose, a nord di Corinto, sarebbero potute andare come volevano, tanto noi eravamo inespugnabili.

E con gli efori di quel parere, benché avessi potere regale, mi era impossibile mobilitare l'esercito, che tuttavia tenevo pronto. Anche Lisimaco era stato avvertito di tenersi sul chi va là e di raggiungermi a Sparta con gli Iloti non appena avessi dato l'ordine.

Ma intanto le cose, tanto per cambiare, non si muovevano, e Mardonio si acquartierò a Tebe.

La destinazione successiva sarebbe stata Atene, e nulla

avrebbe potuto impedire il peggio. Nulla, se non il nostro intervento.

Come seppero che i Tebani avevano accolto Mardonio, e vedendo che da sud non arrivava nessun aiuto, gli Ateniesi, in preda alla disperazione, abbandonarono nuovamente la propria città per rifugiarsi, ancora una volta, sull'isola di Salamina.

E Mardonio marciò trionfalmente per le vie di un'Atene deserta, e di nuovo mandò un ambasciatore a sondare l'animo degli Ateniesi. Questa volta, però, non era più Alessandro, ma uno del Bosforo.

Si presentò davanti all'Assemblea blandendo gli Ateniesi, rinnovando le proposte già fatte dal Macedone. La tensione era alle stelle. Il popolo si guardava attorno senza sapere cosa fare, cercando lo sguardo dei capi, cercando una qualche forma di rassicurazione.

Poi, all'improvviso, una voce emerse sopra le altre.

«Io sono d'accordo» gridò. «Accettiamo le proposte di Mardonio, una buona volta, e facciamola finita con questa situazione».

E fu la scintilla che diede fuoco al pagliaio. In preda a una psicosi di massa, l'Assemblea fece il vuoto attorno all'uomo che aveva parlato. Qualcuno tirò un sasso, subito emulato da qualcun altro.

In pochi istanti linciarono chi aveva proposto di cedere. Poi, ancora in preda alla follia del sangue, guardarono l'ambasciatore persiano.

Il loro messaggio non poteva essere più chiaro.

Ma era l'ultimo, disperato, tentativo.

Subito dopo, infatti, partì da Salamina una nave con degli ambasciatori per noi.

Ed erano incazzati.

Incazzati neri. Giustamente.

Ma quando arrivarono, Sparta, tanto per cambiare, era impegnata. I Persiani si facevano vivi sempre in prossimità delle nostre feste religiose. Il nostro re decaduto, Demarato, sussurrava all'orecchio del Re e dei suoi generali quando fosse meglio colpire. Fatto sta che i messi Ateniesi trovarono Sparta vuota. Tutti noi eravamo riuniti ad Amicle, sulle colline circostanti, presso il santuario di Apollo, a celebrare le feste in onore di Giacinto, il giovane che il dio aveva amato e, involontariamente, ucciso.

Amore e morte, e i boccoli del giovane ora vivevano nei petali del fiore nato dal suo sangue.

Amore per la tradizione e morte, e se non l'avessimo piantata con la nostra inerzia, i fiori di campo sarebbero stati concimati presto con il nostro sangue.

Fremevo d'ira e di sdegno nei confronti dei miei concittadini. Mi vergognai di essere spartano quando gli ambasciatori furono invitati a parlare. Gli efori li avevano fatti aspettare tutto il giorno senza degnarli di uno sguardo. Solo quando le celebrazioni religiose di quella giornata furono concluse, li mandarono a chiamare e, come se nulla fosse, li introdussero in Assemblea. Stanchi, offesi e irritati per la nostra solita inerzia, essi diedero sfogo a tutto il loro risentimento.

«Parliamo a nome degli Ateniesi» avevano esordito «e vi facciamo presente che il Re dei Persiani vuole restituirci la terra e farci suoi alleati a parità di condizioni, e in più ci offre un'altra terra a nostra scelta come risarcimento. E voi stessi avete udito queste proposte espresse per bocca di Alessandro. Ebbene, noi, per rispetto verso Zeus e la Grecia, considerando cosa turpissima tradire, abbiamo nuovamente respinto con fermezza queste proposte nonostante fossimo stati abbandonati dal resto dei Greci nel momento del bisogno. Sappiamo che è molto più vantaggioso allearsi con il Persiano, ma non lo faremo: tale è la nostra lealtà! Ma voi... Voi Spartani, che avevate tanta paura che noi ci accordassimo con Mardonio, voi che vi offrivate di mantenere le nostre famiglie pur di vederci combattere per la Grecia, quando avete capito di che tempra era il nostro animo, siete spariti! Come conigli, ve ne state dietro il vostro muro e non vi curate più degli Ateniesi, e, dopo aver promesso un esercito, ci avete tradito restandovene rintanati a guardare il Barbaro invadere la nostra terra! Ebbene, questa è l'ultima occasione, Spartani. Atene vi *ordina* di mandare quel fottuto esercito che avevate promesso! E di mandarlo subito».

Guardai gli efori, come a dire:

"Cosa diamine stiamo aspettando ancora?" ma quelli rimasero di pietra.

«Dobbiamo consultarci» risposero. «Domani avrete una risposta».

E li licenziarono.

Ma domani divenne dopodomani, e dopodomani il giorno dopo ancora, e via così per dieci giorni in cui invano cercai di convincere i magistrati.

«Rispetta il tuo posto, reggente. La decisione spetta a noi» queste erano le uniche parole che mi rivolgevano, stizziti, se provavo anche solo a introdurre l'argomento. Non mi lasciavano neanche parlare. Mi voltavano le spalle e se ne andavano.

E intanto gli Ateniesi aspettavano...

Poi, finalmente, ebbi un lampo di genio.

Chileo! Come avevo fatto a non pensarci prima? Se il vecchio Tegeate era riuscito a convincere mio padre della bontà di usare le spie, sarebbe certamente riuscito a convincere anche gli efori questa volta.

Ormai il tempo era agli sgoccioli: l'indomani si sarebbe

tenuta l'ultima riunione, poi gli ambasciatori Ateniesi se ne sarebbero andati... a mani vuote!

«Chileo!» lo chiamai entrando di corsa in casa sua. «Chileo, ho bisogno di un favore: solo tu poi farcela!»

Pochi minuti dopo, il vecchio, preso un bastone per sorreggere l'incerto passo della sua vecchiaia, si incamminava per le strade polverose deciso a far ragionare gli efori.

Confidavo in lui, e mandai a chiamare Lisimaco: che si presentasse quella sera stessa a Sparta con gli Iloti.

E, come la luna si alzò in cielo, gli efori mi convocarono.

«Chileo è venuto a trovarci» mi dissero «e ci ha consigliato di far partire l'esercito, ché a nulla varrebbe presidiare il muro se Mardonio mettesse le mani sulla flotta ateniese».

Trattenni una risata sarcastica.

Continuarono:

«Leotichida è a capo della flotta alleata; tu, che sei il nipote di Leonida, prendi l'esercito di terra e vendica, uccidendo Mardonio, la morte di tuo zio. Sappiamo che hai tenuto cinquemila Spartiati pronti a partire, e hai fatto bene. A mezzanotte lascerete la città. Noi arruoleremo guerrieri fra i Greci che abitano attorno a Sparta, fra i Perieci. Due di noi vi verranno dietro non appena avremo riunito un'armata per darvi una mano. Ma voi dovrete fare in fretta: gli Ateniesi non devono pensare che ci siamo lasciati convincere dal loro ultimatum. Domani li metteremo di fronte al fatto compiuto e, quando chiederanno che inviamo un esercito, risponderemo che - come? Non lo sapevano? - il nostro esercito era già in marcia da un pezzo!»

Avevano appena finito di parlare, quando un corno suonò in lontananza, poi, ovattata, venne a noi la musica dei flauti.

Sorrisi.

Loro, invece, si guardarono allarmati.

Uscimmo sull'agorà, e un esercito di trentacinquemila soldati privi di corazza, ma con scudo e lancia da opliti, sfilando tra le case, si fermò dinnanzi a noi. La loro colonna si snodava come un serpente nella notte, perdendosi nel buio. Le luci delle torce rimbalzavano con riflessi dorati sugli elmi di bronzo nuovi e lucidi. I pennacchi, di crine di cavallo, fluttuavano nel vento. E i loro occhi risoluti erano fissi su di me.

Uno degli efori mi si avvicinò, incerto; mi stinse un braccio e disse:

«Costoro vestono il mantello cremisi degli Spartiati, ma Sparta non dispone di una tale forza. Chi sono, Pausania?»

Sorrisi:

«I vostri schiavi iloti, fatti da me addestrare per servire nella falange».

«Questa è blasfemia!» irruppe uno dei magistrati. «Non puoi andare contro le leggi dei padri e arruolare gli schiavi nella falange!»

«E tu non puoi pensare di vincere le orde di Mardonio con solo cinquemila uomini» risposi serafico. «L'esito della battaglia ci dirà chi di noi ha ragione. Per ora ti saluto: ho una Grecia da andare a salvare!»

Suonai un altro corno, e i cinquemila dell'esercito regolare si unirono alla colonna.

Poi sparimmo nella notte come lupi in caccia.

Gli efori riuscirono ad arruolare cinquemila guerrieri scelti fra i Perieci e la sera successiva due magistrati guidarono quell'armata sui nostri passi, accompagnati dagli ambasciatori ateniesi, irritati per il modo in cui ci eravamo messi in marcia, ma felici che finalmente anche noi ci unissimo al conflitto.

XV
L'ORA DEL FERRO CRUDELE

Giunti a Corinto, ci accampammo, nell'attesa che gli altri Greci ci raggiungessero.

Al tramonto, m'inerpicai, da solo, sull'alta cupola rocciosa che sovrasta l'istmo e su cui è costruita l'acropoli della città. Appoggiato al parapetto delle mura, vedevo le nubi tingersi di sangue nella luce dorata della sera, e potevo scorgere, in lontananza, l'esercito di Perieci che ci raggiungeva. Erano un piccolo serpente scuro, perso tra l'erba bionda e sovrastato da una colonna di polvere che si alzava sotto i loro sandali.

Altri Peloponnesiaci presto mi avrebbero raggiunto, e allora avremmo potuto ricongiungerci anche con gli Ateniesi e spazzare via i Persiani dal sacro suolo della Grecia. Il momento della resa dei conti stava arrivando. L'ora della vendetta era scoccata.

Perso a guardare le nuvole e a meditare su come schierare al meglio l'esercito, trasalii quando una mano mi si poggiò sulla spalla.

Mi girai di scatto, sfoderando il pugnale, ma lei fu lesta a disarmarmi.

Rimasi sbigottito.

«Aristomache» balbettai «che cosa ci fai tu qui?»

«Non ho potuto rispettare la promessa che ti avevo fatto»

rispose sedendosi sul muro accanto a me. «Vedi» riprese, «quando hai mandato Lisimaco a istruirci sui metodi di combattimento della falange, ci ha spiegato che la sua solidità dipende dalla coesione dei suoi membri. Amici e parenti spesso vengono schierati l'uno vicino all'altro per far sì che il coraggio non diminuisca, e che ognuno sia disposto a morire per salvare chi gli sta attorno e al contempo cerchi in tutti i modi di stare in vita».

«Vero» annuii.

«E allora spiegami come avrei potuto starmene tranquilla in Messenia sapendo che non mi avresti avuta al tuo fianco a proteggerti. Se devo dare la vita per qualcosa, voglio darla per te».

Le presi le mani nelle mie e le baciai.

«Ti amo» dissi «ma non potrai in ogni caso stare al mio fianco. Sarò schierato, come vuole la tradizione, all'estrema destra della falange, nel punto più scoperto, primo soldato della prima linea, senza un compagno alla mia destra che mi copra col suo scudo. E alla mia sinistra, ho intenzione di schierare in prima fila tutti gli Spartiati di cui dispongo. Voi Iloti, avevo pensato di mettervi dietro di noi, a spingerci nella mischia coi vostri scudi contro le nostre schiene, a reggere l'urto piantando le lance a terra, a subentrare ai nostri caduti».

«Se non posso stare al tuo fianco, allora starò dietro di te. Sentirai il mio respiro sul tuo collo, e saprai che non dovrai morire. Tuttavia, perché tieni per te la posizione più pericolosa dell'intero schieramento? Guarda come fa il Gran re. Le chiacchiere che corrono per la Grecia dicono che se ne stia nelle retrovie, protetto da soldati scelti, a dirigere il gioco».

«Vedi, è proprio questa la differenza fra noi e loro. Loro hanno un re che gioca con delle pedine, muovendo una marea di schiavi; noi invece rischiamo la vita in prima persona. Se non do l'esempio io, che sono il comandante, come potrei sperare che i miei uomini siano disposti a rischiare? No, amore, non posso cambiare modo di agire senza rischiare di perdere i miei uomini. È già abbastanza strano che una donna combatta nella falange...»

Mi strizzò l'occhio:

«Tranquillo, non si accorgeranno che sono una donna qua sotto» e si calzò in testa un elmo corinzio di bronzo lucente che le copriva quasi interamente il volto. Solo i suoi occhi di ghiaccio trasparivano da sotto il metallo. Era un elmo semplice, senza pennacchio, con un Π d'argento incastonato sulla fronte.

La osservai, la mia dèa della guerra. Era stupenda, ma non riuscii a dirglielo.

«Non è uno degli elmi che vi ho fornito io...» mi uscì invece.

«No» mi sorrise sfilandoselo «l'ho fatto fare apposta per me. Ti piace?»

«Perché quel *pi* sulla fronte?»

«Perché è per te che combatto, Pausania. Per nessun altro».

La baciai. E intanto il sole moriva all'orizzonte, consegnando il mondo all'abbraccio della notte.

Di lì a qualche giorno, una fiumana immensa di Peloponnesiaci usciva da Corinto ai miei ordini. Abbandonammo la nostra penisola e marciammo verso nord, verso Atene, verso Mardonio, che, intanto, si ritirava in territorio tebano. Un vigliacco in terra di vigliacchi. Il generale di Serse voleva avere le spalle coperte, e chi meglio di quei traditori dei Tebani per tale compito?

Ci accampammo a Eleusi, non lontano da Atene, aspettando l'ultimo contingente dell'armata. Spargemmo le tende attorno al tempio di Demetra e Core, ma nessuno di noi dormì, quella notte.

Il santuario è il cuore vivo e pulsante della fede degli Ateniesi, la sede dei misteri, il centro della religiosità più intima degli uomini dell'Attica. E benché mezzo distrutto dai Persiani, c'era qualcosa, in esso, che non avrei saputo spiegare razionalmente. Come il sole si tuffò nella notte, strani bagliori apparvero nel tempio, come fulmini silenziosi celati nei recessi della cella. Poi sentimmo delle risate. Forti risate provenire da dentro le mura. Mandai dei soldati a esplorare il perimetro sacro.

Nessuno.

Quindi mille luci si accesero in lontananza, in direzione di Atene. Mille luci come di fiaccole che si avvicinavano portate da mani fantasma. E con esse veniva una musica. Dapprima indistinta, poi, mano a mano che si avvicinava, riconoscemmo le parole degli inni alle dèe. Una processione di spettri lasciava Atene deserta e giungeva al tempio.

Vi fu per mezzanotte.

Le luci si misero a danzare, in cerchio, attorno all'edificio, poi, accompagnate dal canto incessante, si rimisero in fila e sparirono, accelerando improvvisamente verso il mare.

Poi si eclissarono.

Ma, poco dopo, altre luci si accesero sull'acqua, più vive, reali: lanterne dai riflessi spezzati dal moto dei remi.

Accorremmo sulla spiaggia.

Le navi scivolavano sull'acqua senza quasi far rumore e puntavano verso di noi.

Aristide fu il primo a scendere, senza nemmeno aspettare che la sua imbarcazione fosse tirata in secco. Saltò nell'acqua poco profonda della riva, e venne verso di me, mi abbracciò e si mise ai miei ordini.

E intanto i suoi uomini, uno dopo l'altro, scendevano

dalle navi e si schieravano sulla spiaggia, in ordine. La luce delle fiaccole rimbalzava sui loro occhi. Occhi predatori. Occhi di belve che hanno perso la casa, visto i propri terreni distrutti, ma decisi a riprenderseli indietro. La sete di vendetta avrebbe colmato il distacco che, dal punto di vista tecnico, separava gli opliti ateniesi dai nostri.

Anche il più codardo dei contadini, se messo alle strette, può diventare un eroe.

Truppe motivate, intrise di un ideale di sangue. Era ciò di cui avevo bisogno.

Ora che tutti i Greci fedeli alla causa della libertà erano riuniti, Mardonio non avrebbe più potuto fermarci.

Eravamo Spartani, Iloti, Tegeati, Corinzi, Potideati, Arcadi, Sicioni, Epidauri, Trezeni, Leprei, Micenei, Tirinti, Fliasi, Ermionei, Eretriesi, Calcidesi, Ambracioti, Leucadi, Anattori, Palei, Egineti, Megaresi, Plateesi e Ateniesi.

Ma eravamo prima di tutto Greci, e come Greci ci saremmo battuti. Uniti.

E l'indomani, mentre il mio indovino, una vecchia volpe di nome Tisameno, traeva buoni auspici dalle vittime sacrificali, l'unione fu sancita da un giuramento. E tutti giurarono, a gran voce, infervorati dall'estasi della battaglia imminente.

Non mi curerò della vita più che della libertà; non abbandonerò i miei comandanti, vivi o morti che siano, ma darò sepoltura a tutti quelli che, fra gli alleati, morranno in battaglia. E, vinti i Barbari nella mischia, non distruggerò nessuna delle città che combatterono per la libertà della Grecia, né ricostruirò i santuari e i templi abbattuti, ma lì li lascerò, memento per i posteri dell'empietà dei Barbari.

Come superammo il monte Citerone, i nostri esploratori

ci informarono che i Persiani erano accampati poco distante, in una lunga linea dall'altra parte del fiume Asopo, e, al centro del loro sterminato campo, avevano costruito un forte di legno.

Feci fermare l'esercito, e montammo anche noi le tende lì dove eravamo, lungo le falde del Citerone.

Il momento era arrivato. Era giunta l'ora del ferro crudele. Finalmente i Persiani erano a portata di mano, e io reggevo le redini del più grande esercito che i Greci avessero mai messo insieme dopo la guerra di Troia. La tensione si leggeva sul viso degli uomini; l'aria era densa, carica di paure e speranze; il silenzio, disumano.

Al tramonto, ero a cena nella mia tenda con i comandanti, e decidevamo le prossime mosse, quando uno strepito lontano stracciò la coperta di silenzio che regnava sul campo.

Uscii dalla tenda. Una nube di polvere si arrossava nella luce del tramonto verso i margini del nostro accampamento. Ma eravamo troppo distanti per capire cosa fosse successo. Poteva essere un attacco? Ma al calar della notte? O forse si era trattato semplicemente di un incidente. Stavo per mandare un uomo in esplorazione, quando giunse davanti a me un cavaliere.

Era un oplita di Megara, dall'aria distrutta e ricoperto di polvere. In mano stringeva una freccia dalla punta uncinata, che piantò per terra davanti ai miei piedi.

Poi mi guardò, stravolto.

«L'accampamento megarese» balbettò. «Siamo sotto attacco. Non riusciamo, da soli, a sostenere l'urto dei Persiani. Sono tutti a cavallo. Si avvicinano a gruppi, scaricano nubi di frecce e se ne vanno. Abbiamo resistito con tenacia, ma siamo impotenti. Pausania, manda qualcuno a darci il cambio, o dovremo abbandonare la posizione!»

E così era cominciata. Al tramonto, come un ladro, Mardonio mandava degli arcieri a dissanguare le nostre file. Che quel codardo venisse presto a portata di lancia!

Guardai Aristide. Mi capì al volo. Era l'unico che poteva neutralizzare la minaccia che stremava i Megaresi. L'unico di tutti i Greci che avesse arruolato degli arcieri. Abbiamo sempre combattuto con la lancia e la spada, da uomini, guardando in faccia il nemico, cogliendo il suo ultimo respiro. Ora, invece, i codardi dell'Asia si divertivano a colpirci da lontano, come si colpiscono i cervi quando si va a caccia. Gli Ateniesi, a Maratona, si erano già scontrati con questo infido sistema di guerreggiare, e avevano agito di conseguenza, armando i nullatenenti con arco e frecce e insegnando loro a prendere la mira. Usare gli archi non fa parte del modo di combattere dei Greci, ma gli Ateniesi, per una volta, ci avevano visto giusto: i loro arcieri furono preziosi.

«Olimpiodoro!» tuonò il comandante degli Ateniesi.

Pochi istanti dopo si presentò al suo cospetto un giovane ufficiale dall'aria sveglia:

«Agli ordini!»

«Prendi i tuoi uomini e gli arcieri, e va' ad aiutare i Megaresi, che stanno subendo un attacco da parte degli arcieri a cavallo di Mardonio».

S'involò in un istante.

«Dovrebbe bastare» mi disse Arsitide. «Torniamo alla nostra cena».

E intanto la notte aveva avvolto l'accampamento e il campo di battaglia. La notte che pone fine ai combattimenti. Ma non quella volta. Quella volta si continuava a morire.

Non era passato molto tempo, che un altro messo giunse alla mia tenda, spronando il cavallo. Questa volta era un Ateniese. Non aspettò di essere annunciato; entrò di corsa, e ci vomitò addosso un fiume di parole a una velocità folle:

«Abbiamo ucciso il loro comandante. Una freccia di Olimpiodoro ha colpito il suo cavallo, che si è imbizzarrito ed è caduto, disarcionandolo. L'abbiamo colpito più volte al petto, ma non riuscivamo a ferirlo. Armatura troppo spessa. Gli abbiamo infilato un puntale nell'occhio. Senza un comandante, ora, i cavalieri si sono riuniti in gruppo e caricano tutti insieme per recuperare il cadavere. Serve aiuto. Non ce la facciamo: insieme sono troppi».

Sorrisi, pensando al nobile persiano con il puntale di una lancia conficcato nell'occhio, poi ordinai a tutto l'esercito di prendere le armi.

Accorremmo in massa, al suono dei flauti e alla luce delle torce. I cavalieri persiani avevano deposto gli archi e ora cercavano di farsi largo tra gli opliti con le scimitarre. Qualcuno dei nostri cadde.

Ma di cavalieri ne morirono ancora di più. Infilzati dalle nostre lance, i cavalli si imbizzarrivano sbalzando di sella i cavalieri, che venivano sommersi dall'onda della falange che avanzava inesorabile, e morivano così, calpestati da mille piedi e trafitti dai puntali delle lance greche.

E la strage continuò finché, girati i cavalli, si dettero alla fuga.

La giornata era nostra.

Il corpo del loro comandante, un gigante di nome Masistio, pure.

Un esercito ha bisogno di un sogno, di un ideale per poter andare avanti e combattere, e quell'ideale, ora, si chiamava vendetta per i nostri caduti; quell'ideale si chiamava superiorità offensiva; quell'ideale si chiamava col nome del generale nemico ucciso.

Mentre i ranghi si ricomponevano, il suo cadavere venne posto su un carro e fece il giro dell'esercito perché ognuno, anche coloro che, nelle retrovie, non avevano preso parte attivamente al combattimento, potesse vedere come muore un Persiano. Perché ciascuno potesse vedere la corazza d'oro e le vesti di porpora sciupate dal ferro greco. Perché ognuno potesse vedere il nobile viso truccato scomposto dall'agonia e sporco di sangue e di escrementi di cavallo. Perché ognuno dei miei uomini potesse avere la certezza che quella battaglia si poteva vincere, che quella notte ci eravamo già presi una parte abbondante di gloria e che ciò non sarebbe finito lì.

Perché tutti si sentissero fieri in cuore di essere Greci e di combattere per la libertà.

Quella notte il vento soffiava con raffiche impetuose, spazzando le nubi in cielo e regalandoci una stellata meravigliosa. La via lattea brillava in cielo come un manto divino, quasi a voler ricordare ai Greci che Era, dal cui seno la galassia era nata, vegliava su di noi e su quella parte di Terra dove si stava per scatenare il finimondo.

Il vento ululava, e portava con sé il lamento dei Persiani per la morte di Masistio. Grida spettrali aleggiavano nell'aria, stridendo, e la loro eco eterna rimbalzava contro le pareti di roccia del Citerone.

Quando il sole sorse, ci mettemmo nuovamente in marcia. Il territorio di Platea era più adatto a uno scontro e più ricco d'acqua. Ci lasciammo alle spalle il Citerone scosceso e ci attestammo sulla sommità di dolci colline, che permettevano alla falange, se i Persiani fossero venuti all'attacco, un'agevole corsa in discesa per travolgere le loro file.

Disposi che l'esercito si accampasse in ordine di schieramento, lungo una linea retta. L'ala destra, la occupavamo noi Spartani, assieme agli Iloti con cui eravamo mischiati e ai Perieci. Avendo io il comando dell'esercito, nessuno osò obiettare. Ma scoppiò un litigio per l'ala sinistra. Tegeati e Ateniesi si disputavano l'onore di occuparla. Gli uni vantavano il fatto che sempre, nelle operazioni congiunte con Sparta, avessero formato l'ala sinistra; gli altri facevano pesare la loro vittoria contro i Persiani a Maratona.

Fu Aristide a calmare gli animi: ovunque li avessimo schierati, disse, gli Ateniesi avrebbero dato prova di essere valorosi e rispettosi degli ordini. Ai miei uomini piacquero le maniere garbate del comandante ateniese e, per acclamazione di tutto l'esercito, il suo contingente ebbe l'ala sinistra, dove avevo pensato di schierarli fin dall'inizio.

Per placare l'orgoglio degli abitanti di Tegea, li presi con noi, integrandoli nello schieramento spartano subito alla nostra sinistra, dopo i Perieci.

Centodiecimila Greci ora erano schierati in linea lungo l'Asopo. Alla nostra destra, accanto all'accampamento spartano, sgorgava dal terreno una sorgente che con le sue limpide e fredde acque placava l'arsura estiva rifornendo tutto l'esercito.

Non passò molto tempo prima che i Persiani si facessero di nuovo vivi. Vennero a schierarsi anch'essi in prossimità dell'Asopo, sull'altra sponda, visibili ai nostri occhi come una marea infernale. Il loro numero era almeno triplo del nostro, e Mardonio pose estrema cura a posizionare di fronte a noi le truppe scelte dei nobili Persiani e davanti agli Ateniesi la fanteria pesante oplitica composta da Macedoni, Tessali, Beoti e quanti altri Greci era riuscito a ghermire.

E così, tra le manovre di schieramento e il montaggio degli accampamenti, passò una giornata intera.

Il giorno successivo, toccava agli indovini dire la loro

sulla battaglia. Anche Mardonio, forse per ingraziarsi i contingenti greci del suo esercito, si era preso un indovino greco: Egesistrato, un bastardo che mai perdeva l'occasione per insultare pubblicamente e danneggiare Sparta.

In passato i miei concittadini l'avevano catturato e imprigionato. Quello, però, amputandosi il piede rinchiuso nei ceppi, era riuscito a evadere, e ora eccolo là, nell'accampamento di Mardonio che, ancora una volta, tramava contro Sparta.

Ma a quanto pare, i sacrifici di Egesistrato sconsigliavano a Mardonio di attraversare l'Asopo e di attaccare, ché per otto giorni il Persiano non si mosse.

Dal canto mio, presi da parte il mio indovino, Tisameno, e gli esposi la mia intenzione di temporeggiare, per il momento. Mi serviva tempo: alle nostre spalle, dai valichi del Citerone, sempre più soldati e rifornimenti continuavano a giungere, ingrossando le nostre file. Avrei atteso, raccogliendo milizie, e intanto Mardonio avrebbe consumato le sue scorte alimentari e avrebbe cominciato a innervosirsi, spinto dall'inattività.

Tisameno era un uomo furbo e non temeva gli dèi. Divenuto cittadino spartano per mia intercessione dopo che la Pizia gli aveva predetto la vittoria nelle cinque gare più importanti, avrebbe ascoltato i miei ordini. Sparta aveva intuito che le gare di cui parlava la sacerdotessa non erano che grandi battaglie e, desiderosa di accaparrarsi la protezione divina che gravitava attorno a quell'uomo, aveva cercato di ingaggiarlo. Lui, però, come compenso, chiedeva la cittadinanza: cosa impossibile. Fu solo dietro mia iniziativa che Sparta acconsentì a fare uno strappo alle regole. Volevo quell'indovino al mio fianco in battaglia. Avevo visto nel suo sguardo la malizia dell'orgoglio e l'ombra della bugia, qualità che avrei potuto usare con vantaggio, se fossi riuscito a legarlo a me.

Mi doveva l'orgoglio di essere diventato uno Spartiata, e mi ubbidì. I vaticini, per ora, dovevano sconsigliare l'attacco: li avrebbe modificati ad arte.

Contraffare i responsi degli dèi è una faccenda delicata, ma preziosa, se si vuole vincere una battaglia usando la testa. L'esercito non ragiona, e agisce automaticamente riconoscendo l'autorità superiore delle divinità. Ebbene, quell'autorità andava piegata al mio volere, alla mia visione tattica. Se Zeus, o chi per lui, avesse contraddetto la mia parola, l'esercito mi avrebbe abbandonato, lacerato da una crisi, incerto a quale autorità obbedire o, peggio ancora, avrebbe obbedito al responso divino gettandosi da solo nella rovina.

In battaglia, bisogna prima combattere lo spirito dei propri uomini, poi il nemico.

E ora avevo bisogno di temporeggiare. Convenimmo che solo al mio segnale i responsi sarebbero diventati positivi per l'attacco, e il segnale era una preghiera a Era, protettrice della regione.

Dopo otto giorni di stasi, il piano sembrava cominciare a funzionare. I cavalieri di Mardonio, incapaci di stare fermi ad aspettare, furono mandati, con un lungo giro che scavalcasse la nostra posizione, sul Citerone, e catturarono un convoglio di rifornimenti proveniente dal Peloponneso.

Era una perdita, agli occhi dei Greci. Ma per me era un vantaggio: significava che il loro morale stava crollando, che l'inattività li stava rendendo nervosi, instabili, smaniosi di combattere. E quando un soldato è in quello stato, è facile preda di chi sa mantenere la calma. Se avessimo sconvolto il loro animo, la professionalità della falange spartana li avrebbe spazzati via senza problemi, benché superiori di numero.

E i giorni seguenti, le cose andarono sempre meglio.

Squadroni di cavalieri tebani e persiani si agitavano, spingendosi sempre più in prossimità dell'Asopo, lanciando frecce, che tuttavia non arrivavano al nostro campo, e improperi. Ma non osavano attraversare il fiume.

Il loro animo era agitato come le sue correnti. Nel campo Spartano, invece, si chiacchierava affabilmente, e anche gli Iloti, i Perieci e i Tegeati furono contagiati dalla calma degli Spartiati. Gli altri Greci stavano sul chi va là, ma il loro morale, per ora, sembrava reggere.

Undici giorni senza combattere, poi qualcosa si mosse nella notte. Un'ombra, un fruscio, e, davanti alle sentinelle ateniesi, si presentò Alessandro di Macedonia. Chiedeva di parlare con Aristide.

L'Ateniese corse personalmente a riferirmi il tutto. Dormivo, scaldato dall'abbraccio di Aristomache, quando si presentò alla mia tenda.

«Mi spiace svegliarti, Pausania» mi disse. «Ma abbiamo novità. Il Macedone si è presentato al nostro campo».

«Alessandro?» domandai io incredulo. «Di nuovo Alessandro tra i piedi. Mardonio è così stupido da riutilizzare un messaggero che ha già fallito in passato?»

«Dice di essere venuto di sua iniziativa» commentò l'Ateniese perplesso.

«Certo, e io sono il re di Persia» risposi sarcastico. «Cosa dice il mezzo barbaro?»

«Riferisce che Mardonio è esasperato e ha deciso di non tenere più in considerazione i pareri dell'indovino. Dice che attaccherà domani all'alba perché il morale dei suoi uomini sta crollando e i viveri si stanno esaurendo in fretta. E dice che c'è dissenso tra i suoi generali. Pare che Artabazo voglia ripiegare verso Tebe, dove c'è cibo in abbondanza, e di là cercare di corromperci a suon di doni. Ma Mardonio è troppo orgoglioso della potenza del suo esercito e vuole mettere alla prova l'aura di timore che avvolge la vostra falange».

«Spera di spaventarci?»

Aristide sorrise:

«Un'ultima cosa. Prima di andarsene, Alessandro ci ha pregato di ricordarci di lui, di come ha rischiato la vita per portarci queste preziose informazioni, quando vinceremo».

Risi.

Risi di gusto nella notte. Se quel doppiogiochista di Alessandro era riuscito ad arrivare fino a noi portando una notizia in apparenza in contrasto con i piani di Mardonio, era perché Mardonio stesso lo aveva permesso. Non era una spia alleata in campo persiano: di questo ero certo. Ma piuttosto un'arma nelle mani di Mardonio, il quale sperava, paventando per bocca del Macedone un attacco imminente e spinto dalla rabbia, di gettarci nel panico. Che poi il reuccio mezzo barbaro avesse riplasmato il messaggio per poter trarre vantaggio anche da un'eventuale nostra vittoria poco importava.

I Persiani erano maestri nella guerra psicologica: ebbene, avrebbero trovato ad aspettarli un Greco che aveva saputo imparare le loro lezioni e superarli in astuzia!

Ora si trattava di far credere a Mardonio di essere caduti nella sua trappola, quando invece sarebbe stato lui a cadere nella mia.

All'alba, chiamai Aristide e coordinai con lui uno scambio di ali: gli Ateniesi avrebbero preso posto all'ala destra, di fronte ai Persiani, e noi ci saremmo schierati davanti ai Greci di Mardonio. L'operazione doveva essere ben visibile. Mardonio doveva credere che avessimo paura.

Stendardi vennero alzati, corni suonati, e le colonne di uomini si spostarono sulla pianura della Beozia sollevando vaste nubi di polvere.

Quando Mardonio se ne accorse, anch'egli fece altrettanto.

Sorrisi nel vedere la polvere alzarsi dall'altro lato dell'Asopo.

Sorrisi, e ricondussi gli Spartani all'ala destra, facendo tornare gli Ateniesi alla sinistra, seguito dal movimento speculare dei Persiani.

Tutta la giornata era trascorsa così, e i risultati delle mie manovre si ebbero verso sera. Mardonio era caduto in trappola. Imbaldanzito, mandò un araldo al nostro campo, tronfio e orgoglioso, a insultarci e a chiamarci vili.

Che si gonfiassero pure pensando di ottenere una facile vittoria! Dov'era finito il famoso valore spartano? L'avrebbero presto scoperto. Ma ora quel baldanzoso burattino persiano non riceveva risposta. Nessuno dei miei uomini lo degnava di uno sguardo. Parlava al vento, finché, sdegnato, non se ne andò.

E presto venne il segnale dell'ingenuità di Mardonio.

Una nube di spruzzi s'indorò al tramonto sollevandosi dal fiume, e gli arcieri a cavallo sciamarono di fronte alle nostre colonne.

«Tenete il fronte! Non attaccate!» gridai, e subito sentii l'eco delle mie parole ripetuta ancora e ancora dai vari comandanti. «Tenete il fronte!»

Le loro frecce sibilavano e grandinavano sugli scudi, conficcandosi nel legno e nel terreno. E talvolta nella carne. Dove un grido di dolore si accendeva, uno dei nostri si spegneva agonizzando.

Perdemmo alcuni uomini, ma ne avremmo persi molti

di più se fossimo passati al contrattacco sotto le nubi di dardi.

Resistere. Presto, col calare delle tenebre, gli arcieri se ne sarebbero andati, me lo sentivo.

E così avvenne, non prima, però, di aver otturato con terra, sassi e sterco di cavallo la sorgente da cui ci rifornivamo d'acqua.

Il che, tutto sommato, giocava a mio favore.

Quando venne la notte, convocai i comandanti per esporre loro il mio piano.

«Abbiamo poco tempo» esordii. «Dobbiamo agire in fretta. Abbandoniamo queste posizioni seduta stante e ripieghiamo. Li attiriamo in una trappola. Il fiume Oeroe alle nostre spalle forma una sorta di isola: ci schiereremo lì. E quando, all'alba, i Persiani attaccheranno, troveranno le nostre postazioni abituali deserte. Penseranno che siamo fuggiti, e si lanceranno all'inseguimento in maniera caotica e disordinata, arroganti e pieni di sé. Ma invece di un nemico in fuga, ci troveranno schierati e pronti a caricare, protetti dalle correnti del fiume così che non possano sfruttare l'abbrivio dei cavalli per sfondare le nostre linee. Li spazzeremo via».

In capo a un'ora, i primi dei nostri furono in marcia. Prima il centro; le ali avrebbero fatto da retroguardia.

Ma fu qui che feci un errore.

Il mio piano avrebbe funzionato alla perfezione... se tutto l'esercito avesse avuto un minimo di addestramento, anche solo al livello dei miei trentacinquemila Iloti! E invece non tenni in conto che gli opliti delle altre città non sono altro che contadinuncoli armati, inetti, incapaci e codardi.

Il loro ripiegamento non riuscì a essere celere come avrebbe dovuto, e la stragrande maggioranza si perse o fuggì nella notte, approfittando dell'occasione per levarsi di torno le frecce persiane.

Ormai stava per albeggiare, e gli ultimi si erano appena messi in marcia. Toccava a noi e agli Ateniesi ripiegare, ma ora i Persiani sarebbero stati oltremodo vicini: mi serviva chc qualcuno restasse indietro, come retroguardia della retroguardia, a coprire i nostri movimenti.

Diedi l'ordine a Lisimaco, ma Amonfareto, il giovane capo dei Trecento, sbottò:

«Scordatelo, capo. Noi non scappiamo. Restiamo noi».

«Non stiamo scappando, ragazzo» lo apostrofai. «È una manovra tattica. E comunque non se ne parla. Siete ottimi soldati, ma non avete l'esperienza degli uomini di Lisimaco. Voi venite con me».

Amonfareto scosse la testa.

«Mi spiace» disse sedendosi su un sasso. «È un ordine che non posso eseguire».

"Piccolo arrogante" pensai.

«Ti rendi conto che rischio di perdere la guardia reale in una stupida manovra?» lo rimproverai.

Ma quello aveva la risposta pronta:

«Proprio perche siamo la guardia reale, stiamo noi qui a proteggervi».

«Pausania» intervenne Lisimaco, contrariato dall'alterco, «Stiamo perdendo tempo. Sta per albeggiare. Lascia indietro loro, se non c'è verso di convincerli».

Aveva ragione. Il tempo stringeva.

«Sia!» sbottai. «Ma cercate di non farvi distaccare troppo dal resto dell'esercito».

Non passò troppo tempo, però, prima che la cavalleria di Mardonio, trovate vuote le nostre posizioni, raggiungesse Amonfareto e i suoi. I cavalli sono troppo veloci. Corremmo indietro a soccorrere il nostro battaglione, e intanto un messo partiva di corsa per coordinare l'azione almeno con gli Ateniesi, visto che gli altri erano fuggiti. Non li vedevamo, gli Ateniesi: il territorio collinare, in quel tratto li celava. Mi serviva che arrivassero il più in fretta possibile e formassero una linea sola assieme a noi, e magari con i loro arcieri schierati dietro gli scudi degli opliti avremmo potuto tenere a bada la raffica di frecce che ci stava bersagliando.

Il mio uomo tornò col fiatone:

«Stanno già combattendo, Pausania! Non possono distaccare nemmeno gli arcieri. I Greci di Mardonio li incalzano!»

Dunque si veniva alle mani.

Se gli Ateniesi, però, avevano avuto la fortuna di ingaggiare subito il corpo a corpo, noi eravamo ancora immobilizzati dalle frecce. Diedi l'ordine di rannicchiarsi dietro gli scudi e di resistere alla pioggia mortifera. Non avevamo alcuna possibilità di caricare sotto i colpi degli arcieri. Sarebbe stato un suicidio.

Io intanto, mentre aspettavo il momento propizio, il momento in cui gli arcieri avessero deposto gli archi ed estratto le spade, mi allontanai un poco dietro l'ultima fila della falange e salii su una piccola altura assieme ai sacerdoti e a Tisameno. Da lì potevo vedere meglio il campo di battaglia, e osservare quei vigliacchi dei Persiani, che bersagliavano i miei uomini quasi alla cieca, nascosti da grossi scudi di vimini piantati per terra.

Corsi a prendere un montone tra quelli che seguivano l'esercito apposta per essere immolati agli dèi e lo sacrificai.

Così voleva la tradizione.

Sacrificai, e ogni volta che uno dei miei veniva trapassato da una freccia particolarmente fortunata era per me un tuffo al cuore. Ma non potevo farli avanzare. Tisameno, intanto, fedele al mio piano, dichiarava infausti tutti i presagi.

Mentre i miei uomini ancora resistevano caparbiamente, un piccolo gruppo di Lidi riuscì, chissà come, ad aggirare la nostra posizione e attaccò la postazione sacrificale. Erano pochi, ma erano corazzati come i nostri opliti, ed eravamo pochi anche noi: io e i sacerdoti. Senza contare che avevamo lasciato le armi al nostro posto nello schieramento. Fortuna che eravamo tutti Spartani. Improvvisammo con quel che avevamo: le fruste per i montoni e il bastone a forma di T del comandante in capo.

I primi assalitori caddero, allacciati alle gambe dalle fruste, e furono travolti dalla corsa dei loro stessi compagni. Degli altri, i sacerdoti riuscirono ad afferrare le lance e, facendo leva su quelle, li proiettarono a terra per poi finirli con le loro stesse armi. Io invece impugnavo il bastone con entrambe le mani e colpivo di punta le uniche parti lasciate scoperte dalle armature: gli occhi e il collo.

Fu un ottimo riscaldamento.

Li annientammo velocemente, e tornammo ai sacrifici.

Ma avvenne ciò che speravo non avvenisse. I miei soldati di Tegea, benché avessero dato prova di essere ben più disciplinati degli altri Greci che erano fuggiti, a un certo punto, esasperati, uscirono dai ranghi e caricarono.

Lasciarli da soli, a questo punto, era follia.

Pregai Era che ci concedesse la sua protezione e Tisameno mi strizzò l'occhio.

«Gli dèi finalmente ci accordano la loro protezione» lo sentii proclamare a gran voce. «Pausania, Era è con te. L'attacco può cominciare!»

Corremmo ai nostri posti, mentre i Persiani, vista la carica dei Tegeati, posavano gli archi e sfoderavano le sciabole.

Sciocchi! Se avessero scagliato le frecce ancora per un

po', molti dei nostri sarebbero caduti durante la corsa.

Meglio per noi.

Impugnammo le armi e avanzammo!

La musica dei flauti ondeggiò come una brezza di primavera nella foresta di lance, e la falange spartana prese a muoversi, al passo, senza fretta, senza rischiare di scomporre le file in una carica disordinata. Lenta, ma inesorabile.

E migliaia di bocche iniziarono a cantare un canto cupo, con voci basse e spaventose, sulla dolce musica dei flauti.

Siete stirpe di Eracle invitto,
coraggio ché Zeus ci assiste!
Non temete, non vi spaventi il numero dei nemici.
Ciascuno porti avanti contro i compagni lo scudo,
disprezzi la vita e ami le nere Chere di morte
come la luce del sole.
Sapete che Ares lacrimoso distrugge tutto,
ben conoscete l'ira della guerra dolorosa.
Forza, ciascuno rimanga saldo sulle gambe, con entrambi i piedi
piantati al suolo, mordendosi le labbra coi denti,
nascondendo nella pancia di uno scudo immenso
le cosce, gli stinchi, il petto e le braccia.
Con la mano destra scuota l'asta possente
e muova tremendo il cimiero sul capo.
Le imprese audaci lo addestrino a combattere,
né con lo scudo si tenga lontano dai dardi,
ma, gettandosi nella mischia con la grande lancia
o con la spada, ferisca ed uccida il nemico.
E piede contro piede poggi, allinei scudo a scudo,
cimiero a cimiero, elmo ad elmo,
accosti il petto al petto e combatta il nemico

stringendo l'elsa della spada o la grande lancia.

Le ultime parole si persero nel fragore dello scontro. Il primo impatto fu contro il muro di scudi di vimini, dietro il quale si nascondevano i Persiani. Le lance trapassavano agevolmente le canne intrecciate, e ne uscivano colorate di rosso.

Poi gli scudi, fatti a pezzi, caddero.

E le prime file di nemici, carne da macello senza armatura, avvolta in vesti variopinte, caddero con essi.

Il suolo, ormai, era fango insanguinato. I piedi scivolavano. Gli Iloti, seguendo le istruzioni, con gli scudi sulla schiena del compagno di fronte, spingevano in avanti.

Sentivo la voce di Aristomache, dietro di me, incoraggiare i compagni.

Avanti.

Sempre più avanti.

La pressione cominciava a soffocare.

Ben presto le lance divennero inutilizzabili, bloccate in una mischia troppo fitta. I Persiani le afferravano e le spezzavano a colpi di spada. Tutti noi della prima fila abbandonammo i monconi al suolo ed estraemmo le spade.

Con quelle corte lame era più facile aprirsi la strada nella carne tenera del muro che ci si opponeva.

Urla.

Grida.

Rumore di ossa che vanno in frantumi.

E ormai avevamo raggiunto la posizione di Mardonio, alto su un cavallo bianco, protetto tutto intorno dagli Immortali e dagli opliti di Lidia.

Fanteria pesante.

La carne da macello era finita. Ora lo scontro si faceva serio.

In molti caddero, da entrambe le parti, e molti Iloti dovettero subentrare in prima fila.

Mardonio era sempre più vicino, ma la carneficina non accennava a diminuire d'intensità.

Uno schizzo di sangue mi colpì gli occhi, causandomi una pausa di buio.

Quando riuscii a rimettere a fuoco la scena, alla mia sinistra, lontano di qualche posizione, vidi un oplita che, approfittando di un'incertezza del nemico di fronte, si chinava a raccogliere un sasso, avendo ormai perso anche la spada.

«Arimnesto!» gli gridai, cercando di farmi sentire. «Mardonio! Colpisci Mardonio!»

Mi guardò. L'elmo era lordo, e il sangue colava giù dal paranaso. Nei suoi occhi c'era un'espressione ferina, lo sguardo del lupo quando ha sentito l'odore della preda.

Digrignò i denti.

Caricò il braccio, e la pietra volò.

Superò i Persiani che erano di fronte a lui e impattò con violenza contro la fronte di Mardonio, ammaccandogli pesantemente l'elmo.

Lanciò un grido di dolore, il generale del Re, e tutte le sue truppe si girarono all'istante verso di lui. Ma solo per vederlo perdere l'equilibrio e cadere da cavallo di schiena.

Non si rialzò più, ucciso da un semplice sasso.

Gridai, incitando gli uomini ad approfittare di quel momento di paralisi che aveva colto i Persiani nel veder morire il proprio comandante.

Gridai, e le spade di coloro che ancora le avevano disegnarono linee rosse nell'aria.

I colpi si susseguirono furiosi; i Persiani si difendevano validamente, cercando di proteggere l'illustre salma, ma presto, privati di un comando centrale, si divisero in piccoli gruppi di combattenti, che furono agilmente sopraffatti dalla compattezza della falange che, benché la battaglia fosse ormai in fase avanzata, riusciva ancora a procedere coesa, grazie al bel lavoro di spinta che facevano gli Iloti delle retrovie.

A un tratto sentii la voce di Aristomache dietro di me:

«Pausania, laggiù!» urlò, cercando di sovrastare il rumore della battaglia. «Chi è quello là che è uscito dai ranghi?»

«Aristodemo» scandii sorridendo. «L'unico superstite delle Termopili».

«Ma morirà, così!» rispose. «Si è spinto da solo in mezzo ai nemici».

«Penso sia sua intenzione. Vuole una bella morte. Vuole riscattare l'onore che crede di aver perso essendo sopravvissuto a Leonida e ai suoi compagni».

Uno spettacolo degno di essere visto. Aristodemo si era spinto nella mischia in preda a furia omicida. Rinfoderò la spada; raccattò una lancia persiana da terra e s'impegnò in un combattimento uno contro mille. Gruppi di Persiani gli si facevano addosso, ma, grazie alla singolare destrezza che possedeva nel maneggiare armi a manico lungo, non riuscivano ad avvicinarsi, e cadevano con la gola aperta o il petto trapassato.

Contro una corazza particolarmente dura, però, la lancia gli si spezzò. Ma c'era ancora carne per la spada. Colpiva con destrezza e precisione; non un colpo s'infrangeva sulle armature. Parò un fendente, poi, ruotando su sé stesso, scansò un affondo aprendo il collo al suo assalitore. Il sangue gli imbrattò l'elmo e prese a colare giù dai guanciali.

Era in continuo movimento, una furia. Nessuno riusciva a colpirlo.

Nessuno, da vicino. Un arciere si accorse della carneficina e scoccò, da lontano.

La freccia volò sopra le teste dei soldati e gli si conficcò nel collo. La punta uscì insanguinata dalla gola.

Aristodemo, che tutti chiamavano il fuggiasco, Aristodemo l'eroe cadde a terra con un tonfo sordo e presto la ressa della battaglia lo avvolse, nascondendolo per sempre al nostro sguardo.

L'onore perso alle Termopili, per quanto mi riguardava, era più che riscattato. Spronai i miei uomini, e la strage continuò con rinnovato vigore.

In breve, sul cadavere di Mardonio s'impilò una moltitudine di cadaveri asiatici, e, vedendo la mattanza, il resto delle truppe nemiche si diede alla fuga. All'orizzonte, una grande nube di polvere si allontanava. Era Artabazo, che, con i suoi uomini, ripiegava - fuggiva - in territorio amico. Diffidando dei piani del suo generale, non era sceso in battaglia, e ora, vedendo la rotta dell'esercito di Mardonio, se la filava.

Anche gli Ateniesi erano riusciti a sfondare, annientando la formazione dei Greci di Mardonio, e potei con gioia lanciare l'esercito all'inseguimento.

La falange si disperse, come una muta di cani in caccia, aprendosi a ventaglio nella pianura dietro ai fuggitivi. Il livello di guardia era calato; l'euforia della strage invadeva la mente degli uomini, anche degli Spartani più addestrati, rendendoli ubriachi di morte, irrazionali, quasi delle bestie.

E a queste bestie sciolsi le briglie.

Che andassero! E mi riportassero le teste dei vigliacchi che fuggivano. Persino gli opliti del centro, che erano fuggiti la notte prima, ora, in piccoli gruppi, tornavano per unirsi alla festa di Ares.

Ma se i Persiani fuggivano, qualche bastardo ancora aveva voglia di combattere. Asopodoro, tebano di sangue e di spirito, che sprezzava, come la maggior parte dei suoi concittadini, il sangue greco, preferendo essere il leccapiedi più leale del Barbaro - questo Asopodoro aveva raccolto attorno a sé la cavalleria tebana, e la lanciava in veloci scorribande ora proteggendo i fuggitivi ora infilandosi tra i nostri e uccidendo quanti gli venivano a tiro. In molti caddero, ignari, sotto i suoi giavellotti.

E quel figlio di un cane passò anche vicino a me. Ero vigile e avevo ancora lo scudo: non mi degnò. Mi passò davanti, seguito dai suoi, mirando ad un bersaglio più facile, distratto, poco più lontano.

Come riuscii a mettere a fuoco, attraverso la nube di polvere sollevata dai cavalli, l'oplita verso cui erano diretti, raggelai.

Aristomache era china su un ferito, a cui stava stringendo una fasciatura improvvisata.

Corsi.

Urlai.

Nulla.

Fece solo in tempo a voltarsi, e quel vigliacco, senza nemmeno rallentare, le piantò una lancia in petto e si allontanò al galoppo.

Il mondo mi si fece d'improvviso nero, e cenere cominciò a piovere dal cielo sui prati. Un rombo cupo mi risuonava in testa, e barcollai.

Caddi.

Mi rialzai come ubriaco, e corsi da lei. Le sfilai l'elmo.

«Non abbandonarmi» la supplicai.

Mi guardò.

Sputò sangue.

Allungò una mano per un'ultima carezza.

La presi tra le braccia, stringendole il viso contro il mio petto.

Piansi.

Le presi il volto tra le mani, e appoggiai la fronte alla sua.

«Sei la mia vita, Aristomache» mormorai tra le lacrime.

Mi tolse l'elmo.

«Lasciati guardare» mi disse «un'ultima volta. Sei così bello».

Sorrise.

Lei era bella. Pallida di morte. Di una bellezza fredda ed estrema. Anche in quel momento il suo sorriso spalancava la porta del mio cuore.

Riprese, sussurrando, con gli occhi sbarrati:

«Non è vero che di là c'è solo il grigio vagare delle anime, Pausania. Vedo una luce. Una luce abbagliante. Mi chiama a sé. Devo andare, amore mio. Devo...»

Mi si spense così, tra le braccia, senza finire la frase, e la sua ultima carezza scivolò a terra e percosse il suolo come un giuramento agli dèi infernali.

Sfiorì come un fiore di campo, come un papavero delicato rosso di sangue, spargendo sul prato i suoi petali vermigli.

I suoi occhi, gelati dalla morte, fissavano vuoti il cielo, dove un raggio di sole sbucava da dietro una nuvola come il dardo di un dio.

E fu silenzio.

I rumori della battaglia si fecero ovattati.

Sentivo solo il mio singhiozzare continuo e il frenetico battere del mio cuore.

Tutto il resto si affossava in una scura caligine che copriva i miei occhi e ottundeva i miei sensi.

XVI
UN OCEANO DI DOLORE

Tutto rimase privo di senso. La battaglia, i morti, la vittoria. Vacuità! Galleggiavo in uno stato di stordimento. L'alto e il basso avevano perso significato. Ero in ginocchio sulla terra o coricato su una nuvola? O forse mi scioglievo nel fango come una cosa buttata via?

Attorno a me c'erano solo fantasmi. Solo ombre dai contorni indefiniti si agitavano oltre il velo delle lacrime.

Solo dolore.

Tanto dolore.

Troppo.

Troppo, ché a Sparta anche il dolore è un lusso non permesso. Viviamo con la morte come compagna costante; impariamo fin da piccoli a non temerla, ma, anzi, a desiderarla, la bella morte, regina delle battaglie. I sentimenti sono repressi; la famiglia è solo un modo di dire. E quando muore un parente, il dolore non è mai troppo acerbo.

Ma Aristomache era diversa.

Aristomache era per me aria fresca nella malsana palude di Sparta. Aristomache era alzarsi al mattino al canto degli uccelli con indosso ancora l'odore della sua pelle. Aristomache era riflesso di gioia nel blu dei suoi occhi. Aristomache era complicità. Aristomache era perfezione scultorea di una mente divina. Aristomache era reciprocità e comprensione. Aristomache era per me padre e nobile madre, sorella e sposa fiorente.

Aristomache era tutto.

E me l'avevano portata via.

Invano rivivevo il momento in cui le avevo chiesto di promettermi di restare fuori dalla battaglia; invano rivivevo il momento in cui me l'ero ritrovata dinnanzi a Corinto, nonostante la promessa fatta.

Invano la mia mente si affollava di ricordi. Corse, lotte, abbracci, baci, profumi, delizie, sorrisi, pianti, carezze rimbalzavano nel mio cervello come uno stormo di pipistrelli impazziti all'interno di una grotta senza uscita. Le loro grida acute erano le grida del mio cuore, che laceravano quasi fisicamente la carne del mio petto.

Più e più volte le mie unghie scavarono la pelle delle mie braccia nell'inutile tentativo di dare un senso alla mancanza.

Non ha senso la mancanza. La morte della persona che ami è quintessenza di dolore.

Chere deformi, spettri di morte. Un'anima lacerata abbandonata sul suolo.

E il calore abbandonava a mano a mano il suo corpo. Svaniva, come un essere evanescente, abbandonando le care membra e lasciandole bianche e inerti.

Non so per quanto tempo rimasi in quello stato, in ginocchio su un terreno insanguinato, tenendo il mio amore cadavere tra le braccia e gridando agli dèi la mia rabbia e il mio sdegno. Minuti, ore, avrebbero potuto essere anche giorni.

Quando finalmente mi ripresi, gli occhi tornarono a mettere a fuoco il suo viso etereo. Sembrava l'immagine di una dèa plasmata nella cera.

E quando le mie orecchie tornarono a udire, il gracchiare

dei corvi che già scendevano sui cadaveri vicini mi riportò alla realtà. L'esercito s'affollava lontano, e la cacofonia che produceva arrivava con il vento.

Mi guardai attorno.

Solo sangue, corvi e cadaveri. E due Iloti. Ci guardavano, e piangevano sommessamente anch'essi la loro sorella caduta.

Mi alzai, barcollando, e mi diressi verso di loro portando Aristomache fra le braccia come si porta una sposa. Facendomi violenza, affidai loro il corpo amato e ordinai di deporlo nella mia tenda, sul mio letto, e di montare la guardia perché nessuno si avvicinasse finché non fossi tornato io.

Avrei voluto scendere nell'Ade con lei, ma l'esercito reclamava la mia presenza. Poco lontano scorsi un cavallo persiano indugiare nei pressi del cadavere di quello che era stato il suo cavaliere.

E qualche istante dopo correvo al galoppo verso il luogo dove si era ammassato il mio esercito.

I soldati, lanciati come cani all'inseguimento della preda, erano giunti fino al fortilizio di legno costruito da Mardonio a guardia del suo accampamento, e si erano radunati sotto le sue mura, abbastanza lontano da non farsi bersagliare dalle frecce degli ultimi difensori.

Arrivai appena in tempo per vedere che gli opliti di Tegea avevano preso di nuovo l'iniziativa e avanzavano verso la palizzata proteggendosi con gli scudi. Aristide, vedendoli, aveva prontamente mandato i suoi arcieri a coprire il loro tentativo. E i Tegeati, aiutandosi con funi e ramponi improvvisati, e con le spade, che piantavano tra i pali di legno, cominciarono la scalata, lo scudo a tracolla sulla schiena.

Due di loro caddero, trafitti nel fianco da una freccia

persiana, e si sfracellarono miseramente al suolo. Ma gli altri riuscirono a guadagnare la cima e, quando furono sul ballatoio, si aprirono la strada a colpi di spada.

Alcuni Persiani vennero ribaltati giù dal muro.

Grida, clangore del ferro, rantoli di morte. Poi sparirono dalla nostra vista. Ma la cacofonia della battaglia continuava e, dopo pochi minuti che parvero secoli, i cardini del portone cigolarono, e le ante si aprirono, verso l'interno.

Apparve un oplita, rosso di sangue dalla testa ai piedi, quasi un'incarnazione di un qualche demone di strage. Sputò sangue non suo sul terreno rosso, poi alzò la spada, da cui ancora ruscellava a terra la linfa vitale, e gridò a pieni polmoni:

«Per la Grecia!»

«Per la Grecia! Per Zeus!» rispose in coro l'esercito e s'affrettò a entrare. Spronai il cavallo, e mi misi in testa alla colonna. Dentro, nel grande spiazzo fortificato, ancora infuriava la lotta tra i Tegeati e i soldati di Mardonio. Diedi ordine ai miei di dividersi in due colonne, seguendo il profilo delle mura, ammassando i Barbari al centro. Ad altri ordinai di salire sulle mura ed eliminare gli arcieri che le presidiavano.

Una grande tenaglia in uno spazio ristretto e senza vie di fuga. Presto, i Persiani e i loro schiavi furono compressi in un unico agglomerato di carne e respiro circondato da un fiume di Greci incazzati. Gli arcieri ateniesi presero posto sul ballatoio, con le frecce incoccate, pronti a rilasciare.

Osservai i nemici. Erano immobilizzati, compressi, senza nemmeno lo spazio per poter muovere un braccio. Di catturarli, non se ne parlava: erano ancora troppi. Non avrei rischiato di rovinare la vittoria più importante della storia della Grecia per via di un'insurrezione di prigionieri. E troppo forte bruciava ancora il dolore per l'uccisione di Aristomache. Sentii il fuoco ardere nei miei occhi mentre li volgevo sulle facce di quei topi in trappola. C'era gente proveniente da ogni parte del mondo. I loro lineamenti, il colore della loro pelle, le loro acconciature, le loro armi, tutto era diverso e multiforme. Ma una cosa era identica su tutti i volti: l'espressione gelata di terrore, la consapevolezza che la loro vita sarebbe dipesa da un mio gesto.

Quando vengono in ambasceria, i Persiani osannano il loro re definendolo magnanimo. La magnanimità che io vidi da lui era fatta di sangue e teste mozzate.

Lo ricambiai con la stessa moneta.

«Persiani!» gridai. «Io, il comandante di tutti i Greci, sono magnanimo».

Calò il silenzio. I loro volti mi scrutavano con un misto di terrore e speranza dipinto negli occhi. I Greci si lanciavano occhiate interrogative. Solo Lisimaco aveva capito, e calava l'elmo, che si era sfilato per poter respirare meglio.

«Sono magnanimo. Come il vostro Re. E nella mia magnanimità ho deciso di liberarvi... dell'inutile peso della vostra schifosa vita!»

Quelle ultime parole furono accompagnate dal rantolo di un combattente persiano che si accasciava al suolo col ventre bucato dalla mia spada.

L'esempio fu eloquente; la mimesi, rapida. I Greci cominciarono a intaccare i bordi dell'ammasso persiano con le spade e con le lance, quelli che ancora le avevano. E gli arcieri, dall'alto, facevano convergere le loro frecce verso il centro di quel bersaglio umano. I Persiani al centro cominciarono a spingere verso l'esterno per evitare le frecce; quelli all'esterno spingevano verso l'interno per evitare il ferro. E finì che molti si uccisero fra loro travolgendosi l'un l'altro come bestie senza cervello.

Grida, miste a muggiti ferini, si levavano verso il cielo. E dall'alto, agli avvoltoi che volavano in circolo sopra le nostre teste, aspettando che l'azione si placasse per calare a riempire gli stomaci vuoti, il fortino persiano doveva sembrare come un vero e proprio mattatoio.

Svuotato il castello di legno dell'ultima sacca di resistenza, diedi ordine ai soldati di spargersi per l'accampamento e di catturare tutti coloro che avessero trovato disarmati.

«Uccidete gli altri» aggiunsi freddo.

I pochi Persiani armati che ancora incontrai li trucidai senza pensarci, sfogando l'ira che ancora mi opprimeva. Vagavo come uno spettro, incapace di vedere altro che morte, completamente fuori di me.

Vagavo, con la spada in mano grondante sangue, tra le tende dei Persiani, finché, addentrandomi nei recessi di quello sterminato accampamento, non giunsi ai quartieri dei nobili. Quella vista fu per me come un bagno freddo. Tornai improvvisamente in me; sgranai gli occhi estrerrefatto. Ovunque, anche negli oggetti più banali, un'incredibile ostentazione di ricchezza. Ovunque oro, pietre preziose, donne, schiavi, cammelli, tappeti raffinati. Più che un accampamento, pareva una reggia.

E nel mezzo del lusso tinto di vermiglio dal sangue sparso sul terreno e dal sole che ormai stava calando, venne avanti una donna. Rifulgeva d'oro: se ne era ricoperta dalla testa ai piedi. Dietro di lei, una processione di ancelle, addobbate con vesti colorate, avanzava come una scia di fantasmi. Il corteo si mosse tra le brutture della guerra con una grazia e una leggerezza quasi divine. I soldati, che non ci pensavano due volte a cedere ai propri istinti più animali e violentare le schiave che trovavano nelle tende, si fermarono, come incantati, stupiti da tanta solenne bellezza così fuori luogo. I loro piedi sembravano volare al di sopra del sangue e delle interiora riverse sul terreno.

E si dirigevano verso di me.

La processione mi si fermò dinnanzi, senza una parola, e colei che la guidava, chinatasi, mi abbracciò le ginocchia implorandomi.

«Re di Sparta» mi disse, «salva dalla prigionia me supplice. Hai compiuto una grande impresa annientando questi uomini, che non hanno rispetto né per i demoni né per gli dèi. Sono greca, figlia di Egetoride di Coo. Farandate, nipote del defunto re Dario, mi ha avuta come concubina dopo che la flotta di Artemisia mi ebbe strappata con la violenza dalla mia terra».

La sua voce era innaturalmente calma e ferma, ma le lacrime le scorrevano copiose giù dalle guance mentre parlava, velando i suoi occhi neri di un velo di tristezza.

Quanto dolore può sopportare un essere umano?

E costei non era che uno dei tanti, tantissimi esempi di quanto folle sia il gioco della guerra. Amori spezzati - piangevo ancora, e nuove lacrime versai, per la mia Aristomache - figlie strappate ai genitori e costrette a prostituirsi per il diletto dei conquistatori, figli che mai più torneranno, mariti che lasceranno per sempre vuoto e freddo il talamo nuziale...

Un oceano di dolore mi si spalancava di fronte mentre la ascoltavo e riflettevo su queste cose. Non una fulgida vittoria, non la gloria di chi ha annientato il nemico, non le feste, ma solo un vuoto mare nero che s'ingrandiva sempre di più travolgendo tutto, vincitori e vinti, in un unico, grande dolore.

Con una mano le presi il mento, insozzando involontariamente la sua pelle di cera con il sangue della guerra, e la feci alzare.

«Fatti coraggio» le dissi «sei supplice di Sparta, e tuo padre ha antichi rapporti di ospitalità con la mia famiglia. Non ti accadrà più nulla di male, ora».

Mi guardava come si guarda un liberatore, come se fossi l'incarnazione di un dio sceso in terra a salvarla. Mi guardava come una ragazza guarda il suo innamorato.

La affidai agli efori perché la portassero al sicuro mentre io dirigevo le operazioni.

XVII
ROTTAMI E BALDORIA

Sera, nella tenda di Mardonio; o meglio, di Serse, ché il Re in persona l'aveva lasciata al suo generale quando era fuggito. I bracieri gettavano riflessi di fiamma sui monili e sui letti d'oro; gli argenti splendevano di una luce diffusa. Tappeti preziosi, a terra, regalavano morbide carezze ai piedi stanchi, e le sete appese alle pareti si gonfiavano nella brezza in mille volute.

Se questo era ciò che i re dell'Asia si portavano dietro durante le campagne militari, be', era un lusso a cui avrei anche potuto abituarmi! Mentre me ne stavo disteso su un letto d'oro, sprofondato tra morbidi cuscini di velluto, ripensavo alla mia tenda, che non era che un semplice cubo di stoffa grezza con un paglericcio rudimentale, un braciere e un cassone per riporre l'armatura. Solo il pensiero di Aristomache coricata sul mio letto mi faceva desiderare quel tugurio. Volevo stare con lei, tenere compagnia al suo spirito prima di consegnare il suo corpo alla terra, ma la guerra si prende la precedenza su tutto...

Presto arrivarono i generali dei Greci e presero posto su tanti letti simili al mio disposti in circolo nella sala da pranzo (sì, quella tenda era così grande da avere delle sale al suo interno). E poco dopo, gli schiavi di Mardonio servirono la cena. Avevo ordinato loro di preparare un banchetto come erano soliti prepararlo per il loro signore, e quelli, con zelo servile, si erano messi a cucinare. Ogni sorta di leccornia sfilò sotto i nostri nasi su vassoi d'argento; gusti mai prima di allora neppure concepiti solleticarono i nostri palati.

E quando tutti, ormai, si erano abituati alla raffinatezza del cibo, feci entrare i miei cuochi, con il pasto tipo delle mense di Sparta: brodo nero e pane raffermo. Quando i comandanti trangugiarono quell'intruglio schifoso fatto di sangue e di gli dèi solo sanno cos'altro, il contrasto fu palese a tutti. Mi alzai, allora, e, sorridendo mestamente, dissi:

«Greci, per questo vi ho radunato: per mostrarvi quanto è stolto il Persiano, che, vivendo nelle ricchezze, è venuto da noi per strapparci di mano la nostra povertà!»

Qualcuno rise; qualcuno s'adombrò. Poi la serata continuò tra bevute in compagnia e danzatrici. E proprio nel bel mezzo del simposio, Melanippo venne a riferirmi che gli Iloti avevano compiuto l'incarico loro assegnato: ammassare i cadaveri e spogliare i caduti persiani e il loro campo delle loro ricchezze. Benché fosse consuetudine lasciare ai soldati il diritto di saccheggio, infatti, li avevo frenati: troppe erano le ricchezze in ballo, e troppo violento l'odio che animava quella guerra. La situazione, se li avessi lasciati privi di controllo, mi sarebbe potuta facilmente sfuggire di mano e degenerare in risse e contese.

Ringraziai il capo ilota, e gli ordinai di montare la guardia alle ricchezze con i suoi uomini per quella notte; l'indomani avremmo spartito il bottino.

Come Melanippo fu uscito, il generale degli Egineti, che era sdraiato sul letto accanto al mio, avendomi sentito parlare dei caduti, già piuttosto brillo per il vino, mi disse:

«Pausania, perché non fai recuperare il cadavere di Mardonio? Lo prendiamo, gli tagliamo la testa e la infiliamo su un palo, così la vendetta di tuo zio Leonida sarà completa».

«No, Egineta!» risposi. «Se mi comportassi così, dimostrerei soltanto di essere uguale a coloro che abbiamo appena combattuto. Abbiamo versato sudore e sangue in questa guerra; molti Greci sono morti per difendere le nostre usanze, per salvaguardare la nostra civiltà, la nostra etica, i nostri costumi. Un Greco non infierisce su un cadavere, ricordalo bene, e spera che la morte ti colga sul sacro suolo di Grecia e non altrove! No. Non sono uguale a loro. La morte di mio zio è stata già ampiamente vendicata. Apollo aveva detto di accontentarsi di ciò che Serse avesse offerto, e Serse offrì Mardonio. Ora Mardonio giace nella polvere assieme agli altri cadaveri. La giustizia è stata ristabilita. Sarebbe da folli macchiarsi di tracotanza adesso. Abbiamo già ucciso troppe persone incapaci di difendersi là, nel castello...»

Dopo il simposio, uscii dalla tenda di Mardonio, dove l'aria era intrisa di incenso e di spezie profumate, e respirai l'odore della notte. Vi si mescolavano il puzzo del sangue e un vago sentore di terra bagnata.

Ricondussi l'esercito al nostro accampamento per dormire, ma io passai la notte in bianco. Sul mio letto giaceva il cadavere di Aristomache, bellissima e pallida come il raggio di una stella. Non osai avvicinarmi a lei, e mi rannicchiai in un angolo della tenda, con la schiena appoggiata al cassone dove avevo riposto l'armatura. Ma non presi sonno. La mancanza di lei, dei suoi abbracci, del calore del suo corpo, del suo sorriso mi dilacerava il cuore, e la mente era in preda agli spettri della battaglia. Esasperato dalla morte di colei che amavo, avevo messo da parte ogni umanità e massacrato quei Persiani nell'accampamento come topi, come se, trucidandoli, avessi potuto riportarla in vita. Ora i loro volti mi apparivano nel dormiveglia. Facce gonfie, sfigurate delle ferite, ghignanti bave di sangue. Le vedevo ridere di me, imprecare, insultarmi e chiamarmi a sé con un immondo girotondo.

Gridai.

Mi strinsi le ginocchia al petto.

Non c'era conforto ai miei incubi quella notte.

Mancava ancora un'ora all'alba quando decisi che era inutile stare a piangere nella tenda.

Uscii, e presi a camminare per il campo, con la strana sensazione di essere ben presto seguito.

Eppure non era una sensazione di minaccia...

Mi allontanai di poco dai confini del campo e poggiai la schiena contro il tronco di un albero, seduto sull'erba. Ne avevo a sufficienza di soldati e di sangue. Avevo bisogno di riprendere contatto con me stesso prima di affrontare le sepolture.

«La luna ancora tiene le redini della notte, e il re di Sparta cammina da solo e scruta le nuvole».

Riconobbi la voce. Risposi:

«Non del tutto solo, nemmeno se lo desidero, ospite di Coo. Dimmi, cosa ci fai fuori dal campo, da sola, a quest'ora?»

«Non sono sola quanto non lo sei tu. Non riuscivo a dormire; ti ho visto passare; ti ho seguito. Non ho ancora avuto modo di ringraziarti per avermi salvata, e ho pensato che avrei potuto farlo ora, lontano dalle futili cerimonie ufficiali. Il mio nome è Ariadne».

«Siediti, Ariadne. Non devi ringraziarmi. Non è per te che ho mosso l'esercito e sconfitto i Persiani. Non sapevo nemmeno che esistessi, prima di oggi. Se proprio vuoi ringraziare qualcuno, ringrazia gli dèi, ringrazia la sorte, ringrazia chi vuoi ma non me».

Mi guardò, a lungo, con uno sguardo indagatore.

«Sei strano» disse infine. «Chiunque altro avrebbe accettato il ringraziamento e dato importanza alla propria impresa. Sembra, invece, che a te non importi nulla».

«Non sembra. È così. Non mi pare ti si possa celare molto. In questo momento non sono il re di Sparta - e, in effetti, non lo sono proprio: sono solo il tutore del re, che è ancora un bambino - né un generale vittorioso, né un soldato che ha fatto il suo dovere e superato incolume la prova del sangue. In questo momento sono solo un uomo. Un uomo come tanti. Un uomo a cui la guerra ha chiesto un prezzo troppo alto».

Non riuscii a trattenere una lacrima, ripensando ad Aristomache. Poi ripresi:

«E non so nemmeno perché, adesso, io sia qua a raccontare queste cose a te. Forse perché ti sei materializzata con quei begli occhi indagatori proprio mentre non ho più nessuno».

Mi si avvicinò, e mi fissò negli occhi:

«E Sparta? Come sarebbe che non hai più nessuno? Sei ancora il sostituto del re; hai eserciti immensi al tuo comando».

«Sono solo, Ariadne. Solo. Io odio Sparta, e i suoi eserciti, i suoi cittadini, non sono altro che automi. Ho qualche amico tra gli Spartiati, te lo concedo, e numerosi sostenitori, ma nessuno di loro riuscirà mai a capire fino in fondo il mio io. E la donna che amavo giace cadavere là, nella mia tenda...»

Mi prese la mano:

«Se vuoi...» disse.

La interruppi facendo cenno di no con la testa:

«No, è una cosa che devo affrontare da solo. Cambiamo

discorso, ti va? Tra poco sorgerà il sole, ma la luna brilla ancora come un faro nel mare della notte: non è bellissima?»

Chiacchierammo per quel che restava del buio, e quando il sole cominciò ad affacciarsi sul mondo, crollò addormentata con la testa appoggiata sulle mie gambe.

La osservai con calma. Il suo volto pareva scolpito nel marmo da un artista di eccezionale bravura. Il naso era delicato, gli occhi grandi, le labbra due spicchi perfetti. E i capelli neri come la notte, mal fermati da uno spillone d'oro, ricadevano con morbide onde sulla pelle di seta.

Era bella. E, mentre la osservavo, non riuscii a non pensare a un'altra pelle di seta, che ora dormiva un sonno immobile ed eterno, trafitta da un giavellotto tebano.

Piansi, silenziosamente.

Piansi a lungo.

Quel mattino c'erano mille cose da fare, e io ero stanco morto. La battaglia il giorno prima, la notte in veglia: ora tutta la stanchezza si faceva sentire d'un tratto. Ma dovetti farmi forza, e presiedere ai miei compiti.

Sparpagliai messaggeri sulle ali del vento ad annunciare alla Grecia la nostra vittoria e a convocare chi volesse alle celebrazioni per ringraziare gli dèi. Poeti furono chiamati, in particolare Simonide.

E dopo che i messi furono partiti, ebbe luogo la spartizione del bottino. Armi, armature, oggetti in metallo prezioso, stoffe, pietre preziose, tende di lusso, donne, cavalli, monete, cammelli. Tale era la mole di beni da dividere, che quel noiosissimo compito portò via tutta la giornata. E io, che avrei voluto annientarmi nel blu liquido del mare o piangere le mie lacrime nei recessi più neri di un bosco, fui costretto a dirigere l'operazione.

A me, i generali decisero che sarebbero toccati, in

qualità di comandante supremo, dieci esemplari di ogni bene conquistato, tra cui anche dieci concubine. Le guardai di traverso quando me le presentarono. Cosa me ne facevo, esattamente? Di tutto avevo voglia in quel momento, meno che di affogare nella voluttà del corpo nudo di una prostituta. Era Aristomache che volevo, ma lei non c'era. Quelle donne non l'avrebbero mai sostituita, e tenerle sarebbe equivalso a ricordare, ogni volta che le avessi viste, il dolore della mia perdita.

In un momento di pausa, dopo il pranzo, chiamai Ariadne e le regalai a lei perché diventassero sue ancelle, sue schiave, sue quello che desiderasse: io non le volevo più vedere. La giovane accolse il dono con un sorriso, e forse lesse in quel gesto più di quanto io non intendessi.

Tre decimi del bottino furono messi da parte per gli dèi. Gli dèi, infatti, portano la vittoria, non già la fatica degli uomini, ed è giusto sprecare tutte quelle ricchezze per innalzare inutili simulacri alla loro potenza! Usanze stupide, ma, visto che la tradizione voleva che si facessero, almeno avrei fatto in modo di trarne vantaggio. Il metallo prezioso (un decimo del totale) che finì a Delfi, in onore di Apollo, fu plasmato in forma di una colonna bronzea con tre serpenti incrociati sormontati da un calderone in oro massiccio. Ebbene, su questo monumento, che dei tre costruiti era sicuramente il più visibile e il più frequentato, feci incidere un epigramma, opera di Simonide:

Il comandante dei Greci,
poi ch'ebbe distrutto l'esercito dei Persiani,
Pausania, a Febo
dedicò questo ricordo.

Propaganda. Avevo bisogno che il mio nome venisse celebrato con riverenza in tutta la Grecia, se volevo guadagnarmi il potere che mi serviva per rivoluzionare lo stato sociale di Sparta prima e della Grecia tutta poi. E quale luogo migliore, per rendersi massimamente visibili, di Delfi? Finanche i Barbari fanno dediche a Delfi!

Le altre decime destinate agli dèi finirono fuse in uno Zeus e in un Poseidone bronzei collocati, rispettivamente, a Olimpia e sull'Istmo.

Quasi dimenticavo! La tenda di Serse, quella bellissima tenda in cui avevo invitato i comandanti a banchetto, fui costretto a cederla agli Ateniesi in quanto alleati fedeli e come indennizzo per la solita lentezza di Sparta che gli altri Greci così spesso ci rimproveravano. E gli Ateniesi riuscirono a sprecare quella meraviglia utilizzandola come fondale per il teatro in occasione, anni più tardi, della messa in scena della tragedia di Eschilo sulle guerre persiane.

Una grande folla si era riunita nei pressi di Platea, proveniente da tutta la Grecia, desiderosa di vedere il luogo in cui il Persiano era stato finalmente sconfitto. E si seppe che, la sera della battaglia, Leotichida, con la flotta, aveva annientato quel che rimaneva delle forze navali persiane in uno scontro presso Micale.

La vittoria era totale e la gente euforica.

Simonide, il poeta, passò molto tempo con me, e gli raccontai nel dettaglio tutta la vicenda, dalla chiamata alle armi alla mattanza finale, e lui, con mirabile maestria, compose in breve un'elegia in mio onore che venne cantata durante i festeggiamenti e la consacrazione di un grande altare in marmo candido dedicato a Zeus Liberatore.

Il mio nome aleggiava nella musica come quello di un eroe del mito. Nuovo Achille, venivo additato come esempio di coraggio e dedizione.

Tutti dovevano sapere che la Grecia poteva essere una

potenza se si fosse stretta sotto il mio scudo.

Anche le feste che fondai - feste, celebrazioni da ripetere e ripetere negli anni a venire - avrebbero portato il sigillo del mio nome.

Provavo un piacevole senso di soddisfazione nel sentire miriadi di bocche innalzare il mio nome nella sublimità degli elogi, eppure un senso di angoscia sempre più profonda si scavava nel mio animo se ripensavo ad Aristomache. Cercavo di reprimermi, ma tutto il mio dolore esplose quando celebrammo le esequie per i caduti.

Ogni città seppellì i propri morti singolarmente, così che la piana di Platea divenne una grande foresta di tombe.

Seminavamo i cadaveri nel caldo abbraccio della terra, quasi che, la prossima primavera, potessero ricrescere e ritornare fra noi... sperando follemente che potessero farlo.

Ordinai la costruzione di tre monumenti funebri. Nel primo seppellimmo gli Iloti; la seconda tomba ospitò i guerrieri spartiati e perieci; la terza era per i sacerdoti. Una bara vuota, a memoria di coloro di cui non si erano potuti trovare i resti, seguiva ogni corteo. In quella destinata ai sacerdoti nascosi la mia Aristomache. Due Iloti a conoscenza della cosa avrebbero fatto sì che nessuno si accorgesse che quella bara era piena.

Affidai il corpo mortale del mio amore a una scatola di legno profumato di resina, lei che per me era ipostasi di una qualche dèa misteriosa. Ora giaceva tra coloro che più, fra gli umani, hanno diritto di avvicinarsi alle divinità. Una dèa tra sacerdoti. Una stella insanguinata divorata dalla terra.

Poi scese la sera, sul mondo e sul mio cuore. Ora che lei era sottoterra, mi era preclusa per sempre ogni possibilità di vedere il suo corpo; ogni possibilità di incrociare ancora il suo sguardo era svanita per sempre.

Oblio.

L'oblio nero della morte covava una prole d'inquietudine nel mio cuore ferito.

Avrei voluto fuggire lontano, correre nei boschi e inseguire il suo fantasma ridente, ma la folla era troppa perché il mio dolore passasse non visto. Diedi ordine alle guardie di non lasciare entrare nessuno e mi chiusi nella mia tenda, e, stringendo rabbiosamente la coperta su cui Aristomache aveva dormito il sonno estremo, piansi in silenzio tutte le mie lacrime.

XVIII
PUNIRE

Tebe.

La città di Edipo e della Sfinge. La città delle aberrazioni. Lì, il figlio di Laio aveva seminato la propria discendenza nel grembo di sua madre, per poi maledirla, cieco e in preda all'ira. Il suo volto colava sangue dalle orbite vuote mentre pronunciava destino di morte per i suoi figli: l'un l'altro si sarebbero uccisi.

Un'eredità destinata a ripetersi. Fratello contro fratello; Greco contro Greco. Tebe si era messa dalla parte sbagliata nella guerra persiana. Le mani dei suoi cittadini grondavano di sangue greco. Popolo maledetto, si erano rivoltati contro i loro stessi fratelli preferendo la compagnia dei Barbari nelle loro case, nei letti delle loro figlie.

Tebe.

Un giavellotto conficcato nella candida pelle di una dèa defunta ancora gridava vendetta dall'aldilà.

Tebe.

Sarebbe stata presto punita. Volevo i responsabili. Volevo i comandanti, i beotarchi, e i generali, i nobili e i magistrati. La povera gente non mi interessava: il popolo fa sempre ciò che dall'alto gli si impone. Ma loro, gli istigatori, avrebbero pagato. Volevo coloro che avevano venduto la città a Serse; volevo Asopodoro, che mi aveva portato via colei che amavo. E volevo chiunque altro fosse stato in combutta contro di noi.

Schierai l'esercito sotto le sue mura. Dall'acropoli soffiava vento misto a paura. Come cerbiatti attorniati da leoni di montagna, i Tebani sapevano di non avere scampo, e tuttavia decisero di non consegnare i propri capi.

Posi l'assedio alla città. Picchetti di uomini armati presidiavano le porte nelle mura impedendo a chiunque di entrare o uscire da Tebe, e squadre armate di torce si spargevano giorno e notte per i campi e gli uliveti portando la distruzione del fuoco. E un drappello di forsennati, resi baldanzosi dal troppo vino e protetti dalle frecce degli arcieri ateniesi, s'adoperava con picconi e martelli contro le mura di pietra.

Giorno e notte, volevo che la pressione psicologica che esercitavamo non si attenuasse. Se con la luce del sole i Tebani, guardandosi attorno, potevano scorgere solo colonne di fumo nero e maree di armati, nel buio della notte, la loro città riluceva delle fiamme dei roghi. Muri di fiamme balenavano nell'oscurità danzando macabre danze sui profili degli edifici.

E finalmente gli animi crollarono. Sazi di osservare inermi la devastazione del territorio degli avi e ridotti alla fame dall'esaurirsi delle scorte alimentari, che i Persiani avevano, in precedenza, ampiamente rosicchiato come un branco di topi affamati, mandarono un araldo a parlamentare.

Le trombe squillarono, sulle mura; un portone si aprì, lentamente, e un uomo a cavallo venne avanti.

Diedi ordine di cessare le operazioni di scasso, e incontrai l'uomo.

«Pausania, grande è la tua fama tra i Greci» esordì. «Mi mandano i Tebani, sicuri che troveremo una soluzione a questa... imbarazzante incomprensione».

«Incomprensione?» domandai curioso.

«Sì, insomma, a questo insensato assedio di una città greca» rispose.

«Insensato...» ricalcai la parola e attesi il resto del racconto con le braccia conserte.

L'uomo parve a disagio, ma continuò, a bassa voce:

«Detto fra noi, Pausania, quanto vuoi? I forzieri della città sono ancora colmi d'oro. Fa' la tua proposta, ma risparmia i cittadini di Tebe».

«Quanto voglio?» tuonai, così che tutti potessero sentire. «Non ti azzardare a pensare di poter comprare la benevolenza dei Greci con l'oro persiano! I Tebani si ricordano di essere Greci solo quando sono messi alle strette. Tenetevi il vostro schifoso metallo. Io voglio i responsabili. E li voglio subito. Torna dai beotarchi e di' loro di non fare i codardi e di venire incontro alla giustizia dei Greci, o la nostra vendetta non si limiterà alla città di Tebe, ma a tutto il territorio della Beozia!»

L'araldo, spaventato dai miei toni, fece dietrofront e sparì in città.

Poco dopo, la porta si aprì di nuovo, e ne uscì un corteo di persone.

Uno dei beotarchi guidava la processione, tenendo per mano due bambini. Lo seguivano Asopodoro e gli altri nobili tebani. Si fermarono di fronte a me, poi il capo fila parlò:

«Pausania, se questa è la volontà dei Greci, ci mettiamo nelle tue mani; siamo pronti a sottostare a un processo, e gli dèi sapranno se siamo da considerare colpevoli. Nel nostro favorire i Persiani, abbiamo agito pensando al bene della nostra terra. Non avevamo intenzione...»

«È sufficiente» lo interruppi. «Perché i bambini?»

Li spinse avanti. Il più piccolo avrà avuto cinque o

sei anni, e tremava di paura, trattenendo a stento le lacrime di fronte alla vista di tutti quegli armati; l'altro, più grandicello, cercava di farsi coraggio tenendo alta la testa, e, di tanto in tanto, gettava occhiate furtive alle proprie spalle cercando lo sguardo della madre, che li osservava dall'alto delle mura.

Mi facevano pena.

L'uomo rispose:

«Il mio collega è fuggito non appena ha avuto sentore di guai. Nessuno l'ha visto e non sappiamo dove sia andato. Questi sono i suoi figli, che Tebe ti offre in nome del padre perché tu possa, secondo il costume degli antichi, vendicarti su di loro per le colpe del genitore, se tale sarà il verdetto».

«Le porte della città sono sorvegliate, beotarco. Quando sarebbe fuggito, esattamente?»

«Nessuno lo sa, ma, presumibilmente, prima che il tuo esercito ponesse il campo attorno alla città. Accetta i suoi figli in cambio e abbi pietà della rocca di Cadmo!»

«Non c'è pietà per il tradimento» dissi guardandolo torvo. «Ma costoro nulla hanno a che vedere con le trame del loro padre. Le colpe dei genitori non ricadono sui figli. Solo nei miti ciò accade. Ma i miti sono storie. Storie perché noi possiamo imparare a *non* comportarci come si comportarono gli antichi».

I presenti sgranarono gli occhi a sentire le mie parole. La tradizione, in Grecia, è tutto. Guai a metterla in discussione. Ma non m'importava. Non avrei versato del sangue innocente. Non avrei ucciso dei bambini per sopperire alla mancanza di coraggio del loro genitore. No. A costo di infrangere tutte le leggi non scritte della Grecia intera.

Affidai ai Trecento il compito di tenere momentaneamente in custodia il gruppo di Tebani e presi i bambini con me. Li trassi in disparte, mi inginocchiai al loro livello e li guardai negli occhi:

«Non temete» dissi loro. «Non vi sarà fatto alcun male. Il vostro compito non è di pagare per un tradimento che non avete commesso. A voi affido un incarico diverso. A voi spetta essere testimoni di questa guerra crudele. Osservate quanto vedete; crescete; e diventate adulti migliori di quanto non lo siamo stati noi. Costruite un futuro diverso. Ve lo dico da Spartiata, ve lo dico sottovoce perché se mi sentono è la fine, io non posso esserlo; siatelo voi: siate guerrieri di pace. Non so dove sia vostro padre, ma non lo inseguirò. Quando sarete adulti, ricordatevi che un atto di bontà può vincere una guerra. Venite!»

Li presi per mano e li condussi fin sotto il portone. Diedi ordine che fosse aperto.

«Correte ad abbracciare la mamma!»

Togliemmo l'assedio e ci dirigemmo, con i prigionieri, verso Corinto, dove ancora risiedevano i rappresentanti delle libere città greche, da cui ottenni facilmente, grazie alla fama che la vittoria mi aveva portato, di poter disporre a mio piacimento dei maggiorenti tebani.

Questi si erano consegnati sperando in un regolare processo, in cui, li avevo sentiti confabulare, confidavano di poter trovare l'assoluzione distribuendo oro persiano di nascosto.

Non ne avrebbero avuto il tempo. L'odore acre della corruzione sarebbe morto con loro.

Ricordo che era notte, sull'acropoli di Corinto. L'aria era intrisa dei profumi delle prostitute, che si apprestavano a ricevere i propri amanti. I Tebani, bendati, procedevano inciampando sul selciato. Li disposi in riga, con la schiena nuda contro la fredda pietra delle mura. Poi mi avvicinai a ciascuno di loro, domandandogli nell'orecchio perché avesse tradito la Grecia. Ascoltavo la risposta (oro, perlopiù), quindi gli affondavo tranquillamente la spada nel petto, proprio all'altezza del cuore. E come il primo rantolò e cadde a terra, gli altri, bendati e legati, cominciarono ad allarmarsi e a fremere, incerti su quale sarebbe stato il loro destino.

Ma la morte è un boia democratico: non ci furono differenze di trattamento.

Se non per uno di loro, l'ultimo della fila: Asopodoro.

Mi avvicinai in silenzio, osservando i suoi muscoli tendersi e rilassarsi al ritmo di una respirazione nervosa. Il mio respiro sulla sua pelle lo inquietava. Respirava a fatica, tenendo il capo eretto, ma il collo visibilmente contratto.

Quando il ferro freddo della mia lancia toccò la sua pelle, trasalì. Affondai la cuspide affilata sotto la benda che gli copriva gli occhi e, torcendola un poco, lacerai il tessuto, che cadde, e la sua guancia. I suoi occhi brillavano, nella notte, di dubbio e di terrore.

Parlò.

Non ricordo cosa disse.

Non risposi.

Gli misi la lancia in mano e gli ordinai di provare a sciogliere i legacci che gli serravano i polsi. Mentre s'adoperava goffamente a liberarsi dalla prigionia, io afferrai un'altra lancia e attesi, in posizione di guardia. Quando fu pronto, cominciò un duello silenzioso. Solo il legno e il ferro suonavano nel buio.

Era stanco, confuso, disorientato e tecnicamente inferiore a me. I suoi colpi non andavano a segno, e io approfittavo delle sue distrazioni per infliggergli il massimo dolore possibile, ma gradualmente, senza ucciderlo. Dapprima gli infilai il ferro acuto in una coscia, poi, quando scivolò sul suo stesso sangue, gli lussai la spalla sinistra calando il legno dall'alto. Infine inchiodai a terra la sua mano con il puntale.

Ormai non era che il relitto di un uomo. Lo guardavo, dall'alto in basso, lì, sdraiato per terra come un animale. Era inerme, ma non riuscivo a provare pena per lui.

Estrassi il puntale della lancia dalla sua carne e aspettai che si rialzasse, facendo leva sull'arma con il braccio ancora sano. Come fu in piedi, vibrai un fendente parallelo al suolo, all'altezza del busto, e la sua asta, spaccandosi con un colpo sordo, gli volò via di mano.

Rimase spiazzato.

Ruotai la lancia; caricai; e gliela scagliai in petto, là dove il suo giavellotto aveva troncato la vita di Aristomache. L'impatto lo proiettò all'indietro, e un mio calcio completò il lavoro. Volò giù dalle mura, sfracellandosi sulle rocce.

Mi sporsi a osservare il cadavere, che a tratti biancheggiava nel buio, e mi scoprii a mormorare nella notte nera:

«Così trapassa Asopodoro, figlio di Timandro, omicida».

XIX
CIPRO

Ma che senso ha la vendetta, se tanto poi tutto passa? Qui, sul pavimento arroventato dal sole di questo tempio, tutto ormai si rivela per quello che è: vanità. Gli intrighi degli uomini, i loro rancori, le loro vendette, l'odio e la guerra. Tutto vano. Tutto finirà, un giorno. Solo il ricordo dell'amore resta; solo il ricordo di chi abbiamo avuto accanto, dolce come la brezza del mare al tramonto.

E la brezza marina mi scompigliava i capelli, quel giorno; l'acqua salata schizzava sul mio viso a ogni sobbalzo della trireme. Stavo seduto a prua, e guardavo il mare. Osservavo quella distesa d'acqua immensa, che mai prima di allora avevo avuto modo di apprezzare, rinchiuso nell'angusta valle di Sparta. Il sole luccicava sulle mille increspature delle onde e, dai vortici di spuma che si creavano attorno ai remi, sembrava quasi che dovesse, d'un tratto, manifestarsi una qualche divinità.

Fissavo immobile il deserto liquido, blu come gli occhi di colei che ormai non era più al mio fianco, e una nostalgia sottile s'impossessava sempre più del mio corpo. La nostalgia di lei, dei suoi abbracci, della pace che mi regalava il dormire sul suo seno. E mentre pensavo ad Aristomache, mentre la nave scivolava veloce sulle sue iridi colorate, involontariamente mi passai una mano tra i capelli e le mie dita si fermarono sullo spillone che li teneva fermi. Lo estrassi, e cominciai a rigirarlo tra le dita. Era d'oro, e aveva la forma di una cicala.

E all'improvviso la sentii cantare, la cicala. D'un tratto si spensero le iridi blu del mare e tutto si fece buio davanti ai miei occhi. Le cicale frinivano nascoste sugli alberi. Con un lampo di luce nera, i capelli corvini di Ariadne, sciolti nel vento, si spostarono dal suo volto palesando il suo sorriso. Teneva in mano quello spillone, e me lo porgeva.

«Voi Spartani avete i capelli lunghi» aveva detto. «Sono sicura che saprai trovargli un utilizzo. Tienilo sempre con te: è il mio portafortuna; non ti tradirà. E se ti sentirai solo, pensa a me».

Era stato un momento, poi ci eravamo divisi. Lei tornava a casa; io mi mettevo in marcia per punire i Tebani.

Un momento. Un baleno. E ora mi tornava alla mente carico di arcani significati. In quella maledetta battaglia avevo perso un amore, e un altro mi si era offerto, presto, troppo presto, e non avevo saputo coglierlo. Non sapevo, allora, se fosse stato un bene o un male, ma la sensazione di aver perduto per sempre l'unica che forse avrebbe potuto ancora amarmi mi lasciò profondamente turbato. Mille interrogativi si affollavano nella mia mente; mille perplessità. Che cosa stava facendo Ariadne in quel momento? Mi pensava? Perché il suo dono mi era capitato in mano proprio mentre mi sentivo solo? E lei, come si sentiva? Abbandonata su un'isola da un Teseo crudele senza nemmeno un bacio? Avevo voglia di piangere. Troppa confusione nella mia testa.

Mi alzai, riposi i vestiti e lo spillone, mi assicurai a una corda, a poppa, e mi tuffai. Il canto silenzioso del mare investì le mie orecchie; l'abbraccio liquido dell'acqua bagnò la mia pelle. E mi distesi sulla superficie del mantello di Poseidone, lasciandomi trasportare dall'ammiraglia, mentre le mie lacrime salate si mescolavano con l'acqua del mare.

Sopra di me, l'infinita chiarezza del sole; sotto, infinite gradazioni di azzurro sempre più scuro. In mezzo c'ero io, un nulla, un puntino nero che guidava contro le coste di Cipro la flotta dei Greci confederati. Venti triremi dal Peloponneso, trenta da Atene e altre dalle piccole città della Grecia. Eppure erano così poca cosa nella sterminata vastità del mare!

I delfini giocavano tra gli schizzi sollevati dalle prore rostrate di bronzo e, come mi videro in acqua, chiacchierando con stridule risa subacquee, vennero a farmi festa, e due di loro mi tennero a galla, sollevandomi da sotto. Con le mani, mi tenevo alle loro pinne dorsali. Il contatto con la loro pelle viscida era catartico. La malinconia passò in fretta. Aristomache e Ariadne scivolarono per un po' via dalla mia mente, e con esse anche la guerra e le sue atrocità. In quel momento eravamo solo io e i delfini, unici esseri sulla Terra in un gioco senza tempo. E, sorridendo felice, sognavo di essere Arione, il musicista del mito, gettato in mare dai pirati e salvato dai delfini, e di presentarmi anch'io sano e salvo a Corinto, con una storia fantastica da raccontare cantandola sulle corde della mia cetra.

Chiusi gli occhi. Mi annullai nel tutto. Mare, delfini, Pausania. Tutto divenne solo un grande inno alla vita.

La base navale persiana era là, arroccata sulla coda di Cipro, come una freccia rivolta verso il seno della Siria. L'entusiasmo della vittoria aveva spinto i Greci a voler ripulire il mare dalla presenza persiana. Vendetta a oltranza, e Sparta aveva sollevato dal suo incarico di navarco Leotichida e posto me al suo posto, il nipote dell'eroe di quella guerra, di colui che era morto per la Grecia. Infischiandosene di quanto aveva detto Apollo, ora il nostro contrattacco si configurava implicitamente come vendetta per la morte di Leonida.

Viva la coerenza di Sparta!

Ma la cosa, tutto sommato, non mi dispiaceva. Morta Aristomache, non avevo ragioni per stare a Sparta. Avevo detto a Melanippo e ai suoi ribelli iloti di attendere il momento propizio prima di sollevarsi.

«Vi darò io il segnale» gli avevo assicurato, «ma ora i tempi non sono ancora maturi. Devo approfittare della gloria che deriva dalla battaglia di Platea e sfruttarla per acquisire più potere».

«Quanto ancora dovremo aspettare?» mi aveva risposto cercando di mascherare una nota di disappunto.

«Non lo so, amico mio, ma non possiamo permetterci di fare sciocchezze. Concedimi ancora del tempo. Quando il mio potere su Sparta sarà stabile e consolidato, allora, insieme, ci prenderemo la libertà che desideriamo».

Mi aveva fissato dritto negli occhi, sospirando:

«Cercherò di trattenere i miei uomini dal fare sciocchezze» aveva detto. «Tu però cerca di non farci aspettare troppo».

La guerra era, in fondo, l'unica cosa che sapevo fare; l'unica cosa a cui sia stato addestrato fin da quando ero bambino. Tanto valeva, allora, fare la guerra per Sparta, accumulare vittorie, aumentare il potere e la fama. Un giorno o l'altro tutto ciò sarebbe diventato spendibile concretamente, e allora, addio Sparta!

Ma non ora. Ora era il tempo del sangue e del bronzo. Ora era il tempo di mettersi alla prova sul mare. Anche lì, fra le onde, dovevo estendere la fama delle mie vittorie.

La battaglia navale per la presa di Cipro fu memorabile.

Avevo deciso di abbandonare il classico modo di combattere dei Greci: speronare le navi nemiche con i rostri di bronzo delle triremi per farle affondare era un metodo troppo dispendioso, troppo rischioso. Decisi di mantenere quella prassi, sì, ma come ultima risorsa. Il primo attacco, invece, lo portai con il fuoco. Memore delle frecce dei Persiani a Platea, avevo imbarcato degli arcieri sulle mie triremi. Le loro frecce incendiarie rilasciavano scie nere nell'aria prima di divorare le navi nemiche. Le vele di lino si disfacevano come ragnatele sotto la pioggia; gli scafi impeciati per resistere all'acqua cedevano alla voracità del fuoco.

Solo allora, le navi che scampavano alla bufera di fiamme venivano predate dai becchi di bronzo delle mie triremi.

Gestire la battaglia con il fuoco è contrario ai principî dei Greci. I marinai mi avevano guardato allibiti quando avevo esposto loro il mio piano.

«È da vigliacchi!» si erano lamentati.

«Ma funziona» avevo risposto, calmo. «Ed è anche più sicuro per voi. Niente urti, niente remi spezzati, niente gente che cade in mare...»

Avevano accolto l'ordine scuotendo la testa. Ma se c'era una cosa che i Persiani mi avevano insegnato in quella guerra, era a lasciare da parte le restrizioni mentali, a far cadere la cortina che separa ciò che è lecito da ciò che non lo è. L'unico obiettivo, in battaglia, è vincere. Non importa come. Alle volte, invece che scornarsi come tori infuriati e tornare a casa con pesanti perdite, basta pungere il nemico dove serve con l'acume dello scorpione.

L'intelligenza è tutto, in guerra. Ma questo, i miei compatrioti sembravano non capirlo.

Un grande rogo sul mare. Le navi persiane alzavano al cielo dense colonne di fumo prima di inabissarsi. Una giornata epica: avrei voluto Omero a cantarla, a cantare la presa di Cipro. Incendiammo anche la base navale dell'isola, e splendette nella notte come un faro gigante.

Il bottino fu immenso. Merci pregiate provenienti dalle carovane di tutto il mondo che lì si concentravano per poi essere ridistribuite attraverso il mare, e lingotti. Una quantità esorbitante di lingotti di rame che, mescolati con lo stagno, sarebbero diventati scudi, elmi e rostri di bronzo, e statue di dèi dall'ottima fattura. Ne riempimmo navi intere e le inviammo in Grecia.

Arraffammo tutto ciò che potemmo, come cavallette, ma diedi l'ordine tassativo di non toccare la popolazione cipriota. Solo i Persiani furono passati a fil di spada. Volevo evitare a tutti i costi che l'arrivo dei Greci liberatori potesse assomigliare allo sbarco di conquista dei Persiani. Pensavo a quanto mi aveva raccontato Ariadne, e vedevo Artemisia con un sorriso sadico e la faccia macchiata di sangue devastare le città a capo di uomini scatenati, e uccidere, depredare, violentare e rapire gli abitanti di Coo.

La mia conquista non doveva avvenire così.

Avrei apportato meno dolore possibile a chi non aveva colpe.

Ma un soldato non rispettò il mio ordine. Fu il primo, e l'ultimo. Conobbe a proprie spese la mia insofferenza verso chi si macchia di insubordinazione.

L'avevo colto personalmente a violentare una donna in un vicolo buio tra le case. Le grida di lei mi avevano attirato fin lì.

L'uomo mi dava le spalle, e non mi vide arrivare, impegnato com'era sul corpo della donna. Scesi da cavallo e con un calcio sulle costole lo staccai da lei. Si alzò a fatica. Con una gomitata in viso fu di nuovo a terra. Privo di sensi, lo issai come un sacco sul cavallo e lo portai al cospetto dell'esercito, che radunai in tutta fretta.

Quando rinvenne, aveva le mani e i piedi legati. Tutto l'esercito lo fissava intimorito. I suoi compagni d'arme e i suoi conoscenti bisbigliavano fitto.

«Silenzio!» esordii con voce alterata dallo sdegno.

Tutto divenne immobile. Gli uomini trattenevano il respiro.

Ripresi:

«Avevo dato l'ordine di non toccare i civili. Non ci comportiamo come i Persiani, noi! Ebbene, questo vostro compagno, l'ho colto mentre sfogava la sua lussuria su una donna del posto. La pena per l'insubordinazione è la morte».

Lo sventurato sbiancò, e si mise a gridare di avere pietà. Licenziai l'esercito, chiedendo che non mi si costringesse a replicare, e mi avvicinai a lui.

«Come ti chiami?»

«Senofane, di Atene» rispose balbettando.

Gli sorrisi, sarcastico:

«Senofane, poco fa non avevi paura di dare la morte ai Persiani che c'erano in città; non temevi di poter arrecare, con la tua sconsideratezza, ferite mortali nel corpo o nell'anima a quella donna. Eppure, adesso ti lagni e vuoi che io salvi la tua vita. Dimmi, Senofane: che cosa ti differenzia da loro? Quale discrimine corre tra te e le tue vittime tale da poter considerare la tua vita di maggior pregio?»

Deglutì rumorosamente le lacrime che gli scorrevano giù dalle guance.

Mi feci ancora più vicino, e gli sussurrai:

«La realtà è che non vali niente. Sei una nullità, come la maggior parte dei tuoi concittadini. Vi illudete di poter essere grandi, nella vostra democrazia. Ma siete solo dei vigliacchi. Il valore di Atene è morto con la stirpe di Pisistrato! Quando avete rovesciato dal trono chi vi governava con saggezza e vi siete erti a giudici di voi stessi con la vostra democrazia».

Ordinai che una grossa pietra gli venisse legata al sesso e che la sua carne fungesse da pasto per gli squali nell'insenatura del porto. Stetti a osservarlo mentre spariva sott'acqua, deturpando di bolle disperate la purezza della baia.

Quella sera, Aristide e Cimone, che erano a capo delle triremi ateniesi, vennero nei miei alloggi a protestare per la pena inflitta al loro concittadino.

Avrei preferito che con Aristide ci fosse Temistocle. Lui forse mi avrebbe capito. Ma i due non si erano mai sopportati. Questo nuovo comandante degli Ateniesi, questo Cimone, però, non lo sopportavo io. Era una di quelle persone che sanno rendersi antipatiche solo a vederle. Avrà avuto più o meno la mia età. Capelli corti e barba lunga e sottile, fluente, che seguiva ogni movimento del capo quando parlava. E parlava anche troppo. E ogni volta che apriva bocca c'era Atene di mezzo. Una seccatura. Un invasato.

«Senti, Pausania» aveva esordito «è giusto che i soldati che non rispettano gli ordini vengano puniti. Ma così è un po' troppo, non ti pare? Sappi che Atene non approva. Ad Atene le pene sono diverse. Ad Atene ci si consulta prima di prendere una decisione, soprattutto se ne va della vita di un uomo».

Parlava solo lui; Aristide taceva e osservava.

«Atene, Atene, Atene» risposi. «Qui non siamo ad Atene, che ti piaccia o no».

«Non ha importanza. Atene non approva che tu ti arroghi il diritto di vita e di morte sui suoi uomini. Semplicemente non puoi, chiaro?» proseguì sventolandomi un dito davanti al naso.

«Spiegami un po', *Ateniese*, come sarebbe che non posso?» risposi resistendo alla tentazione di spezzarglielo, quel dito. «I Greci hanno scelto me come capo, e finché ci sarò io al comando si farà ciò che Pausania, non Atene, riterrà giusto. *Chiaro*?»

Storse il naso e fece per ribattere, ma lo prevenni:

«Altrimenti è l'anarchia. Se i soldati pensano di poter fare ciò che vogliono, infischiandosene degli ordini, la macchina dell'esercito crolla. Una spedizione militare, che tu lo voglia o no, non può essere democratica. Siamo in guerra. Non possiamo permetterci di perdere tempo a litigare su cosa sia giusto e cosa sia sbagliato come fate voi in patria. Io sono il capo. Io do gli ordini. Voi obbedite. Punto. E adesso fatemi la grazia di levarvi di torno se non volete essere sollevati dal vostro incarico».

«Ate...» stava per ribattere Cimone, ma Aristide lo zittì e, gettandomi un'occhiataccia silenziosa, lo condusse via.

A posteriori, direi che non la presero particolarmente bene. Ma pazienza. Ormai nulla conta più. Nulla ha più senso. Quando uno arriva alla fine della propria vita, tutto perde di significato. Le azioni degli uomini, le guerre, la gloria. Tutto vano. Solo l'amore resta, e il ricordo di chi ci ha amato...

In ogni caso, quella sera decisi che avrei disciplinato quell'accozzaglia di uomini greci che riempiva le mie navi. Non sopportavo che il mio comando venisse messo in discussione da parolai ateniesi. Avrei ottenuto rigore e obbedienza col pugno di ferro di Sparta. Quella disciplina che tanto avevo odiato da ragazzo, l'avrei ora insegnata ai soldati che comandavo.

XX
BISANZIO

Lasciammo l'isola pochi giorni dopo. La rotta puntava verso nord, costeggiando le terre di Ionia, dove la guerra era iniziata. La navigazione fu tranquilla. Benché le città greche d'Asia fossero ancora in mano persiana, nessuna insidia, nessun pericolo ci sfiorò durante la spedizione. Guardavo quelle coste con distacco. Separate da un così grande tratto di mare dal resto della Grecia, per il momento erano indifendibili. Se gli Ioni volevano protezione, avremmo potuto farli immigrare in madrepatria, cacciando dalle loro città coloro che avevano accolto i Persiani, come i Beoti, per esempio. E, per una volta, Sparta era d'accordo con me. Ma la proposta non piaceva agli Ateniesi. Voci circolavano tra gli uomini di Aristide e Cimone che presto sarebbero andati a liberare i loro fratelli. Si animavano facilmente, gli Ateniesi, come bambini, senza pensare.

Prima di poter assicurare protezione agli Ioni, avremmo dovuto avere saldo il controllo sul Bosforo e sui territori circostanti, e avremmo dovuto essere uniti, uniti per davvero. Avremmo dovuto fare in modo che la Grecia diventasse un impero solido e potente come l'impero achemenide prima di impegnarci di nuovo in un conflitto serio con i Persiani. Finché si trattava di approfittare dell'onda della vittoria per rosicchiare gli avamposti commerciali via dal loro dominio, si poteva fare. Ma cercare di liberare tutta la Ionia era diverso. Una nuova guerra si sarebbe aperta; il Gran re avrebbe raccolto in fretta truppe fresche dalle profondità del suo impero e, questa volta, i fragili equilibri creatisi in seno alle città greche non avrebbero retto. Già presagivo i segni del disfacimento delle alleanze. Atene era troppo orgogliosa per sottostare ancora per molto al nostro comando.

Dovevo conquistare Bisanzio sottraendola ai Persiani, e dovevo farlo in fretta, prima che gli Ateniesi montassero troppo nella loro arroganza. Bisanzio fioriva del commercio del grano che transitava sugli Stretti. Le tasse sulle merci in transito arricchivano i suoi forzieri, e l'argento delle miniere vicine si riversava a profusione in città. Messe le mani su quella ricchezza, avrei potuto avere una base solida per i progetti futuri.

La città non era preparata a un attacco, e la conquistammo facilmente. I miei soldati si riversarono per le strade, ma diedi loro l'ordine di evitare la carneficina. Volevo un lavoro pulito. Meno morti possibile. Avevo intenzione di insediarmi in quella città: non volevo che l'astio dei suoi fantasmi si riversasse contro di me. Manco a dirlo, i più bravi a trattenere la spada nel fodero furono i pochi Spartani che avevo con me: i Trecento. Gli altri, contadini e artigiani vestiti da soldati, si fecero prendere dall'euforia del sangue perdendo la ragione.

Fui costretto a punirne molti. Esigevo disciplina! Ma, questa volta, non mi spinsi a decimare il mio esercito uccidendone i componenti. Mi limitai a pene più leggere. Alcuni li condannai a sopportare estenuanti turni di guardia recando sulle spalle le pesanti ancore delle navi; altri li frustai; altri li costrinsi a dormire sul suolo tra i sassi; e diedi ordine che alle fonti nessuno potesse prendere acqua prima degli Spartiati.

Le punizioni, però, non ebbero l'effetto desiderato. Invece di ottenere fedeltà con la paura, grazie anche a Cimone e Aristide, che corteggiavano i marinai con dolci parole, persi sempre di più consenso.

Ma Bisanzio ora era nelle mie mani. Della guarnigione persiana, molti furono uccisi; gli altri divennero miei schiavi. Non c'erano, tuttavia, solo Persiani armati. La città ospitava uno splendido palazzo in cui risiedevano notabili e parenti del Re. Disposi i Cavalieri a guardia affinché nessuno uscisse dal palazzo e nessuno dei Greci non Spartani che avevo con me entrasse. Presi con me coloro, tra i Trecento, di cui mi fidavo di più, e varcai la porta di cedro del Libano finemente decorata.

Profumo d'incenso e musica. L'interno del palazzo sembrava viaggiare in un'altra dimensione. La vita continuava nel lusso come se la guerra, fuori, non esistesse.

Quell'ostentazione di ricchezza e di indifferenza mi stordì. Vagammo per le ampie sale e nessuno sembrava badare a noi. Si lasciarono catturare senza opporre resistenza, distaccati...

Quando chiesi la loro identità, scoprii che molti erano parenti di Serse stesso. Una di loro, in particolare, mi colpì: una ragazza la cui bellezza oscurava tutti i presenti. La sua pelle ambrata cangiava in mille riflessi con la luce che filtrava dalle finestre insinuandosi tra le tende; gli occhi grandi, scuri, del colore dell'ebano e contornati da lunghe ciglia, le davano un'aria profonda e misteriosa; i denti candidi come la neve e perfetti; le labbra erano dipinte di scarlatto. Tra i prigionieri, era quella che più si mostrava impaurita, e si nascondeva timidamente dietro la vecchia nutrice.

Le chiesi di farsi avanti e, non sapendo se conoscesse il greco, sottolineai la richiesta con un gesto della mano. Incoraggiata dall'anziana, con riluttanza, si mostrò. Portava un vestito rosso allacciato su una spalla. I miei occhi corsero dalla spalla scoperta al suo seno, che si sollevava al ritmo di una respirazione agitata. I capelli, neri di notte, e le caviglie sottili erano impreziositi da giade lucenti.

«Chi sei?» le domandai, sopraffatto da tanta bellezza.

Non rispose, ma arrossì, e tornò a nascondersi dietro la nutrice. Fu lei a parlare:

«Colei di cui tu richiedi il nome è Ara, figlia e gioiello del sire Megabate, satrapo della regione per conto del Gran Re e cugino del Re dei re Dario».

La figlia del ricco governatore di Serse: un bottino che poteva ben valere un regno. Ed era stupenda; mi tolse il fiato.

Passai la notte nel palazzo. I Trecento si davano il cambio per stare di guardia; i prigionieri della famiglia reale dormivano chiusi in una stanza; l'esercito prendeva possesso di quella che era stata la guarnigione persiana.

Passai la notte nel lusso. Per la prima volta nella mia vita, la mia schiena si abbandonò su materassi così soffici da sprofondarci dentro; il mio capo assaporò il massaggio di montagne di cuscini; la mia pelle, la carezza di coperte calde e morbide. In contrasto con la frugalità spartana a cui ero avvezzo, tutto questo sembrava un sogno.

Un sogno, ma non dormii. Piani, progetti, pensieri. La mia testa era troppo agitata per cedere al sonno. A tratti, mi tornavano in mente i lineamenti perfetti di Ara e la sensazione di voluttà che avevo provato nel far scivolare il mio sguardo sulla sua pelle.

Poi la mente tornava ad Aristomache, alla sua pelle

di cera, e mi rimproveravo di aver desiderato la ragazza persiana.

Poi però Ara riprendeva il sopravvento, il suo seno che premeva contro la seta rossa.

Poi le parole della nutrice:

«È la figlia di Megabate».

E all'improvviso capii quel che avrei dovuto fare.

Nel giro di poco avrei perso l'appoggio degli Ateniesi: mi era fin troppo chiaro, e non sapevo come impedire la cosa. Persi gli alleati, sarei tornato a Sparta, e non avrei avuto più nulla da fare se non vivere nell'ombra finché Plistarco non fosse diventato maggiorenne. Allora, avrei dovuto cedergli il potere regale e tornare a essere uno fra i tanti. La mia volontà di sovvertire l'ordine sociale a Sparta sarebbe stata vanificata; il mio progetto di una Grecia unita, distrutto.

I progetti per il futuro si delineavano chiaramente nella mia testa, cullati dall'atmosfera da sogno in cui ero immerso.

"La vendetta sui Persiani può dirsi conclusa, per ora" pensai. "Ora che ho preso Bisanzio, i conti sono pareggiati. E qui, in questa città sugli Stretti, posso sperare di imporre il mio dominio personale. Sparta non me lo impedirà: Bisanzio non le interessa, è troppo lontana dal Peloponneso".

Sorrisi, all'idea.

"Devo però cercare delle alleanze: non posso essere un'isola, solo, circondato da nemici. I nemici... Comincio a pensare che i Persiani non rappresentino più una minaccia, almeno per il momento. Chi davvero mi preoccupa sono gli Ateniesi. Sono arroganti, sfacciati, e assetati di potere. Loro saranno il maggior ostacolo che dovrò superare per vedere la Grecia finalmente unita, se la voglio vedere unita sotto la *mia* bandiera, e non sotto la loro. E contro Atene potrei chiedere l'appoggio del vecchio nemico. Sì, contro la città della democrazia, posso chiedere l'appoggio di Megabate. Sta a Dascilio, il satrapo, e Dascilio non è lontana da Bisanzio. Inoltre, ha da tempo perso il favore di Serse, da quando, all'inizio del conflitto, ha fallito in un confronto con la flotta degli Ioni. Coverà rancore verso di loro, e verso gli Ateniesi che li hanno appoggiati: lo tirerò dalla mia parte e, grazie al suo sostegno, rinsalderò il mio potere su Bisanzio".

Nella mia mente ora si era fatta largo l'immagine della Grecia, e già mi vedevo a muovere eserciti sulla sua superficie, come in un grande gioco.

"Da Bisanzio, con l'aiuto di Sparta, con una grande operazione a tenaglia, posso prendere Atene e, una volta presa Atene, il resto della Grecia. Per ultima anche Sparta verrà annessa: mio cugino Plistarco probabilmente allora sarà re, ma è giovane; farà quello che gli dico... E quando tutta la Grecia sarà schierata sotto la mia bandiera, allora potremo permetterci di affrontare anche l'impero persiano e prenderci, una volta per tutte, la nostra vendetta, completa".

Sembrava tutto fin troppo semplice.

E per attirare Megabate dalla mia parte, gli avrei chiesto la mano di sua figlia.

Sì, avevo deciso. Quella sarebbe stata la mia strada da quel momento in poi. E i secoli a venire avrebbero ricordato il mio nome come quello di colui che finalmente pose fine alla litigiosità dei Greci e li trasformò in un impero.

Mi alzai riluttante dalle morbide coperte e mi diressi verso la stanza in cui dormivano gli ostaggi. Ordinai che fosse aperta, ed entrai. Qualcuno si svegliò.

«Voglio la ragazza» dissi.

La nutrice mi fissò con occhi ardenti nell'ombra, spaventata. Cercai di rassicurarla:

«Non le sarà fatto alcun male. Ho bisogno di parlarle».

Non sembrava convinta. Come avrebbe potuto, in effetti?

«Hai la mia parola. Possa io morire atrocemente se la violo».

«Le tue parole ti inchiodano» sussurrò, e spinse Ara verso di me. Rabbrividii, tanto era inquietante l'espressione del volto della vecchia.

«Non le torcerò un capello, te lo prometto».

La ragazza venne avanti, timorosa, e la porta si richiuse dietro di noi.

Eravamo soli nella stanza che avevo scelto per passarvi la notte. La luna filtrava attraverso le tende danzando sul suo viso. Era bellissima, una statua esotica rannicchiata in un angolo. Avrei potuto approfittarne. Avrei potuto violentarla, prendermi il piacere che il mio corpo, guardandola, sempre più desiderava. Avrei potuto prenderla con la forza. Nessuno sarebbe intervenuto a soccorrere le sue grida. Chiunque altro, tra i miei soldati e l'alto comando, l'avrebbe fatto. Persino Aristide, che tutti chiamavano il giusto, avrebbe ceduto alla voluttà di quell'Afrodite straniera, ne sono sicuro.

Ma mi trattenni.

Mi limitai a parlarle, e scoprii con gioia che conosceva il greco. Lasciai fluire il piacere della conversazione che Sparta negava, e il silenzio della notte, il volume basso delle voci, quasi sussurrate, favorirono l'aprirsi del cuore.

Dapprima era distante, spaventata, rannicchiata in un angolo della stanza piena di timore. Poi, mentre la luna scendeva, si avvicinò sempre di più, fino a sedersi sul letto accanto a me.

Non c'era fretta.

Parlammo tutta la notte.

Parlammo tutta la notte, e imparammo a fidarci l'uno dell'altra.

L'alba stava per spuntare quando, finalmente, trovai il coraggio di esporle la mia volontà di sposarla.

Sorrise mesta, e mi disse che suo padre l'aveva già destinata ad un re di Tracia, per rinforzare le alleanze.

«Ma le alleanze mutano col tempo, così come gli amori» soggiunse. «Sono sicura di poter far cambiare facilmente idea a mio padre, se lo riterrò opportuno. Sono la sua unica figlia, e più di qualsiasi cosa desidera che io sia felice».

«E lo riterrai opportuno?» le domandai. «Pensi di poter essere felice con un marito greco?»

Sorrise.

«Penso di sì» disse, e mi baciò la fronte.

Le accarezzai il viso, che fremette al contatto con la mia pelle. Le mie dita scivolarono leggere sulla sua guancia, e quando furono vicine alle sue labbra, l'attirarono a me, e i nostri spiriti si legarono in un bacio. Caldo, vibrante, passionale.

L'abbracciai, poi, come sorse il sole, la riaccompagnai dalla nutrice.

Il mio corpo mi maledisse per l'occasione sprecata. Tutti i miei muscoli, tesi, rimpiangevano quella pelle appena sfiorata. Ma la testa mi diceva che avevo fatto la cosa giusta.

Quando il sole calò di nuovo, sgattaiolai fuori dal palazzo avvolto in vesti lacere, da mendicante, con il volto coperto da un cappuccio. Diretto al porto, più volte dovetti cambiare strada per non incrociare lo sguardo dei miei soldati. Solo pochi dei Trecento, quelli di cui mi fidavo di più, sapevano. Gli altri, e tanto più i non Spartani, avrebbero dovuto rimanere all'oscuro di tutto.

La bettola puzzava di pesce e di umano. I ratti squittivano, correndo tra i piedi degli avventori contendendosi ciò che cadeva dai tavoli. Tutta la feccia di Bisanzio sembrava raccolta in quel luogo.

Mi guardai attorno. Non lo vidi, tra la folla.

Fermai il proprietario del locale:

«Cerco Gongilo. Sai dov'è?»

«È di là» grugnì con voce sgraziata facendo cadere a terra parte della zuppa che portava in mano.

I topi corsero a leccare il pavimento; io scavalcai il bancone ed entrai in cucina.

«Ti cercavo!» gli dissi quando lo vidi, intento a ripulire un pesce.

«Sei in ritardo, bello. Guarda che razza di lavoro mi hai mandato a fare quassù. Se non fosse che paghi bene, me ne sarei tornato da un pezzo a vendere vasi a Eretria!»

Abbozzai un sorriso.

«Vieni» Soggiunse. E, dopo essersi pulito le mani sul grembiule, afferrò due torce, le accese al braciere su cui bolliva una zuppa di pesce dall'odore nauseabondo, aprì una botola nel pavimento e sparì di sotto.

Lo seguii.

Mi condusse lungo un tortuoso e umido sotterraneo fino a una stanza con una botola scavata nella roccia che costituiva il pavimento. A tratti, vi filtrava l'acqua del mare.

«Possiamo parlare qui» disse dopo essersi guardato attorno. «Nessuno ci sentirà. È un pezzo che non ci si vede, comandante: da Platea! Da quando, dopo la strage al forte persiano, mi hai mandato a fare la spia quassù».

«Già. Ma i tuoi rapporti sono sempre arrivati puntuali».

«Come i tuoi pagamenti...» sorrise.

«Sei proprio un commerciante, e della peggior specie. To'!» Gli lanciai un sacchetto pieno di monete d'oro.

«Ti ringrazio. Cosa ti porta in questa topaia?»

«Ho una missione per te».

«E quanto mi frutterà?» rispose ridendo.

«Mi chiedi l'ammontare della paga senza nemmeno sapere di cosa si tratti?» feci io, perplesso.

«Gli affari sono affari, amico mio».

«Come vuoi» questa volta fui io a sorridere. «Non sarò io a pagarti, questa volta. La tua ricompensa dipenderà dal buon esito della missione. E penso proprio che, dopo, non avrai più bisogno di lavorare un giorno in vita tua...»

«Addirittura? Pausania, sono una persona esigente, io. Chi pensi possa pagare così tanto?»

Sorrisi.

D'un tratto capì, e fece un balzo indietro contro il muro.

«Se quello che mi chiedi è di trattare con i Persiani, sappi che la mia risposta è no! E non importa per quanto oro» disse, agitato.

«No, Gongilo... Non ti chiedo di *trattare*. Devi solo consegnare un carico a Dascilio. E una volta che l'avrai fatto, vedrai che la gratitudine di Megabate non ti dispiacerà poi così tanto».

Si fece perplesso.

«Che cosa contiene il carico?» domandò.

«Parenti di Serse» risposi. «E la figlia del satrapo».

Sgranò gli occhi.

«Inutile che ti dica» ripresi «che devono arrivare a Dascilio sani e salvi, e trattati con rispetto. In particolar modo Ara, la figlia di Megabate. Non voglio che le sia torto un capello, né che alcuno si avvicini a lei. Partirai immediatamente. Ti do il tempo solo di farti un bagno, perché puzzi di pesce in un modo schifoso. Sei impresentabile, e i tuoi compagni di viaggio sono persone nobili e dai gusti raffinati».

«E non mi chiedi nemmeno se accetto la missione?»

«Hai alternative?»

Scosse la testa, rassegnato:

«No, infatti... Per di qua. Prendi un bel respiro e seguimi».

Aprì la botola nel pavimento e si tuffò in acqua.

Riemergemmo tra gli scogli.

Poco più tardi, aprivo la porta della stanza in cui tenevo gli ostaggi persiani.

«Signori, la notte è scura e la luna è coperta» dissi. «Le condizioni sono favorevoli perché voi lasciate il palazzo non visti. Avete tempo cinque minuti per prepararvi. Vi mando a Dascilio. Non ho interesse a tenervi prigionieri. Spero che mi ricordiate con non troppo astio. Ara» soggiunsi, «fammi il favore di tradurre ciò che ho detto per coloro che non comprendono il greco».

In breve furono pronti. Scivolarono in silenzio fuori dal palazzo, preceduti da Gongilo, che recava con sé una mia lettera per Megabate. Sembravano una colonna di spettri nel buio della notte. Le fiaccole non furono accese; nessuno osava fiatare.

Ara si attardò un poco, rimanendo ultima. Mi si avvicinò. Sorrise imbarazzata.

«Be', a presto, allora, comandante!» disse infine. «Non scordarti di me».

E, sollevatasi sulle punte dei piedi, mi baciò sulle labbra. Una lacrima le corse giù da una guancia. Gliel'asciugai con una carezza, poi il suo viso delicato si staccò dalla mia mano e lei scomparve nella notte.

Fu l'ultima volta che la vidi.

Un fantasma inghiottito dalle tenebre. Un'Euridice

risucchiata dall'oscurità delle fredde aule di Ade. Questo è l'ultimo ricordo che ho di lei.

La mancanza.

Rimasi di nuovo orbato del calore del cuore.

Ma allora non potevo saperlo, e ancora speravo di poterla riabbracciare. Desideravo davvero averla per moglie. E non solo per motivi politici. La sua presenza riusciva a colmare il vuoto lasciato da Aristomache; il desiderio di lei ridava un senso al mio dolore.

Il mattino dopo, organizzai dei giochi per ringraziare l'esercito, e per tenerlo buono. Ci furono gare di lotta, di corsa, di salto in lungo e di lancio del disco. Riuscii persino a far svolgere una regata, nelle acque antistanti il porto, tra le triremi delle varie città che mi avevano seguito. Simonide, che aveva partecipato alla spedizione come poeta ufficiale, cantò, la sera, le mie lodi, e tra i fuochi e il profumo delle offerte agli dèi dedicai nel santuario vicino al porto un grosso vaso di bronzo di pregevole fattura. Inciso nel metallo, un epigramma del poeta ricordava alle generazioni a venire che Pausania aveva liberato la città dal giogo della servitù persiana.

La vita, poi, tornò alla normalità. Be'... a una nuova e comoda normalità. Mi insediai ufficialmente nel palazzo; feci miei i lussi dei nobili persiani; dismisi la ruvida tunica spartana a favore delle calde e comode vesti persiane. Come gli eroi di Omero si rivestivano delle corazze dei nemici uccisi, così io davo sfoggio al mondo della supremazia sul potere persiano.

Ma Cimone e Aristide insinuarono voci di dubbio tra le teste vuote dei soldati. Sussurravano che fossi in combutta con Serse per tradire la Grecia. Io che l'avevo salvata dal disastro! Proprio io, che volevo una Grecia forte e unita! E anche il matrimonio con Ara, benché nessuno ne fosse a conoscenza, aveva il suo risvolto politico a favore della Grecia, non già contro di essa. Se Megabate avesse dato il suo consenso, avrei sottratto la sua satrapia dall'influenza del Re per farla gravitare, come stato cuscinetto, attorno al mondo ellenico.

Ma Cimone e Aristide erano troppo abili seminatori di discordia. Non avevo partita contro i loro sofismi. Ben presto, riuscirono ad alienarmi le simpatie degli alleati al punto che fui costretto a trasformare i militari persiani che avevo preso come schiavi in guardie del corpo mercenarie per proteggermi dai miei stessi uomini.

I primi effetti dei loro intrighi contro di me si videro al ritorno da un viaggio in Tracia. Ero andato personalmente in cerca di alleati senza trovare nessuno disposto a sposare la mia causa. Si tenevano distanti, gli abitanti di quelle terre, limitandosi a riverire da lontano i Persiani quando capitava che transitassero sui loro territori. Ma nulla volevano avere a che fare con un Greco.

La notte stava per avvolgere le triremi nell'oscurità. Presto le avremmo tirate a riva per poi ripartire l'indomani. Ma proprio allora, nel crepuscolo, le sei navi che scortavano la mia mi accerchiarono e intrapresero una manovra d'attacco. Volevano speronarmi, affondare la mia nave e farmi fuori, passando il comando ad Atene, a Cimone e Aristide gli adulatori. Cercai di forzare la trappola, ma quelli caricarono. Mi salvai solo grazie all'intervento di un ragazzino, uno schiavo di nome Argilio che prestava servizio di pulizia sul ponte. Accortosi della manovra nemica, si era gettato sul timone facendo sì che la mia trireme si girasse quel tanto che bastava per non essere trinciata a metà.

Il rostro di una nave ci spezzò la poppa, ma prima

che la trireme affondasse, feci in tempo a far evacuare la mia scorta di lancieri mercenari, che tenevo con me sul ponte. Con essi, e con Argilio che ci seguiva, mi lanciai all'arrembaggio della nave che ci aveva speronati. I pochi soldati che la presidiavano furono abbattuti e l'imbarcazione conquistata.

Spinsi i miei uomini di sotto, tra gli scalmi, a dar manforte agli schiavi ai remi cercando di aumentare la velocità. Non ci speravo, ma funzionò. Riuscimmo a scivolare via dalla morsa e a rientrare a Bisanzio arrischiandoci a navigare di notte.

Rientrato, convocai i navarchi rimasti in città e li misi al corrente dell'ammutinamento. Se non volevano rischiare la pelle, per quella volta ancora, almeno, avrebbero dovuto obbedire ai miei ordini.

«Ora preparate le vostre navi. Si salpa *immediatamente*!» dissi loro, squadrandoli uno per uno con sguardo truce.

Uscimmo in massa dal porto, tutta la flotta schierata in assetto da guerra. Le navi dei ribelli furono catturate e i loro comandanti passati per le armi.

Quella sera, nessuno rise, nessuno festeggiò a Bisanzio. L'aria era greve, carica di rancore e di odio, di paura mista a incertezza.

E, come se non bastasse, tornando a palazzo, trovai una lettera che mi attendeva. Il sigillo era quello di Megabate; la scrittura, quella morbida e longilinea di Ara.

Recitava pressappoco così:

«Pausania, avrebbe forse dovuto scriverti mio padre, ma ho preferito farlo io al suo posto, così che possa, anche se solo idealmente, esserti ancora vicina. Mio padre si è detto subito d'accordo alla nostra unione, dopo che ha letto la tua lettera che gli ha consegnato Gongilo. E anzi, ti manda i suoi ringraziamenti per il favore e per la restituzione degli ostaggi. E ci tiene a informarti che Gongilo è stato ricompensato degnamente. Gli è stata concessa la rendita di alcune città, assieme a una posizione di prestigio nella satrapia. Da parte di mio padre, l'appoggio ai tuoi piani è totale, quasi che tu sia già suo genero. Ma, ahimè, si frappone tra noi la volontà di Serse. Il Gran re deve aver intuito la tua mossa e ci ha richiamati a corte promettendo ricompense per favori antichi ormai dimenticati. Disobbedire significherebbe dichiarargli guerra... A malincuore, ma devo partire... Ecco, ho bagnato la pergamena con una lacrima, l'inchiostro è sbavato. Perdonami, non riesco a non piangere. Sento, in cuor mio, che non ci rivedremo mai più. Mi aspetta una vita diversa, che qualcun altro, che nemmeno mi conosce ma che si fregia del titolo di Re dei re, ha deciso per me. Serse ha deciso che diventerò la moglie di uno dei suoi fratelli. Non ci sono maledizioni abbastanza crudeli in persiano o in greco per colpire la discendenza che nascerà da questa sconsiderata unione. Ti abbraccio, per l'ultima volta, con il freddo inchiostro di questa lettera. Addio».

Piansi, a leggere quella missiva. Piansi a lungo, e mi addormentai, stravolto, pensando a lei mentre abbracciavo freneticamente i morbidi cuscini di quello che una volta era il suo letto.

Mi addormentai. E il sogno era come la veglia: terribilmente reale, vivo, tangibile, esperibile con i sensi.

Una casa di pietra stava alle mie spalle; di fronte a me, i giochi d'acqua di una fontana in un verde giardino.

Poi apparve lei. Non già Ara, né tanto meno Aristomache, ma una che pareva venuta da un altro mondo; un mondo in cui divinità antiche e dimenticate camminano con gli uomini. La sua pelle era di neve, i capelli di fiamma; le lentiggini sottolineavano le movenze del sorriso. Le iridi brillavano di smeraldo per poi virare in un anello d'oro attorno alla notte delle pupille.

Il suo corpo trasudava voluttà a ogni passo, e il chitone leggero lasciava trasparire il sesso, liscio, e i seni.

Mi venne vicino; mi baciò. Mi baciò forte, a lungo, e le sue unghie scavarono la carne della mia schiena. Sentii Eros impazzire nella gabbia del mio corpo.

Poi mi si sedette in braccio, a cavalcioni; cacciò quegli occhi verdi e dorati nei miei e nel mio animo si spalancarono universi di piacere.

Prese a muovere il bacino avanti e indietro, sempre più forte, sempre più forte. I vestiti separavano i nostri corpi, ma mai avevo provato una sensazione più viva.

Un attimo prima del parossismo, mi svegliai. E, piangendo nella notte, maledissi il fatto che fosse solo un sogno.

Rimasi turbato a lungo. Quella notte non chiusi più occhio. Senza che lo volessi, ma senza che potessi far nulla, Ara scivolava via sempre più dalla mia mente mentre quella donna onirica invadeva il campo. Icastica incarnazione del desiderio, Afrodite dimenticata di qualche popolo del nord, mi turbinava in testa con la forza di una tempesta. I suoi occhi verdi-aurati mi balenavano dinnanzi ogni volta che chiudevo le palpebre.

Né ebbi più requie. Tutte le notti mi appariva in sogno il suo fantasma. Tutte le notti mi faceva sprofondare in oceani di voluttà al punto che cominciai quasi a sprezzare la vita reale e ad agognare l'arrivo della notte per tuffarmi nel sogno.

Ma la vita reale procedeva inesorabile.

Era passato poco tempo dalla lettera di addio di Ara e Megabate quando un corriere si presentò a palazzo. Portava una missiva persiana. Ruppi il sigillo e la lessi. Era firmata dal braccio destro del Re.

«Artabazo al comandante dei Greci, Pausania, salute! Ragazzo, non amo la pomposità dello stile epistolare persiano; lascia che sia diretto. So che, da Spartano, apprezzerai. Ti scrivo per informarti che il Gran re mi ha affidato la satrapia di Dascilio così da poter ricambiare, per mio tramite, il favore che gli hai fatto riconsegnando sani e salvi i suoi parenti bizantini. Puoi tenere Bisanzio e, qualora la tua vita sia in pericolo, potrai sempre contare sull'oro persiano e sulle mie truppe. Serse non intende più sprecare risorse per conquistare la Grecia e spera di poterti avere come alleato, soprattutto nel caso sia tu a volerla conquistare. In tal caso, scrivimi. Sarò lieto di fornirti tutto il supporto necessario, e ci metteremo poi d'accordo per un'equa distribuzione delle terre catturate. La tua sagacia militare è grande. Non sprecarla combattendo per Sparta».

Ringraziai Artabazo, e gli dissi di rispondere a Serse che, per il momento, ero lieto di tenere Bisanzio. Il resto della Grecia non rientrava nei miei piani, per ora. In realtà, vi rientrava sì, ma non avevo nessuna intenzione di conquistare la mia stessa terra come mercenario del Gran re! La Grecia si sarebbe sottomessa ad un uomo greco, e la stessa sorte sarebbe toccata, poco più tardi, alla Persia e a Serse stesso.

Sì, quel serpente che con tante belle parole aveva spezzato i miei piani portandomi via Ara e Megabate, volevo schiacciarlo sotto il mio piede. Ma il tempo non era ancora maturo...

Intascai i lingotti d'oro che il corriere recava assieme alla lettera come primo risarcimento; affidai la risposta all'uomo e lo congedai.

XXI
UN MATRIMONIO DETESTABILE

Le lamentele degli Ateniesi e degli altri alleati per l'eccessivo rigore (a parer loro) a cui li sottoponevo a Bisanzio erano giunte fino a Sparta, e le pressioni dei rappresentanti dei governi delle altre città, che mal tolleravano il mio personale dominio sugli Stretti, avevano costretto la mia madrepatria a richiamarmi. Circolavano, inoltre, voci che io fossi in combutta con i Persiani per consegnare la Grecia a Serse.

Avevo appena cominciato ad abituarmi al dolce stile di vita bizantino, che Sparta mi richiamò indietro. Dovetti abbandonare la città che speravo diventasse la mia nuova casa, e con essa il palazzo dai morbidi cuscini, senza sapere se sarei mai tornato.

Sparta mi accolse con il rombo dei tuoni e con scrosci violenti di acqua. Nubi nere e pesanti velavano il Taigeto opprimendo l'abitato. Le strade erano rivoli di fango.

Una grande folla si era radunata nonostante la pioggia. Giovani Spartiati erano accorsi a vedere il ritorno dell'eroe della guerra contro i Persiani, e gridavano con giubilo il mio nome sovrastando i boati dei tuoni. Ma gli efori e gli anziani erano silenti, e scrutavano l'esuberanza dei giovani con occhio timoroso e feroce, e quello stesso sguardo, ma ancora più carico di malizia, gettarono su di me.

Senza nemmeno avere avuto il tempo di riambientarmi e di capire che cosa stesse succedendo in città, mi ritrovai processato.

Non feci fatica a intuire chi avesse potuto mettere quelle voci in circolo: gi Ateniesi volevano il potere, e non avevano remore a impadronirsene con l'inganno e la diffamazione.

Investendo l'oro di Artabazo e corrompendo alcuni dei magistrati, riuscii a salvarmi dall'accusa di complotto, ma non da quella di maltrattamento degli alleati. Gli efori mi tolsero il potere, sostenendo che mi ero troppo compromesso e che non godevo più del favore degli uomini che comandavo. O forse qualcuno temeva che ne acquisissi troppo, di potere, restando a Bisanzio? Il comando della flotta alleata fu passato a Dorcide, uno Spartiata insignificante, uno dei tanti individui tutti uguali prodotti dal sistema. Gli fu data la carica di navarco senza quasi che avesse mai visto una barca in vita sua, e partì verso gli Stretti per insediarsi nel mio palazzo. E io fui costretto a rimanere a Sparta, costretto all'inattività per la brama di potere di Atene.

La mia posizione non era più delle migliori e, a testare ulteriormente i miei limiti di sopportazione, si aggiunse, ben presto, la visita dell'ultima persona che avrei voluto incontrare.

«Figlio!» la sua voce gracchiante mi colpì i timpani da lontano, prima ancora che potessi metterne a fuoco l'immagine. Fu solo allora che mi ricordai, mio malgrado, di avere ancora una famiglia, o meglio, dei parenti, a Sparta.

«Figlio, la gloria per le tue imprese è grande, e la tua età è ormai matura. Non pensi che sia ora di dare una discendenza alla città?»

«Ehm... No, madre» mi azzardai a rispondere.

S'incendiò d'ira all'istante, collerica come un'arpia, e urlò:

«Non dire sciocchezze, figlio sciagurato! Questo tuo fratello» e spinse Nicomede verso di me con una veemenza tale da farlo quasi cadere «è ben più giovane di te e ha già adempiuto al suo dovere verso lo Stato. Tu cosa aspetti? Pensi forse che Sparta possa restare in piedi senza nuovi cittadini? E se pensi che un'altra donna, trovata in qualcuno dei tuoi viaggi, possa mai fare al caso tuo, be', toglitelo dalla testa! Solo una donna spartana genera guerrieri. Se non vuoi ascoltare me, ascolterai gli efori: Euricrate qua» e additò il terzo del gruppo «ti ricorderà i tuoi doveri. Sei uno Spartiata, per Castore e Polluce! Comportati come tale! E se...»

«Va bene, va bene, ho capito».

Era insopportabile, e non c'era modo di farla stare zitta.

Mi scrutò con uno sguardo indagatore mentre Euricrate si avvicinava, poi l'eforo prese la parola, e con tono più conciliante mi disse:

«Pausania, mia figlia Archidamia è in età da marito e ti ammira molto. Considera inoltre i vantaggi che avresti da un tale matrimonio. Alcuni efori e gli anziani ti sono contro per come hai trattato gli alleati. Pensa ad avere degli amici potenti a Sparta, se vuoi continuare a reggere il potere; pensa a tirare dalla tua parte almeno uno degli efori...»

Sospirai.

Riprese:

«Sai dove abita. Ti aspetta stanotte. Vedi di non mancare. Sarebbe molto sciocco, da parte tua. A presto, *reggente*».

E se ne andò, ricalcando la parola "reggente" anche più

del dovuto. Mia madre mi lanciò un'occhiata di fuoco, poi lo seguì, trascinandosi dietro mio fratello come se fosse un cagnolino.

Andai a sdraiarmi sull'erba, all'ombra di un albero, vicino al gorgoglio delle acque dell'Eurota. Avevo bisogno di non pensare a nulla. Fissavo il cielo, che traspariva tra le foglie, e presto sprofondai in un sonno leggero e agitato. Quando mi svegliai, il sole stava già declinando verso occidente. Presto sarebbe sparito dietro le cime del Taigeto e io avrei dovuto raggiungere Archidamia e rapirla.

«Non sei costretto a farlo, se non vuoi».

Raggelai all'udire quella voce. Proveniva da dietro di me, ma rimasi pietrificato, non riuscii a voltarmi.

«È uno scherzo» balbettai. «Non puoi essere tu...»

«Shhh» fece la voce.

Poi sentii come una scossa pervadere tutto il mio corpo. Il battito del mio cuore accelerò all'improvviso; il ritmo della respirazione pure. Sentivo il suo corpo in qualche modo passare attraverso il mio, poi la vidi, traslucida, uscire dal mio petto dandomi le spalle. I capelli neri intrecciati raccolti sul capo, la sua pelle di cera, il suo corpo perfetto.

Tesi la mano verso di lei, per toccarla, ma il mio braccio passò attraverso il suo fantasma.

«Aristomache...» sussurrai.

Crollai in ginocchio.

L'immagine di lei venne a sedersi accanto a me e mi sorrise.

«Non sei costretto a farlo, se non vuoi» ripetè.

Sospirai:

«E cosa dovrei fare? Cosa potrei fare, in queste condizioni?»

«Cosa ti dice il tuo cuore?»

«Il mio cuore desidera te, ma tu non sei che un fantasma. Il tuo corpo l'ho seppellito a Platea...»

Piansi.

«Euricrate ha ragione» ripresi quando mi fui calmato. «Non posso farmi altri nemici qui a Sparta. La situazione è già abbastanza in bilico così. Ma solo l'idea di rapire quella ragazza mi ripugna. Tacciamo i raffinati Persiani di barbarie, e poi noi ancora celebriamo il matrimonio tramite il rapimento della donna».

Mi rispose con una voce strana, con gli occhi socchiusi, come se richiamasse il pensiero da regioni arcane, da un serbatoio di conoscenza ancestrale e distante:

«Dicono che un tempo nel Peloponneso sia vissuto un uomo. Eveno era il suo nome, figlio del dio della guerra. E dicono che costui avesse una figlia d'immensa bellezza, Marpessa. Ida, il cugino dei Dioscuri, la vide e la desiderò. Con un carro alato, dono di Poseidone, la rapì al padre, che, per la disperazione di non averla più con sé, si uccise. E Ida ebbe Marpessa per sé, finché un giorno, Apollo, non se ne invaghì a sua volta, e la rapì al marito, che, passato qualche tempo, riuscì infine a riprendersela».

Annuii:

«Conosco quel mito. Rapimenti, rapimenti, rapimenti. La donna non è che un oggetto da usare e da rubarsi a vicenda. Dov'è l'amore in tutto ciò? Non c'è spazio per la tenerezza; non c'è spazio per l'affetto; non c'è spazio per l'affiatamento; non c'è spazio per condividere le gioie di una vita insieme. Non c'è spazio per *te*. Ti hanno portata via da me. Ti hanno portata dove non posso raggiungerti... Te sola avrei voluto davvero per moglie».

Strizzò l'occhio e sorrise:

«Me sola? Guarda che so di Ara...»

Io neanche ci pensavo alla figlia di Megabate in quel momento! Avere Aristomache lì, anche solo la sua immagine, era il cielo.

Rimasi interdetto.

Sorrise. Sorrise lo splendore delle perle.

«Pausania, devi lasciarmi andare... Segui il tuo cuore; torna ad amare. Ci rincontreremo quando verrà il tempo, e sarà sempre primavera per noi due».

«Segui il tuo cuore...» mormorai.

La sua carezza mi penetrò la guancia come una scossa. Calda, piacevole, vibrante.

«Il mio tempo qui è terminato, amore mio. Devo andare...»

«No. Non lasciarmi, ti prego» la implorai.

«Ci rivedremo, un giorno. Non è un addio».

Il suo sorriso fu l'ultima cosa che vidi di lei. Il suo fantasma si dissolse nell'aria e un refolo di vento ne portò via il ricordo.

«Segui il tuo cuore... torna ad amare...» le sue parole mi vibravano ancora in testa.

«Ma io Archidamia non la amo!» singhiozzai. «Né mai potrei...»

Eppure, tutto sommato, Euricrate aveva ragione. Sparta voleva che ingravidassi sua figlia e regalassi allo Stato nuovi guerrieri.

Ingoiai le lacrime e mi accinsi a compiere il mio dovere di cittadino, maledicendo Sparta nel cuore.

Era luna nuova, quella notte, e io mi misi in marcia con un groppo al cuore. La notte senza luna, l'atmosfera di Sparta, la visione di poco prima... tutto concorreva a ricordarmi dei miei viaggi solitari verso il Taigeto, dei miei incontri con Aristomache sotto le stelle. Non so quante volte mi fermai, meditando di tornare indietro.

La luce tremula di un braciere morente filtrava dalla finestra della sua camera. Mi avvicinai in silenzio ed entrai.

Archidamia era lì, in un angolo, che mi aspettava. Come mi vide, finse di spaventarsi e di fuggire, ma le sbarrai la porta. Si avventò contro di me con calci e pugni.

Alzai gli occhi al cielo, esasperato, e la stesi con un ceffone sussurrando tra i denti:

«Finiamola con questa buffonata!»

Cadde a terra.

La afferrai per la vita, come se fosse un sacco, e la issai su una spalla. Quindi uscii dalla finestra e ritrovai il mio cavallo legato a un albero poco distante.

La feci salire in groppa all'animale, poi mi sedetti dietro di lei. Le carezzai la guancia che le avevo colpito.

«Scusa» le dissi. «Odio le sceneggiate».

Si strinse a me, e il cavallo ci portò via in mezzo ai boschi.

Ci fermammo in una radura, lontano da tutto e da tutti. Scendemmo da cavallo e accesi un fuoco.

Archidamia mi portò della legna con cui nutrire la piccola fiamma, poi si sedette accanto a me, ed ebbi modo di osservarla con calma. Non che non la conoscessi, ma mi presi il mio tempo per studiarla nei particolari. Era poco più che una ragazzina. I suoi lineamenti erano aggraziati, ma i capelli biondi mi disgustavano. Ogni Eraclide che si rispetti ha i capelli biondi. Ci sono rimasti addosso come traccia della nostra calata dal nord nei tempi che furono e sono diventati motivo d'orgoglio per gli Spartani. Già sopportavo a mala pena i miei, di capelli biondi. L'idea di dover affondare il mio volto nel grano dei suoi capelli mi ripugnava. Era come accettare tacitamente l'idea stessa di Sparta, quell'ideologia contro cui avevo lottato per tutta la vita.

Aristomache, Ariadne, Ara, tutte e tre mi tornarono di colpo alla memoria e il ricordo dei loro capelli corvini riuscì a calmarmi un poco.

C'era un vantaggio, nel dover stare in intimità tra Spartani: non sapevo cosa dirle, né avevo voglia di dire alcunché, ma nessuno si aspetta che uno Spartano parli. Il silenzio è una delle cifre di Sparta, e in silenzio la osservavo.

Tolti i capelli, non era malaccio, ma il suo corpo ancora tradiva i segni di una certa acerbità infantile. Nel viso, soprattutto.

Sospirai. Pensando che fosse un sospiro d'amore, mi abbracciò. In realtà, era un sospiro di rassegnazione. Ma se c'era una cosa che Sparta mi aveva insegnato, era a fingere. Ricambiai l'abbraccio, stringendola forte e sorridendole. Ma era solo la maschera di un sorriso.

Posai le mie labbra sulle sue, e la baciai, le morsi il collo. Quindi le stracciai il peplo, e le baciai i seni.

S'irrigidì.

Provai a scioglierla accarezzandola, baciando la sua pelle nuda.

Niente.

«Che hai?» le domandai infine.

«Nulla...» arrossì. «È la mia prima volta...»

«E quindi? feci io. «Rilassati!»

«Ti sembra facile, Pausania?»

«Respira...»

Inspirò ed espirò profondamente tre o quattro volte, e sembrò che funzionasse. Tornai a baciarla, a giocare con la lingua sui suoi capezzoli, poi le baciai la pancia, sempre più giù, e quando le mie labbra depositarono l'ultimo bacio tra le sue gambe, s'irrigidì nuovamente, tendendo tutti i muscoli del corpo fino a tremare.

Mi misi a sedere, e la guardai.

«Pensavo che sicuramente tu hai avuto delle altre prima di me...» disse.

«Se non mi vuoi, non importa. Ti riaccompagno a casa, e facciamo finta che non sia successo niente».

«No!» gridò. «Riproviamo, ti prego».

Alla fine la presi, e, mentre urlava incerta tra il dolore e il piacere, versai il suo sangue sull'erba e divenne mia moglie.

Avevo anche troppo tempo libero durante quel soggiorno spartano. Cavalcavo senza meta, per far passare il tempo, e un giorno mi scoprii diretto verso i valichi del Taigeto. Il cavallo aveva scelto da solo quella strada e decisi di assecondarlo. L'aria frizzante della montagna mi diede nuovo vigore, ma una malinconia sottile mi pervase quando al mio sguardo si aprirono le vallate della Messenia.

Spronai il cavallo verso l'Itome.

Tutto, attorno a me, mi ricordava Aristomache, ma quella volta ero da solo. Lei non c'era...

Trovai Melanippo al pascolo. Osservava le vacche ruminare tranquille e intanto suonava una dolce musica con un flauto di canna, seduto all'ombra di una quercia.

Com'era lontano il quadro che avevo di fronte dalle brutture della guerra, dagli intrighi di Sparta!

Si alzò, quando mi vide arrivare, e mi venne incontro.

«Pausania!» esclamò. «Cominciavo a temere che non ti avrei più rivisto... Come stai?»

«Male» risposi scendendo da cavallo.

Lui mi fissò negli occhi e annuì gravemente.

«Cosa ci fai qui? Ti credevamo a Bisanzio».

«Così doveva essere, infatti. Ma gli Ateniesi tramano alle mie spalle, e Sparta si fa ingannare dai loro sofismi. Mi hanno richiamato qui; mi hanno tolto il comando dell'esercito».

Melanippo s'adombrò.

«E mi hanno anche costretto a sposare una piantagrane spartana» aggiunsi disgustato.

«Quindi...»

«Quindi, amico mio, non lo so. Vivo giorno per giorno. Mi rifiuto di abbandonare la speranza, ma vedo i nostri progetti scivolare via sempre più lontano nel tempo. Speravo di acquisire potere a Bisanzio e da lì muovere contro Atene e poi contro Sparta con il vostro aiuto, ma ora... Ora davvero non so cosa fare».

L'Ilota stette qualche minuto in silenzio a riflettere, poi mi fissò dritto negli occhi e disse:

«Cerca di non mollare. Non gettare la spugna. Se tutto ti è contro, fallo almeno per amore di colei che ci hanno portato via. Fa' che la sua morte non sia vana. Credici, e vedrai che qualcosa, prima o poi si muoverà. Arriverà il nostro momento. La storia non è ancora finita».

«Lo spero, Melanippo... Lo spero davvero...»

Dorcide, che mi aveva rimpiazzato a Bisanzio, tornò poco tempo dopo, e le notizie che portava non erano buone. Era stato sugli Stretti, ma non aveva potuto far altro che prendere atto della nuova situazione politica e tornarsene indietro. Atene aveva preso, in mia assenza, il potere della città e della lega di Greci che un tempo comandavo. Aristide e Cimone avevano giurato di continuare la guerra a Serse, e si impegnavano a sottrargli altri territori, a liberare i loro fratelli d'Asia una volta per tutte. Sparta non serviva più.

Lo sdegno esplose, in città. Fu convocata l'assemblea, e tutti i cittadini sedettero assieme per decidere le mosse future. Un'umiliazione tale non poteva essere facilmente dimenticata, e molti, soprattutto i più giovani, erano del parere che bisognasse muovere guerra contro l'Attica e distruggere Atene.

Mi feci portavoce di quell'idea, e perorai la causa della guerra.

«Ma l'esercito di terra è ormai un'arma obsoleta» dissi. «È con le navi che dobbiamo combattere, se vogliamo sperare di distruggere la presunzione di Cimone e di Aristide. Dobbiamo costruire una flotta potente, che sia in grado di superare quella ateniese».

«Servono uomini per la flotta» obiettò qualcuno. «Dove pensi che troveremo i rematori? Non vorrai mica che gli Spartiati si abbassino a fare lavori da schiavi».

"Perché no?" pensai. "Se serve..."

Sorrisi al mio interlocutore.

«Gli Iloti» dissi. «Possiamo arruolare gli Iloti come rematori. Si sono già dimostrati combattenti valorosi a Platea, e sono tanti. Schiacceremo gli Ateniesi sul loro terreno preferito. Inoltre, sul Bosforo ho ancora qualche amico: posso chiedere rinforzi, se serve...»

La proposta piacque a molti, e le acclamazioni creavano un frastuono quasi insopportabile. Ce l'avevo praticamente fatta. Con un piccolo aggiustamento ai miei piani iniziali, poteva ora cominciare la conquista della Grecia sotto un'unica bandiera.

Ce l'avevo quasi fatta.

Quasi.

Quando tutti, ormai, sembravano convinti, prese la parola uno degli anziani.

Il vecchio attese che tornasse il silenzio, poi parlò:

«Creare una flotta per Sparta?» esordì ridacchiando. «Ma per favore! Sparta non ha mai avuto una flotta. Sparta *non ha bisogno* di una flotta. Lasciate che siano gli Ateniesi a occuparsi del mare. Sono ancora nostri alleati, fino a prova contraria: pensiamo a fidarci di loro, invece che a inimicarceli».

L'assemblea, che lo ascoltava con attenzione, cominciò ad annuire.

«Quanto a te, Pausania» aggiunse poi, «hai già fatto

abbastanza danni stando a Bisanzio. Bisanzio è troppo lontana, è ingestibile. Toglitela dalla testa. Hanno ragione i nostri alleati. È meglio se la controllano loro».

«Balle!» esclamai senza neanche chiedere la parola. «Gli Ateniesi se ne fregano, delle alleanze! Vogliono potere. Vogliono terre. Vogliono oro. Sono un organismo degenere, formato da un'accozzaglia di individui rozzi e meschini guidati subdolamente da demagoghi avidi e intriganti. Questo è diventato il glorioso popolo di Cecrope! Stanno gettando fumo in faccia agli alleati, e voi state cadendo in pieno nella loro trappola».

«Non dire scemenze» intervenne uno degli efori. «Pensi davvero che tutti noi siamo così stupidi da non accorgerci di un eventuale pericolo? Sei davvero così arrogante da pretendere di vedere tu solo la verità? Atene *non* è un pericolo, Pausania».

«Ah no?» risposi. «Bene, vedremo. Ora è la volta di Sparta, che stupidamente rifiuta di intervenire a stroncare la malattia ateniese sul nascere; presto toccherà a tutti gli altri. Le altre città greche, che ora si schierano con Atene in condizione di parità, presto diverranno schiave. Vedrete. La voracità degli Ateniesi non conosce limiti».

Prese la parola Euricrate, cercando di calmare gli animi.

«Pausania» disse, «ci hai provato. Per un attimo ci avevi quasi convinti che il tuo piano potesse funzionare. Ma sii realista. Ascolta l'opinione degli anziani, non disprezzare la loro saggezza».

«Pensa a tirare dalla tua parte uno degli efori» mi aveva detto, cercando di rifilarmi quella strega di sua figlia. Bell'aiuto che mi dava ora! Lo fulminai con lo sguardo e abbandonai l'assemblea sdegnato.

E così, i piani di guerra naufragarono, assieme alla

costruzione della flotta, e io dovetti stare a Sparta. Due anni ci stetti. E furono due anni da incubo.

Mia moglie era intrattabile. Ogni volta che mi recavo da lei, di notte, per fare l'amore, era sempre peggio. E ogni volta mi ripromettevo di non tornarci più. Dovetti sopportare la sua freddezza, il suo continuo irrigidirsi al contatto con la mia pelle e il fatto che, nonostante tutto, voleva, esigeva, che le dessi un figlio. Dovetti sopportare le sue urla di dolore quando la prendevo, lei che non voleva imparare a sciogliersi. E ben presto dovetti sopportare le accuse e gli improperi che mi rivolgeva perché il bimbo che voleva tardava a venire.

E quando finalmente il mio primogenito, Plistoanatte, nacque, le cose non migliorarono affatto. Divenne gelosa e possessiva. Non lasciava che alcuno si avvicinasse al bambino. Nemmeno io. Mi allontanava come se fossi una bestia selvaggia, con uno sguardo spiritato, abbracciando il bambino in un abbraccio malato.

Qualche demone di follia le era entrato nel cuore.

Come se non bastasse, Argilio, lo schiavo che mi aveva salvato dall'ammutinamento sul Bosforo e che avevo regalato a mia moglie perché l'aiutasse con la gestione della casa, ogni volta che mi vedeva mi faceva scenate che non finivano più, geloso, come un bambino, per le attenzioni che rivolgevo a lei piuttosto che a lui. E non c'era verso di farlo stare al suo posto. Nemmeno le botte; nemmeno le punizioni più severe servivano a fargli cambiare modo di fare. Poteva ringraziare il fatto di avermi salvato la vita o, benché odi uccidere, l'avrei eliminato da un pezzo.

Un giorno, dopo l'ennesimo litigio, decisi di fare due passi per far sbollire la rabbia. M'incamminai assieme a Lisimaco in direzione delle colline di Terapne. Lì, dove si veneravano Elena e Menelao, lo sguardo si apriva sulla stretta valle di Sparta. Si vedeva il fiume Eurota luccicare al sole e, poco distante, le case e le fattorie sparse per la pianura fino ai piedi del massiccio incombente del Taigeto.

«Perché?» domandai a Lisimaco, o forse a me stesso. «Perché ce ne stiamo rintanati qui, in questo fazzoletto di terra chiuso dalle montagne, rifiutandoci di guardare oltre? C'è un mondo intero fuori dai confini di Sparta...»

«Ci hai provato, Pausania» rispose l'amico. «Ma Sparta non è ancora pronta ad accogliere un sogno grande come il tuo. Devi cercare di fartene una ragione».

«Non ci riesco... Mi rifiuto di pensare che possa finire tutto così. Mi rifiuto di pensare che non possa fare altro che stare qui a girarmi i pollici, a sorbirmi le sfuriate dell'isterica che ho sposato e del ragazzino, e a guardare Plistarco che cresce inesorabilmente».

«Pausania, sapevi che il giorno sarebbe arrivato. Il trono spetta a lui. Quando diventerà maggiorenne, dovrai rassegnarti».

«Già. Quando diventerà maggiorenne. Ma c'è ancora del tempo. E sprecare il tempo, contato, della mia reggenza, standomene qui a fare la balia mi innervosisce parecchio...»

Solo le notti mi recavano conforto. Quelle notti, almeno, in cui non dovevo condividere il letto con Archidamia. Allora, quando ero solo nel mio scomodo giaciglio, la dèa dai capelli di fiamma veniva a farmi visita nei sogni e mi regalava tutta la voluttà del suo corpo perfetto.

Vivevo per dormire, disprezzando la vita reale e rifugiandomi in mondi astratti. E ormai mi ero quasi rassegnato a dover passare così il resto della mia vita.

XXII
LA DEA DAI CAPELLI DI FIAMMA

Fu così che un giorno accadde l'insperato. Vidi una sagoma in lontananza avanzare a gran velocità verso di me. L'uomo correva sulla strada, alzando una piccola nuvola di polvere. Quando mi fu dinnanzi, si fermò di colpo, rischiando quasi di cadere.

«Pausania, finalmente ti trovo! Ho girato tutta la città, e nessuno sapeva dove fossi!»

Lo guardai, incredulo:

«Gongilo!»

«In carne e ossa»

«Ti credevo sistemato in terra persiana a vivere in mezzo al lusso». «Così è, amico mio, ma c'era una notizia troppo importante perché potesse dartela qualcun altro. Ho preferito venire di persona». «Parla, dunque, non tenermi sulle spine».

«Aristide e Cimone».

Mi rannuvolai, a sentire quei nomi, ma poi dovetti ricredermi.

«Aristide e Cimone hanno abbandonato Bisanzio» annunciò. «Sono usciti con tutta la flotta per una grande spedizione volta a far conquiste nei domini persiani. La città è pressoché indifesa e Demofonte, il più ricco tra i cittadini (te lo ricordi, no? Quello che possiede le miniere d'argento) dicevo, Demofonte è pronto ad aprirti le porte della città».

«Sì, ma come...» balbettai, incredulo.

Non mi fece finire:

«Artabazo in persona ti aspetta per scortarti in città con la sua flotta».

Sembrava tutto troppo bello per non essere una trappola. Gli appoggiai le mani sulle spalle, e lo fissai dritto negli occhi.

«Posso fidarmi?» domandai.

«Ti ho mai tradito? Ma dobbiamo partire subito».

Corsi dagli efori e, senza nemmeno aspettare che si riunissero tutti, chiesi il permesso di poter tornare a Bisanzio.

«Il permesso ti è negato, Pausania» li sentii gracchiare. «Hai già fatto troppi danni stando là: nessuno degli alleati ha intenzione di riconoscerti più come suo capo. Sparta non può subire un altro smacco del genere».

Annuii, e li fissai uno per uno negli occhi.

«Molto bene» risposi. «Allora qui e ora depongo ogni mia responsabilità di governo, ogni mia prerogativa di comando. Sono sicuro che mio fratello Nicomede sarà felice di assumere in mia vece la reggenza di Plistarco. Me ne vado a Bisanzio da privato, e questo non potete impedirmi di farlo. Signori, è sempre un piacere parlare con voi. Addio».

Non attesi neanche di vedere la loro reazione; voltai i tacchi e me ne andai.

Passai da casa per prendere le mie cose, sperando che mia moglie non ci fosse. E invece era lì, seduta accanto al braciere intenta a cullare i miei secondogeniti, nati da poco. Non mi guardò nemmeno quando entrai, poi, quando feci per uscire, mi fermò:

«Aspetta. Dove vai?»

«Via».

«Quando tornerai?»

«A essere sincero, spero di non doverci mettere mai più piede in questa città».

«Mi lasci così?» e il suo tono era insopportabilmente gelido, distaccato, neutro.

Mi innervosii.

«Sì» risposi. «E, per favore, non fare finta di essere dispiaciuta. Sappiamo benissimo entrambi che quei gemelli che stringi in braccio, di cui formalmente io sono il padre, in realtà non sono miei. La legge di Sparta ti consente di portarti a letto quanti uomini vuoi, purché tu dia figli allo Stato. E mi sta bene. Mi chiedo solo che cosa ti abbia mai fatto tanto schifo in me. E pensare che sei stata tu a volermi. Addio, Archidamia».

Me ne andai sbattendo la porta e, fuori dall'uscio, trovai Argilio, con un fagotto in mano.

«Ho sentito che si parte...» fece.

«Hai sentito male. Io parto. Tu resti».

«Ma...» provò a protestare.

«Niente ma!» urlai. «Tu resti qua e ti prendi cura di quella là dentro! Lei è ancora mia moglie, e tu sei ancora uno schiavo, e non importa che tu mi abbia salvato, quella volta, sulla barca. Considerato il tenore di vita che hai avuto in casa mia, ritieni il debito estinto!»

Sciolti due cavalli, uno per me e uno per Gongilo, me ne andai in preda alla collera mentre il ragazzo, alle mie spalle, piangeva come un bambino.

Scrissi a cavallo, di fretta, in una grafia pessima, due righe per Melanippo, invitandolo a non gettare la speranza, e le affidai a un Ilota di fiducia; poi ci dirigemmo verso il porto.

Ci imbarcammo su una nave mercantile diretta a Bisanzio e aspettammo che le correnti, i remi e i venti lavorassero per noi. Passavo le giornate disteso sul ponte della barca a guardare il cielo e i gabbiani, che ci seguivano sperando in qualche avanzo di cibo. Spesso, anche i delfini giungevano a farci compagnia, e scortavano la nave con mille spruzzi nell'acqua.

Più mi allontanavo da Sparta, dalle sue stupide leggi, dall'algore di mia moglie, dai miei obblighi verso una città che odiavo, più mi sentivo leggero, libero, quasi che anche io potessi, all'improvviso, spiccare il volo su ali di cera in mezzo ai gabbiani.

Mi si spianava la strada per Bisanzio. Ebbene, là avrei creato un potere forte; avrei fatto di quella città prettamente commerciale una potenza militare e navale in grado di affrontare sia Atene sia, più tardi, Sparta. Con gli Iloti dalla mia parte, non sarebbe stato difficile.

Quando i mercanti fecero scalo a Lampsaco, scendemmo a terra, e un uomo che Gongilo conosceva ci condusse da Artabazo. Finalmente lo vedevo, il vecchio satrapo che a Platea non aveva voluto combattere. Gli occhi erano fieri; i capelli bianchi; la statura imponente sotto l'armatura dorata.

Mi accolse cordialmente.

«Ci incontriamo, infine» disse in un greco perfetto. «Serse desidera la tua amicizia. Gli Ateniesi stanno montando in arroganza rosicchiando i territori ai nostri confini, ma il Gran re non ha tempo da perdere in scaramucce. Desidera farti sapere che sarebbe contento di vederti nuovamente sul trono di Bisanzio, e considera che, in seguito al tuo insediamento in città, possa instaurarsi una sinergia giovevole a entrambi».

Tante belle parole per dire che Serse non aveva più

voglia di alzare il suo regale sedere dal trono e aveva bisogno di uno Stato cuscinetto che svolgesse per lui il compito di polizia di frontiera. Si erano accorti subito, i Persiani, che i rapporti tra i Greci erano andati sempre più sfilacciandosi, tanto che adesso Serse stesso si rivolgeva a me che l'avevo sconfitto per guardargli le spalle da una nuova minaccia greca.

A pensarci bene, non era molto gratificante, ma, in fondo, Artabazo aveva ragione: la cosa giovava a entrambi. E inoltre, se avessi accettato quelle condizioni, non solo non avrei dovuto preoccuparmi dei Persiani fino a quando non avessi deciso io di marciare alla conquista dell'impero achemenide, ma anzi, potevo contare sul loro appoggio, non solo economico, ma anche militare: Artabazo aveva uomini e navi e, da buon vicino, li metteva a mia disposizione.

Ci presentammo davanti a Bisanzio di notte. Volevo che l'effetto scenico fosse massimo. Volevo che la popolazione sentisse timore reverenziale, come nei confronti di qualcosa di trascendente. Ogni nave era stata dotata di grandi bracieri in cui bruciavano fiamme luminose, e la loro luce era riflessa da tanti scudi di bronzo rivolti verso la città. Passammo, l'ammiraglia in testa, le altre navi in coda, come una scia luminosa sull'acqua, come un serpente di fuoco pronto a divorare la città.

Nessuno uscì per contrastarci.

I corni suonarono. Migliaia di corni, e il loro muggito rimbombò a lungo tra le case.

Poi sbarcammo.

Demofonte ci venne incontro, portando in dono carri pieni di lingotti d'argento. La luce delle navi nel porto rimbalzava sul metallo prezioso.

Ci muovemmo come una processione sacra verso il palazzo, e mi ci insediai. L'aroma di quelle stanze mi riportò alla memoria con tutta la sua violenza la notte trascorsa con Ara e, per un istante, odiai Artabazo per avermela portata via.

Il satrapo ripartì subito, lasciandomi qualche nave, un drappello di soldati persiani, che alloggiarono in quella che già una volta era stata la guarnigione della città, e un gruppo di mercenari greci. Erano uomini di ogni estrazione sociale, sbandati, partiti all'avventura sperando di trovare, in Persia, un prezzo più adeguato per i pericoli della guerra. A costoro diedi una possibilità di riscatto. Li resi cittadini, e insegnai loro a fare i soldati. A fare i soldati per davvero.

Ma questo avvenne dopo. Quella notte, dopo che Artabazo se ne fu andato, Demofonte mi invitò a casa sua, assieme a tutti i maggiorenti della città. Era una grande casa nel centro di Bisanzio, non lontano dal palazzo. I muri erano in pietra, e una grande corte interna palesava un rigoglioso giardino di stile persiano, con numerose fontane e giochi d'acqua. La temperatura era gradevole, e il ricco imprenditore aveva organizzato, sotto il porticato che dava sul giardino, un fastoso banchetto per festeggiare il mio ritorno.

Le portate sembravano susseguirsi all'infinito e verso l'alba, quando ormai il vino era già stato versato abbondantemente, mi parve di sognare. Intravvedevo una figura femminile danzare nel giardino, e il suo corpo si muoveva con una leggiadria infinita.

Posai la coppa; mi stropicciai gli occhi per accertarmi di non stare sognando davvero. Io conoscevo quella ragazza, eppure non l'avevo mai vista. I suoi capelli di fiamma avvolgevano il suo corpo danzante, e il chitone leggero lasciava trasparire il sesso e i seni.

Ero confuso, stordito.

Demofonte notò che mi ero incantato e mi si avvicinò.

Si sedette accanto a me e bevve un sorso di vino.

Sospirò, poi disse:

«Non è magnifica? Mi ricorda sua madre da giovane. Quando ci sposammo, anch'ella danzava così. Il suo nome è Cleonice, Pausania, e sta ballando per te. Va' da lei...»

Mi alzai, come ipnotizzato, e cominciai a camminare sull'erba del giardino. Alle mie spalle, sentii Demofonte che, in fretta, faceva rientrare i pochi convitati rimasti e chiudeva le porte.

Eravamo soli.

La raggiunsi.

Smise di danzare, e mi sorrise.

«Sono...» feci per dire.

M'interruppe:

«Colui che riempie di voluttà i miei sogni».

Rimasi interdetto.

«Dunque anche tu mi sogni?» le domandai.

Rise, agitando la chioma di fiamma, e i suoi seni sobbalzarono sotto il vestito.

«No» rispose infine. «Non ti sogno *anche* io. Sono io che sono venuta a cercarti nei sogni. Ho vagato a lungo nei piani dei sogni, nel mondo silenzioso dell'umano dormire, cercando il tuo volto. E quando finalmente ti ho trovato, Pausania, tutte le notti sono venuta a bussare alla tua anima addormentata, e tu mi hai aperto le porte del cuore. Puoi chiamarli sogni, se vuoi; puoi chiamarle visioni. Io preferisco considerarli una forma diversa di realtà. Si può camminare tra i sogni; nei sogni si può amare e si può uccidere».

Non sapevo che cosa rispondere, né ero sicuro di aver compreso appieno il discorso. Stetti un poco in silenzio, poi l'unica cosa che riuscii ad articolare fu:

«Dimostrami, allora, che non erano solo sogni».

Sorrise maliziosamente, poi mi posò una mano sulla guancia, e la sua pelle sembrava un petalo di rosa, e della rosa aveva il profumo. Attirò il mio viso verso il suo; la sua lingua cercò la mia; il suo corpo vibrò di desiderio.

Mi strinse, continuando a baciarmi, e le sue mani scivolarono freneticamente sui miei muscoli, sopra i vestiti, dapprima; sotto, subito dopo. La carezza delle sue mani risvegliava la mia pelle; il cuore prese a battere sempre più velocemente.

Mi spogliò, e sentii la sua lingua scorrere sul mio collo, solleticarmi il petto...

La spogliai a mia volta, e cercai le dolci curve di quel corpo noto eppure mai conosciuto. Le mie mani carezzarono i suoi seni e i suoi fianchi, poi l'afferrai per le natiche e la strinsi a me. Le morsi il collo, come se volessi divorarla di baci facendola mia per sempre, e le sue unghie scavarono solchi di piacere sulla pelle della mia schiena.

Con uno sgambetto, la feci cadere a terra, accompagnando il volo con le mie braccia, e ci rotolammo sull'erba; poi si sedette sopra di me e Afrodite, guardandoci dall'Olimpo, arrossì d'invidia.

Tutto il giorno giacemmo nel prato seminando semi di piacere e di gioia nelle aiuole in mezzo agli alberi. I pasti non interruppero la conversazione dei nostri corpi: la voluttà fu un cibo sufficiente.

E quando infine, sfiniti, ci sdraiammo a riposare, la sua testa sul mio petto, le prime stelle cominciavano ad accendersi sopra il giardino lottando con la luce intensa di una luna piena enorme.

Dopo quel giorno, tutte le notti Cleonice venne a trovarmi nelle mie stanze e in breve si stabilì a palazzo come se fosse, a tutti gli effetti, mia moglie.

XXIII
UN COLTELLO NELLA NOTTE

Gli anni passarono veloci tra le carezze delle sue mani di rosa.

Sette furono gli anni che trascorsi in quello stato di sogno, dove ogni cosa sembrava arridermi. E non solo nel letto. Riuscii a imporre sulla popolazione la mia tirannide, e ottenni un culto eroico come (ri)fondatore della città. Bisanzio fiorì nel commercio, grazie ai canali privilegiati che mi si aprivano verso la Persia, da una parte, e verso la Grecia dall'altra. L'argento venne estratto a dosi sempre più grandi dalle miniere, e altri filoni di metallo prezioso furono individuati. Il minerale lucente arrivava fuso in lingotti alla tesoreria di palazzo, e ne usciva sotto forma di monete recanti la mia effigie e il mio nome in greco e in persiano. L'esercito faceva progressi, la marina veniva sempre più potenziata con la costruzione di nuove navi da guerra.

Dopo sette anni di preparativi, ero quasi pronto ad attuare il mio piano.

Ma accadde qualcosa che non avevo calcolato.

Accadde un giorno, all'improvviso. Passeggiavo lungo la darsena, e vidi arrivare una nave persiana. Ne scese un uomo in ricche vesti di foggia orientale, ma dai tratti somatici decisamente greci: Gongilo.

Qualcosa di importante doveva essere successo perché il mio amico si fosse mosso di nuovo di persona. Mi avvicinai e lo salutai, e il tono del suo saluto tradì la qualità delle notizie che portava.

«Che cosa è successo?» domandai.

Sospirò.

«È stato qualche giorno fa. Duecento navi comandate da Cimone hanno eliminato completamente quel che rimaneva della flotta da guerra persiana alla foce dell'Eurimedonte. Ho navigato più in fretta che ho potuto, ma non sono riuscito a precederli di molto. Stanno venendo qui, Pausania. Navigano a una velocità folle. Cimone vuole essere come il fulmine; non vuole che i suoi nemici abbiano il tempo di reagire. Con ogni probabilità adesso stanno già assediando Sesto, e se questo è vero, significa che ti hanno chiuso lo sbocco sull'Egeo. La tua flotta è potente, ma è poca cosa in confronto alle duecento triremi della lega degli Ateniesi. E non puoi più contare sui rinforzi persiani. Entro breve saranno qui. Preparati, amico mio. Che gli dèi ti assistano».

Gongilo ripartì il mattino successivo, via terra, per evitare di incappare nella flotta confederata.

E io mobilitai le forze armate della città. La mia flotta doveva presidiare il porto come le spine di un riccio. Se fossimo riusciti a usare attacchi incendiari contro le loro navi, forse avremmo potuto resistere. Il distaccamento di fanteria persiana controllava i punti di accesso terrestri; l'esercito greco pattugliava le strade. La tensione era alta, altissima.

Staffette di esploratori sui pescherecci tenevano d'occhio l'avanzata ateniese.

I miei informatori sostenevano che Cimone si sarebbe presentato dinnanzi alle mura il giorno successivo verso mezzogiorno.

Ma quella notte crollò tutto.

I preparativi mi avevano affaticato parecchio, ed ero andato a dormire di buon'ora, gettandomi esausto sul letto. Guardie armate vegliavano davanti alla mia porta: se Cimone avesse voluto mandare dei sicari, quella sarebbe stata la notte propizia.

Ma l'Ateniese non mandò nessun assassino. Fu qualcun altro a entrare nella mia stanza senza farsi annunciare dalle guardie, in silenzio, al buio. Mi venne vicino, prese la coperta e, con essa, mi coprì il volto.

Date le circostanze, i miei sensi erano tesi anche nel sonno, e gli anni di addestramento a Sparta avevano lasciato un segno indelebile.

Fu una risposta automatica, irrazionale.

Di fronte all'ignoto, l'istinto di sopravvivenza prese il sopravvento sulla razionalità e agì in mia vece, senza che io potessi controllarlo. Come sentii la coperta toccarmi la pelle del viso, mi svegliai, afferrai il pugnale che tenevo sotto il cuscino e colpii.

Cadde a terra, e il suo grido mi gelò il sangue.

Luce! Avevo bisogno di luce! Perché il braciere era spento?!

Guardie!

La porta d'ingresso si spalancò, e la luce della sala adiacente si riversò sul volto esangue di Cleonice.

No! No, no, no! Tutti, ma lei no!

Il mio pugnale era ancora conficcato nel suo ventre, e una macchia vermiglia si spandeva sul pavimento.

Apostrofai le guardie:

«Presto, cercate un medico!»

Poi la abbracciai.

«Ti prego, resisti! Perché il braciere era spento? Perché non ti sei fatta annunciare? Perché...» piangevo.

«Volevo farti una sorpresa...» sussurrò con voce flebile.

«Pensavo fossi un assassino. Resisti, amore mio. Adesso arriva il medico».

Respirava a fatica.

Tossì sangue.

«Mi hai uccisa, Pausania» disse con l'ultima voce che le rimaneva. «Mi. Hai. Uccisa».

La sua anima esalò sul mio viso, e tra le mie mani rimase solo un corpo senza vita.

Quando il medico arrivò, ormai era tardi.

Non riuscii a darmi pace per quella morte inutile, e passai il resto della notte a piangere e a gridare, a cercare inutilmente di risvegliare quel pallido cadavere dai capelli di fuoco.

Era già la seconda che moriva tra le mie braccia. Decisamente troppe. E, questa volta, l'assassino ero io...

La notizia della sua morte corse veloce tra le sale del palazzo e per le vie della città viaggiando sulla bocca della gente, e presto raggiunse anche il mare.

Ero finito. L'ammiraglio della mia piccola flotta era Demofonte. Come gli fu annunciato che avevo ucciso sua figlia, l'uomo prese con sé tutte le navi, e lo vidi levare l'ancora dal porto e dirigersi in mare aperto.

Ricomparve nel primo pomeriggio, scortando la flotta di Cimone. Il mio ufficiale più fidato si era, in un attimo, trasformato nel mio peggior nemico.

La loro superiorità numerica, adesso, era schiacciante, e anche tra i soldati di terra, man mano che la notizia si spargeva, perdevo consenso a una velocità esorbitante. Le navi posero l'assedio alla città e, ben presto, i miei stessi soldati circondarono il palazzo, intenzionati a stanarmi come un topo.

Riuscii a sgattaiolare via, travestito da servo, appena in tempo, e mi diressi verso la bettola dove, nel mio primo soggiorno bizantino, avevo incontrato Gongilo. Non c'era nessuno. Tutta la popolazione era accorsa per strada al grido di «Cacciamo il tiranno», quello stesso tiranno che fino al giorno prima veneravano come un eroe e che li aveva fatti navigare nel lusso, o si era barricata in casa temendo l'irrazionalità della guerra.

Forzai la porta ed entrai. Scavalcai il bancone e mi portai in cucina. Non ci fu tempo per cercare una torcia. A tentoni, trovai la botola e la aprii. Corsi nel buio umido del sotterraneo, scivolando più volte sulla pietra viscida. Arrivato in fondo, sentivo il rumore del mare. Aprii l'altra botola, e mi tuffai.

L'oscurità, lì sotto, era totale. Trovai la via d'uscita in mezzo agli scogli a fatica, tastando la roccia con le mani, e riemersi che ormai mi mancava il respiro.

Inspirai profondamente l'aria della notte, aspettando che il battito del cuore tornasse normale. Davanti a me, avvolto nel manto della notte, si apriva il Bosforo, quello stretto braccio di mare che divide Asia ed Europa. Stretto: sì, per una nave magari. Ma io avrei dovuto attraversarlo a nuoto!

Le triremi degli Ateniesi erano sparse un po' ovunque. Difficile evitarle, ma non avevo scelta: o la morte in mare, o la morte di spada sulla terraferma.

Mi aggrappai a un esile filo di speranza e cominciai a nuotare.

Il passaggio delle navi increspava la superficie del mare; le onde mi si infrangevano in faccia con violenza. Più volte sentii l'acqua nei polmoni; più volte pensai che fosse giunta la mia ora. E invece, nonostante tutto, continuavo a nuotare. Scansai per un pelo il remo di una barca, immergendomi prima che quelli dell'equipaggio potessero notarmi.

Non so come né quanto ci impiegai, ma, alla fine,

giunsi, spinto dalla forza delle disperazione, sull'altra riva, di fronte a Calcedonia. Ero stremato, senza più la forza di fare un'altra bracciata, né di alzarmi in piedi. Mi trascinai a stento via dalla risacca, mi accasciai sulla spiaggia e mi addormentai, stremato.

Mi raccolse un pescatore la mattina successiva, e mi offrì del cibo.

«Tutto bene, amico?» domandò. «Sembri più morto che vivo. Che cosa ti è successo?»

L'accento caldo della lingua persiana suonò come musica alle mie orecchie. Ero riuscito a evitare gli Ateniesi. Ero, strano a dirsi, in terra amica. Risposi nella stessa lingua:

«Gli Ateniesi» inventai. «Gli Ateniesi sono venuti con la loro flotta ad assediare Bisanzio. Io pescavo, non lontano dal porto. Le loro navi hanno travolto la mia barchetta e l'hanno affondata senza nemmeno accorgersene. Sono vivo per miracolo».

«Greci!» sentenziò quello, sputando a terra in segno di disprezzo.

«A Bisanzio non ci torno» continuai. «Ho dei parenti a Dascilio. Saresti così gentile da indicarmi la strada?»

Mi presentai al palazzo di Artabazo che sembravo un mendicante. Le vesti logore, i sandali consumati, la barba sfatta e due profonde occhiaie dovute a colei che un tempo riempiva di voluttà le mie notti. Ora le colmava di orrore. Tutte le volte che provavo a dormire, il suo fantasma insanguinato mi compariva davanti, cercava di soffocarmi e mi impediva di prendere sonno.

«Mi hai ucciso, Pausania. Vieni. Vieni più vicino alla giustizia» sussurrava.

Non diceva altro. Solo questo, ma lo ripeteva in continuazione, ossessionata, con gli occhi sgranati e privi di una vera espressione.

Artabazo venne in persona ad accogliermi.

«Da quando ho avuto notizia dei fatti di Bisanzio, non speravo più di vederti vivo, Pausania. Mi rincresce non aver potuto mandare navi in tuo soccorso» disse in greco.

Gli risposi in persiano, cercando di mostrargli che potevo sì essere stato privato di tutto, ma ero ancora Pausania:

«Vivo, ma senza più nulla. Penso che dovrò tornarmene a Sparta...»

«E sottostare all'infamia di cui ti coprirebbero i tuoi concittadini?»

Aveva ragione, ma che altro potevo fare?

Sospirai.

Riprese:

«Il Gran re è generoso con i suoi amici, Pausania. Ti sarà data una casa, e una rendita abbondante dalle città della costa perché tu possa continuare a vivere come meriti. O, se preferisci, potrai raggiungere Serse stesso a corte e diventare uno dei suoi ministri». «Il tuo re non si offenda, Artabazo, ma gli inchini e la vita di corte non fanno per noi Greci. Accetto volentieri la casa. Ti sono debitore».

«Sciocchezze. Ho una bella tenuta a Colone, in Troade. Ora è tua. Partirai quando vorrai. Ma adesso vieni. Hai bisogno di farti un bagno, e quei vestiti non si addicono al tuo rango».

Prima di raggiungere la mia nuova dimora, passai a Eraclea. Avevo bisogno di parlare con i necromanti che lì risiedevano e che avevano fama di essere i migliori. Lo spirito di Cleonice non mi dava pace.

Era notte, quando lo evocammo. La ragazza comparve, pallida e spettinata, davanti a me. Il suo viso era macchiato di sangue, come il suo petto, ma gli occhi, questa volta, erano normali, quasi dolci.

Comparve, come fumo, dalla terra, e venne a sedersi accanto a me.

Piansi a vederla.

«Perdonami» le dissi. «Ti prego. Basta tormentarmi; non credi di esserti già presa a sufficienza la tua vendetta?»

Sorrise mesta, e fece cenno di no con la testa.

«Mi hai ucciso, Pausania. Non posso lasciarti andare. Solo a Sparta potrai trovare la libertà che cerchi. Solo a Sparta».

Detto ciò, si dissolse, e i suoi occhi, prima di sparire, ammiccarono nell'ombra.

Che cosa voleva dire che solo a Sparta sarei stato libero? Suonava come una minaccia piuttosto che come una promessa. Decisi che, per quanto mi fosse possibile, avrei evitato di tornare a Sparta. Le parole dello spettro mi facevano paura, e non avevo nessuna voglia di ritornare da mia moglie e tra quei miei concittadini che ormai mi detestavano.

Raggiunsi invece Colone, dove gli schiavi della casa che Artabazo mi aveva donato mi attendevano.

Era una bella abitazione in mattoni crudi con un ampio giardino curato da giardinieri esperti. Ogni tipo di animale si aggirava tra le piante e i fiori, e la casa era colma di ogni lusso. Spedii subito una lettera ad Artabazo per ringraziarlo, e cercai di dormire, mentre lo spirito di Cleonice faceva di tutto per tenermi sveglio.

Pochi giorni dopo, ricevetti una missiva. Lì per lì pensai che fosse la risposta di Artabazo, ma quando la presi in mano, notai che il sigillo era quello di Lisimaco! L'aprii, e la lessi tutta d'un fiato. Era stringata, alla maniera laconica, ma densa di significati. Recitava più o meno così:

«Amico mio, fratello mio, il mio spirito mi sta

abbandonando. Sto morendo, e non potrò più supportare la tua causa a Sparta. Qualche tempo fa è morto Melanippo, travolto da una mandria di buoi impazzita. Gli Iloti hanno eletto un nuovo capo: un giovane di nome Trasibulo. È scriteriato e arrogante. Sosteneva che non bisognasse più aspettare un aiuto da parte tua; convinse gli Iloti del fatto che ormai li avevi traditi, abbandonati a loro stessi. E fece loro prendere le armi. Il tempo era giunto - diceva - in cui si sarebbero ripresi la propria terra e la libertà. Lo scontro fu acerbo. Tentai di mediare tra le due parti. Invano. Fui costretto a combattere. Gli Iloti combattenti sono stati sterminati, ma, prima di fuggire a nascondersi nei boschi, Trasibulo mi ha colpito con una lancia al petto. La mia vita mi sta lasciando. Il mio ultimo pensiero va a te, fratello. Spero che a te la vita sorrida di più. Stammi bene. Addio».

Deglutii a fatica, trattenendo le lacrime. Così anche l'ultimo amico vero - l'unico, forse - che avevo a Sparta, se ne andava. Né c'era più da aspettarsi alcunché dagli Iloti.

Ero solo.

Tanto per cambiare.

Solo in terra straniera.

Non volevo darmi per vinto, ma che cosa potevo fare, ora, per non finire la mia vita nell'anonimato in una cittadina sperduta dell'Asia?

Spinto dalla disperazione, decisi di giocare la mia ultima carta. Scrissi a Temistocle. Qualche tempo prima, l'invidia dei suoi concittadini l'aveva condotto all'esilio. Aristide e Cimone l'avevano escluso dai giochi e ora risiedeva ad Argo. Con la sua conoscenza delle navi e la mia esperienza alla guida di eserciti, insieme, avremmo potuto conquistare la Grecia alla testa delle truppe di Serse, per poi spartircela come satrapi persiani. Non avrei mai voluto arrivare a tanto, ma ormai si era toccato il fondo.

L'Ateniese non mi rispose mai.

E piano piano, cominciai ad abituarmi a quella vita. Privato di ogni incarico politico, mi concentrai sul mio piccolo mondo privato e scoprii le gioie della quotidianità.

Osservavo le piante crescere nel giardino, le vedevo adattarsi alle più varie condizioni climatiche. Le vedevo cantare sotto la pioggia e danzare nel vento. Passavo le ore a osservare un ragno tessere la propria tela o a guardare le nuvole riflesse nell'acqua del pozzo. Tutto era così calmo. Tutto aveva un senso nella multiforme varietà del mondo. Eppure, il mondo degli uomini procedeva, bendato dalla sua ostinazione, sul sentiero folle della guerra distruggendo, senza nemmeno vederla, la piccola bellezza che si cela nei boccioli delle viole, nelle gocce di rugiada, nel volo di una rondine nel cielo.

E lì, in quel bozzolo protetto dalla meschinità degli uomini, mi si regalarono gli ultimi mesi di felicità.

La luna era velata, quella sera, e traspariva appena dietro le nubi. Una pioggerellina fine si depositava con leggerezza sulle cose imperlandole di piccole gemme liquide. I grilli cantavano nel mio giardino. Ero già a letto, e ascoltavo il concerto della natura, quando sentii bussare alla porta.

«Vado io!» gridai ai servi. Ero curioso di vedere chi potesse essere a quell'ora. Non aspettavo visite.

Aprii l'uscio, e per poco non svenni. Sotto un cappuccio scuro che la proteggeva dalla pioggia, all'ingresso di casa mia c'era Ariadne.

«Entra, ché piove» le dissi appena mi fui ripreso.

Mi sorrise, varcando la soglia.

Ripresi:
«Che sorpresa. Cosa ci fai qui? Uhm, sarai affamata: vieni, siediti; ti porto qualcosa da mangiare».
La feci accomodare su dei cuscini, poi feci per andare in cucina.
«Lo conservi ancora!» esclamò non appena le diedi le spalle.
«Cosa?»
«Lo spillone».
Sorrisi, passandomi una mano fra i capelli.
«Certo».

Tornai qualche istante dopo con una focaccia al miele, e gliela offrii.
«Perché, dunque, sei qui?»
Respirò profondamente.
«E va bene» disse infine, cercando di farsi coraggio. «Tanto ormai il danno è fatto... Sono qui perché mi sono perdutamente innamorata di te. Da quando mi salvasti, a Platea, non ho più avuto pace. Eri nei miei pensieri notte e giorno; ti vedevo nel volto degli altri, tra la folla. Dopo essermi addormentata appoggiata a te, il mio cuore non ha più saputo amare altro che la tua figura. Ho seguito con apprensione le notizie che giungevano alla mia isola, e tutte parlavano di te. E sapevo dalle voci dei mercanti che stavi bene, e il mio cuore gioiva. Poi le notizie cessarono. Si seppe che Bisanzio era stata presa, e di te non si sapeva nulla. Qualcuno disse che eri morto; altri che eri scappato. Il mio cuore si disperò, e in quel momento seppi che non avrei potuto vivere senza di te. Decisi di venirti a cercare, ed ecco, ti ho trovato. Ti ho detto perché sono qui; ora... cosa pensi di fare?»
Teneva gli occhi bassi mentre parlava e, quando, terminato il discorso, li rialzò, vide che piangevo.

«Abbracciami, ti prego» riuscii a dire.

E ci stringemmo, e piangemmo insieme come due bambini al primo amore.

Sul suo grembo, finalmente, il mio cuore trovò riposo. Quando stavo con lei, nulla poteva scalfire il mio sorriso, nemmeno i tentativi dello spettro di Cleonice. Per la prima volta dopo troppo tempo dormii un sonno tranquillo, cullato dal suo respiro, con il volto appoggiato sul suo seno come un infante.

Troppo in fretta corsero quei mesi felici. Le piante mutavano nel nostro giardino, e presto una nuova vita cominciò a formarsi nel ventre di Ariadne.

XXIV
CALCIECA

E quel piccolo figlio che finalmente avrei potuto stringere tra le mie braccia, che sarebbe potuto crescere lontano dalla sterilità sentimentale di Sparta - quel figlio, non ebbi modo di vederlo nascere.

L'uomo avanzava verso la mia porta, e il vento, che sembrava volerlo cacciare via, faceva sbattere nell'aria il suo mantello cremisi come il vessillo di un araldo di sventura.

Dovetti accogliere lo Spartano in casa, in quel piccolo nido dove speravo che le malizie della mia città natale non potessero mettere piede. Violò la sacralità di quel rifugio porgendomi una lettera. Non una parola, né c'era da aspettarsene. Solo una lettera.

Lessi.

E mi alterai.

Non mi aspettavo certo buone notizie da un messo spartano che si presentava così, all'improvviso, ma ciò che c'era scritto era pura follia. Vi si diceva che gli Ateniesi sempre più spesso si presentavano a Sparta accusandomi di essere in combutta con i Persiani per sottomettere la Grecia. Come se non bastasse, molti Spartani sostenevano che fossi stato io a fomentare gli Iloti, causando la ribellione in cui era morto Lisimaco, e dicevano di avere anche le prove: due schiavi avrebbero confessato la cosa.

Già... Confessato che cosa? Pagati per confessare il falso da qualcuno che mi odiava.

Ma non finiva qui! Le mie azioni recenti (quali? Non lo si diceva) erano - testuali parole - contro la legge degli avi. Avrei pertanto dovuto presentarmi in città per essere giudicato. E presentarmici subito. Se avessi indugiato, o se non mi fossi presentato, Sparta avrebbe mosso il suo esercito contro di me.

Mi stavano minacciando di guerra.

Minacciavano di guerra colui che li aveva portati alla vittoria a Platea; minacciavano un uomo di stirpe regale, un Eraclide! Sparta, che aveva paura a muovere il culo fuori dal Peloponneso, si dichiarava pronta a inviare un esercito oltremare al solo fine di prelevare me!

C'era qualcosa che non andava. Li avrei sfidati volentieri, a questo punto. Che venissero pure! Mi volevano alleato dei Persiani? Ebbene, i loro timori sarebbero stati esauditi.

Li avrei sfidati, ma temevo per colei che amavo, e per il bambino. Se mi fossi opposto, prima ancora di muovere guerra contro di me, mi avrebbero colpito nel profondo eliminando Ariadne. Dovevo proteggerla. E l'unico modo sicuro per farlo era accettare le loro dannate condizioni.

Presi le mie cose e abbracciai Ariadne.

Era triste.

«Ti rivedrò, vero?» disse.

«Spero di sì, amore mio. Tornerò presto, vedrai».

Si sforzò di sorridere, ma una lacrima le rigò il volto.

La abbracciai ancora più forte.

«Promettimi solo una cosa» le sussurrai all'orecchio «Se malauguratamente non dovessi tornare, va' in Persia, fatti accogliere da Serse. Lì sarai al sicuro. E cresci nostro figlio lontano dalla guerra».

Pianse.

«Promettimelo».

Fece cenno di sì, tirando su con il naso.

«Ti amo» le dissi, baciandola sulla fronte.

«Anche io...»

L'accoglienza che Sparta mi diede fu inaspettata. Come giunsi in città, mi accorsi che ormai tutti mi guardavano come un nemico, come una bestia pericolosa da cui proteggersi.

C'erano tutti e cinque gli efori ad aspettarmi all'inizio dell'abitato. Mi furono addosso in un attimo. Mi atterrarono, e mi legarono mani e piedi. Quindi, con un'infamante sfilata per le vie cittadine, mi condussero fino alle carceri, dove mi lasciarono marcire per qualche giorno.

Non riuscivo a capacitarmi di tutto ciò. Come poteva la mia posizione essersi ridotta così? Con quale diritto mi si gettava in galera senza nemmeno un processo, come il peggiore dei criminali, come uno schiavo?

Fortunatamente, per intercessione di mio fratello, i giorni in carcere non furono molti. Venni rilasciato.

Mi si dava il permesso di tornare a vivere a Sparta, finché gli efori non avessero avuto in mano prove oggettive contro di me per poter indire un regolare processo.

Ma intanto i giorni passavano, e le prove contro di me non arrivavano.

Né potevo, però, muovermi da Sparta, tornare in Troade nella mia oasi d'amore.

Ero costretto a vivere in città, di nuovo a contatto con la mentalità ottusa dei suoi abitanti, di nuovo a contatto con il carattere acido e irritante di mia moglie, e con le scenate di Argilio.

Mi aveva accolto, il ragazzo, andando su tutte le furie a causa della mia lontananza. Piangeva che l'avevo tradito; si disperava come un amante abbandonato.

Decisi che era troppo. Avrei dovuto disfarmene, o avrei perso la mia salute mentale, già messa a dura prova dal caratteraccio di Archidamia. Non volevo, però, macchiarmi io stesso le mani del suo sangue.

Approfittai del fatto che dovevo comunicare con Artabazo. Gli scrissi una lettera in cui lo pregavo di prendersi cura di mia moglie - sì, Ariadne volevo poter chiamare mia moglie, non già quella bisbetica che mi faceva dannare a Sparta! - e del bambino fino al mio ritorno, che non si sarebbe verificato molto presto, a giudicare dalla lentezza di Sparta nell'allestire il processo.

«Uccidi il portatore» siglai la lettera.

E il Persiano non se lo fece ripetere. Ma fu la mia condanna.

Come un vento funesto sopra la steppa, lo spirito del ragazzo volò stridendo dalle coste dell'Asia alle ampie piazze di Sparta; s'insinuò nella mia testa; mi lacerò i timpani con le sue grida di dolore.

«Perché? Perché?» domandava.

E non c'era verso di farlo smettere. Di giorno come di notte, mi compariva davanti, gli occhi arrossati, la bocca riarsa, un fiotto di sangue che perennemente gocciolava a terra dalla sua gola tagliata.

«Avvicinati, avvicinati alla giustizia!» gridava.

Come l'Erinni della madre uccisa non dava pace a Oreste, così lo spettro di Argilio devastava la mia psiche con la forza di una tempesta.

Le fattezze del suo volto si palesavano sul volto di ogni uomo che incrociassi; ogni oggetto rosso che vedessi sembrava sangue vomitato da un corpo ucciso.

Il più feroce dei miei spettri.

Non potevo dormire; non potevo mangiare senza rischiare di trovarmelo accanto come una muta statua che mi fissava con occhi vacui. E, se ricambiavo lo sguardo, vermi uscivano dagli occhi, pasteggiando con le sue pupille, e, scorrendo giù dalle guance come lacrime vive, si protendevano verso di me, quasi a volermi afferrare e portare via, portarmi via nell'abisso, nell'Ade più nero, nella condanna dei non sepolti, dove gli spettri s'aggirano grigi e informi in un'eternità senza pace.

Un giorno mi diede tregua. Riuscii a prendere sonno, a tirare il fiato. Ma ricomparve il giorno dopo, più agitato di prima, e tirava per la mano un altro spirito, uno spirito dalla pelle candida e dai capelli di fiamma.

Due contro uno, non ebbi scampo. Da una parte Argilio, dall'altra Cleonice, mi riempivano di insulti, di grida, di raccapriccianti «Perché?»

Basta.

Come un pazzo in preda al delirio, attraversai di corsa le strade polverose, e gli spettri mi seguivano scivolando nell'aria. Chiesi asilo al santuario di Poseidone al Tenaro.

Dentro l'edificio, nascosto nei recessi del tempio, l'ingresso dell'Ade.

Mi sedetti di fronte all'oscurità che usciva, quasi tangibile, da quella fenditura nella roccia, da quella caverna dal non ritorno, e attesi.

Voci arcane, ovattate, provenivano da quel recesso. Poi venne l'eco di passi silenziosi.

Argilio e Cleonice si presentarono davanti a me, apparendo dal buio. E, questa volta, il loro aspetto era composto. Solo le loro espressioni recavano il segno di un'infinita tristezza.

A vederli, qualcosa mi si spezzò nel cuore, e piansi.

Piansi a lungo.

Cleonice si sedette accanto a me; Argilio ai miei piedi.

Mi guardavano.

Fissai la ragazza.

«Scusa» le dissi piangendo.

E, finalmente, ottenni il suo perdono. Deglutì la tristezza; sospirò, tentò un'incorporea carezza al mio viso e, sorridendo mestamente, se ne tornò nell'ombra.

Il ragazzo, invece, non mi dava requie.

«Perché mi hai mandato dai Persiani? Perché mi hai fatto uccidere? Cosa c'era scritto in quella lettera, eh? Non pensare di cavartela così, Pausania. No, non sperare che io me ne vada come ha fatto lei! E se gli efori sapessero? Se li avessi avvisati, prima di venire da te a esigere la mia vendetta? Ah, Pausania, pagherai. Pagherai caro».

Se ne andò ridendo come un forsennato.

E ora eccomi qua. Non appena rimisi piede in Sparta, gli efori cominciarono a pedinarmi. Me ne accorsi, e trovai rifugio nel tempio di Atena, sperando nella clemenza della dèa.

Ma non c'è clemenza per me. Non c'è clemenza a Sparta.

Mi hanno murato nel tempio, e il primo mattone, l'ha posto mia madre.

Ero entrato per salvarmi; mi si salva dalla vita.

E già gli Spartiati rimuovono il muro. Mi tireranno fuori prima ch'io spiri, perché la mia morte non contamini il sacro suolo della dèa.

Rondini, a voi affido la mia storia. Cantatela, come aedi per la Grecia. Non fate morire il mio nome.

Lo spirito mi sta abbandonando. Sento la musica dell'aldilà. Una mano mi si tende da oceani di luce. Una donna sorride un bagliore diffuso e i suoi occhi risplendono come gemme, azzurri come il cielo più puro.

«Benvenuto».

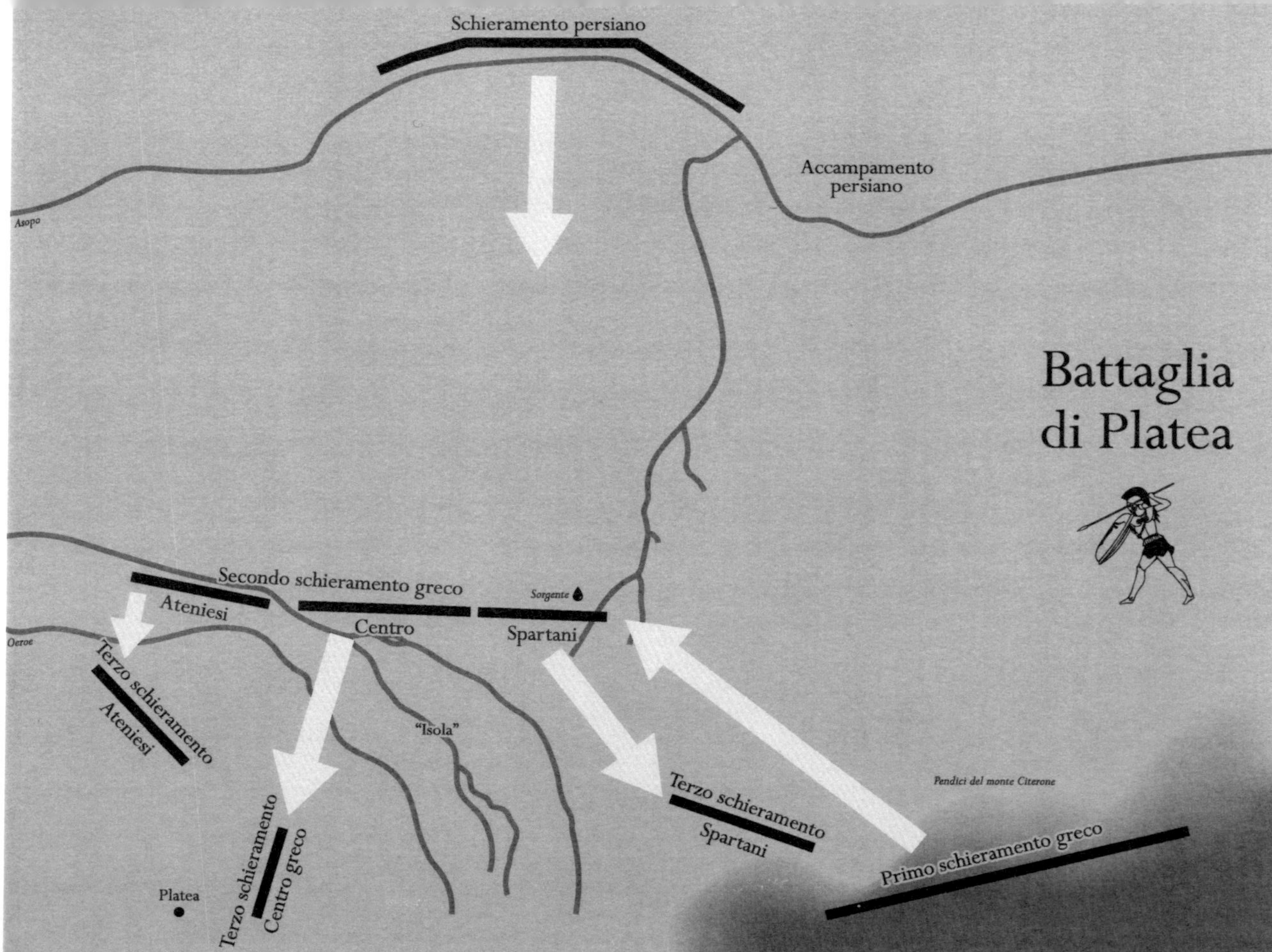
Battaglia
di Platea
Schieramento persiano
Accampamento
persiano
Asopo
Secondo schieramento greco
Ateniesi
Centro
Sorgente
Spartani
Oeroe
Terzo schieramento
Ateniesi
"Isola"
Terzo schieramento
Spartani
Pendici del monte Citerone
Primo schieramento greco
Platea
Terzo schieramento
Centro greco

INDICE

Ringraziamenti

Tante sarebbero le persone da ringraziare, ma preferisco che il mio grazie arrivi a loro dal vivo. Queste poche righe d'inchiostro voglio usarle, invece, per ringraziare una persona che non posso più ringraziare a voce: una persona che, come Pausania, se n'è andata troppo presto.

Grazie, dunque, prof. Aloni - Grazie, Toni.

Grazie per avermi dato l'opportunità di studiare Erodoto e di scoprirci Pausania; grazie per le tue lezioni, così diverse, così vere; grazie per le camminate in Grecia, sotto il sole o sotto il diluvio, a far parlare i sassi antichi con la voce dei poeti; grazie per avermi aperto la Grecia più vera.

Grazie per avermi insegnato a guardare.

Penso di parlare a nome di tutti coloro che, negli anni, sono stati tuoi allievi se dico che per noi rimarrai sempre *il numero uno*.

Le traduzioni dei testi greci che compaiono nel libro sono opera dell'autore.